U0902713

锐势力 Rui Shili

中国当代
作家小说集

樊健军 著

穿白衬衫的抹香鲸

CHUAN BAI CHEN SHAN DE MO XIANG JING

中国文史出版社

图书在版编目（CIP）数据

穿白衬衫的抹香鲸 / 樊健军著. -- 北京 : 中国文史出版社，2018.4

（“锐势力”中国当代作家小说集 / 郑润良主编）

ISBN 978-7-5205-0157-6

Ⅰ. ①穿… Ⅱ. ①樊… Ⅲ. ①短篇小说－小说集－中国－当代 Ⅳ. ①I247.7

中国版本图书馆CIP数据核字(2018)第050462号

责任编辑：全秋生
封面设计：徐 晴

出版发行：中国文史出版社
地　　址：北京市西城区太平桥大街23号　邮编：100811
电　　话：010－66173572　66168268　66192736（发行部）
传　　真：010－66192703
印　　装：北京温林源印刷有限公司
经　　销：全国新华书店
开　　本：787×1092　1/16
印　　张：15.25　字数：240千字
版　　次：2018年5月北京第1版
印　　次：2018年5月第1次印刷
定　　价：49.80元

目录

厚道面馆

下午三点，是最松懈的时候了，极少有客人，偶尔有一个，是因为错过了午餐的最佳时间，碰巧撞见了厚道面馆，才进来叫碗面条，狼吞虎咽吃过，面汤也不剩，还要了一杯凉开水，之后腆着圆滚的肚子打着饱嗝走了。客人一走，面馆立刻恢复了安静，那个坐收银台的女孩用双臂垫着脑袋，趴在收银台上睡着了。她好像永远睡眠不够，只要逮住空隙就赶紧打个盹，做个梦。两个服务员，一个高个子女孩和一个瘦削的男孩，高个子女孩在玩手机，可能被手机里的什么逗乐了，无声地笑了起来，身体随着双肩一同颤抖，嘴巴咧得像个蛤蜊。瘦削的男孩呢，一手托着腮，一手压在菜单上，两只眼睛有些忧郁地盯着窗外。

厚道面馆外是条南北走向的街道，街边栽了香樟树，高大的香樟树绿荫蔽日，间或有鸟雀从香樟树上落下来，好像一片片飘落的树叶。有人走过来了，惊扰了鸟雀，鸟雀就腾地飞起来，好像生了魔法的树叶逆向飞，又回到了香樟树上。隔着玻璃幕墙，这一切都是无声的，像情节简单的哑剧，人从东边来，鸟雀就飞到西边的树上；人从西边来，鸟雀就飞到东边的树上。那走过的人走远了，鸟雀又开始往地上落，一只，二只，三只……忽地，落下乱哄哄的一群，数不清有多少只。瘦削的男孩揉揉眼睛，但揉晚了，鸟雀早已落到了地上。它们在地上并不安分，蹦蹦跳跳的，让人眼花缭乱。

“三十二只。”瘦削的男孩忽然兴奋地嚷嚷道，“三十二只麻雀，我长这么大第一次见过这么多麻雀。”

趴在收银台上的女孩仍在梦乡，不知呓语了一句什么，声音混沌不清。

“真是个娃娃，几只麻雀都大惊小怪的，”高个子女孩嗤了一下鼻子说，“我那村子里一棵树上都落得比这个多，三百二十只都有。”

瘦男孩轻蔑地瞥了高个子女孩一眼说：“你不吹牛会死吧！？猪尿泡大过皮球，哪天你被手机里的人拐跑了，就当你变个麻雀飞了。”

没人回应瘦男孩的话，高个子女孩的注意力全落在了手机上，她的嘴巴噘了一下，似乎有人惹她不高兴了。

瘦男孩讨了没趣，往店堂后走，去了一趟洗手间，返回来时正好看见那几十只麻雀炸开了锅，差不多同时逃向了东边的香樟树。鸟影还没散尽，一个男人的身影从西边闯入了瘦男孩的视野。碰巧得很，那个男人穿着一件银灰色的T恤，T恤上密布的花纹很奇特，像落了一身的鸟雀。男人戴着墨镜，下身穿着蓝中泛白的牛仔裤，右肩挽着一只黑色的背包。男人在瘦男孩的视野中央停住脚步，摘下墨镜，抬头看了一眼厚道面馆的招牌。之后，他重新戴上墨镜，坚定地朝面馆的玻璃推门走了过来。

“欢迎光临！”

瘦男孩见状抢先一步赶到了门边，欢迎戴墨镜的男人到来。

趴在收银台上的女孩本能地蹦了起来，本能地附和着瘦男孩的问候：“欢迎光临！”她的左脸上镂着几条细长的印痕，估计是袖子上的褶皱留下的。高个子女孩反应慢一些，待她抬起头，戴墨镜的男人已经越过了收银台的位置。高个子女孩将手机放入工作服的口袋，然后向戴墨镜的男人微微弯了弯腰，露出一个老练的服务员该有的笑容。

戴墨镜的男人对服务员们职业化的热情视而不见，扫视一圈店堂后选中了一个靠窗的位置，将背包放在旁边的座位上，向东而坐，正好面对玻璃推门的方向。高个子女孩可能为了挽救刚才的怠慢，给刚到的客人送上了一杯白开水，同时递过去一纸塑封过的菜单。

“你们这儿有什么吃的？”戴墨镜的男人问。

“炸酱面、油泼面、臊子面、牛肉面、香菇肉丝面、海鲜面、凉拌面……饺子、馄饨、汤粉、鸡蛋饼……盖浇饭、咖喱饭、蛋炒饭……也有粥，皮蛋瘦肉粥、红枣粥、海鲜粥……也可以炒菜，菊花青鱼、鱼香肉丝、鱼香茄子煲、家乡豆腐、时鲜蔬菜。”高个子女孩的语速飞快，说了相声贯口似的一大串。

“这么多？”戴墨镜的男人皱了皱眉头，拿起菜单，溜一眼，又放下了，说，“你给我推荐一个拿手的。”

“先生，请问您是要吃面食呢，还是炒菜吃饭？”高个子女孩问。

“牛肉面有吗？”戴墨镜的男人说，“听说你们的牛肉面味道很不错。”

“绝对假不了！”高个子女孩说，“我也建议您尝尝牛肉面，咱这的牛肉面，是牛骨熬的汤，每天一架新鲜的牛大骨，原汁原味，吃过的都忘不了，来吃的多是回头客呢。”

“那就牛肉面吧。”

“您要微辣，不辣，还是够辣？”

“微辣吧。”

“好呢，一份中碗的牛肉面，微辣。”

“不，不是一份，是三份！”戴墨镜的男人说。

“三份？”高个子女孩愣怔了一下。

“先生，咱们这的牛肉面分量很足的。”瘦男孩插话。

“三份。”戴墨镜的男人肯定说。

“好呢，三份中碗的牛肉面，微辣。”高个子女孩很快收住了诧异的表情，重新浮上了愉快的微笑，“请您稍等。”

三碗泼香的牛肉面转眼摆到了餐桌上，戴墨镜的男人却不急着用餐，朝高个子女孩吩咐：“把你们老板喊来，就说有个朋友请他喝杯酒。”

“您是我们老板的朋友？”收银台边的那个女孩一脸狐疑。她长着一张圆脸，剪着齐耳短发，几根指头尖染成了天青色。

瘦男孩也转过脸来，不看玻璃幕墙外的麻雀了，一双眼睛盯住戴墨镜男人的侧面。这个叫了三碗牛肉面的客人身材魁梧，膀大腰圆，让瘦男孩多少产生了自卑心理，眼神里有了遮掩不住的怯意和敬畏。

“先生，请稍等，我这就去告诉我们老板。”高个子女孩朝店堂后走去。

戴墨镜的男人扯开背包的拉链，从背包中摸出一瓶酒，其实只有大半瓶酒，应该是喝剩下的，又向瘦男孩要了三只玻璃酒杯，给两只酒杯斟满了酒，另一只倒了小半杯。然后戴墨镜的男人就正襟危坐在餐桌边，一声不吭，等待他的客人。

面馆老板是个矮个子男人，肚皮隆起，像个怀胎十月的孕妇，头顶秃了一大块，脖子上套了一根指头粗的金项链。他好像很不情愿从梦乡中苏醒，睡眼惺忪，刚进店堂就打了一个响雷般的喷嚏，可能被弥漫的酒香呛着了。他擤了一下鼻子，在就近的餐桌上扯过一张餐巾纸，擦过脸，然后朝戴墨镜的男人走了过去。

“大哥，您有什么吩咐？”矮个子老板问。

他的声音中有一抹没能掩藏住的不耐烦。

戴墨镜的男人做了个手势说：“请坐。”

矮个子老板在戴墨镜的男人对面落座，那缕不悦还没散去，稍微提高了嗓音说：“大哥找我有什么事呢？”

“就喝杯酒，聊聊天，”戴墨镜的男人说，“贵店的面食，不知合不合你的口味？”

戴墨镜的男人摘下眼镜，将它放在右手边，那儿有另一碗面条和一只装了小半杯酒的酒杯。没有了墨镜的遮挡，他的眉目就暴露了，他的眉毛粗黑，眼眶现出一个粗大的轮廓，右眼上方有道疤痕，疤痕的一端斜插入眉毛中，一小截裸露在额头上。这道疤痕让他的相貌现出几分掩饰不了的凶险。

矮个子老板捉住酒杯，将酒杯旋转了一下，角度不大，可能在犹豫要不要端起酒杯，但最终还是端了起来，脸上出现了配合的微笑：“欢迎光临小店。”浅浅啜了一口酒，放下酒杯，静待对方的反应。戴墨镜的男人不知什么时候又把墨镜戴上了，脸被墨镜隐去了大半边，同时隐去的还有他的眼神和表情。他扬起脖子，喉咙里咕噜一声，杯中的酒立刻去了一大半。

“老板的面馆开张了很久吧？”戴墨镜的男人放下酒杯问。

“八年零三个月，”矮个子老板说，“够打败日本鬼子了。”

“难怪，算老店了。”戴墨镜的男人说。

矮个子老板脸上有了自豪的微笑，从口袋里摸出烟来，要给戴墨镜的男人一支，后者拒绝了。矮个子老板可能极想抽一支，可还是控制住了烟瘾，将烟放回了原来的地方。他不能让光临面馆的客人闻到烟味，那样会影响他的生意，尤其是不能让那些不抽烟的客人闻到。

“趁热吃面条吧，”矮个子老板提醒说，“面条凉了口感就差了，那样会影响胃口。”

他对他的面条很有信心。

果真，戴墨镜的男人尝过面条后没忘来一句赞叹：“不错。”

“拿两碟小菜来。”矮个子老板朝高个子女孩吩咐。

两碟小菜很快端上来了，一碟花生米，一碟酸萝卜。不过为他们服务的不是高个子女孩，而是瘦男孩，同时送过来的还有矮个子老板的透明水杯，水杯里泡着枸杞和人参。

“大哥旅游还是出差？”矮个子老板将身体微微后仰，脸上随之有了那么一缕优越的微笑。

“随便走走。”戴墨镜的男人说。

“哦！”矮个子老板吃不准对方随便走走，到底是出差还是旅游，重重哦了一声。

“老板做了这么多年生意，阅历丰富得很，一定听到不少故事，”戴墨镜的男人仿佛随口一问，但问得有些让人摸不着头脑，“有什么故事讲个听听。”

“故事？”矮个子老板果然一脸迷茫，“说没故事吧，天天有故事；说有故事吧，天天又没故事，都是一样的故事，乏味得很。”

“随便讲一个，当下酒菜。”

“有趣的没有，无趣的讲了更无趣。”

“那就讲个别的。”

“来个荤的？”

戴墨镜的男人摇摇头，表示不愿意听荤故事。

“那就真没得讲了。”矮个子老板的口气好像很遗憾，可能不愿意将时间消耗在无聊的故事上，更何况面对这么一个陌生的客人。也或许，他不是个喜欢讲故事的人。

“……半年前，咱们这儿是不是发生过什么事情？”戴墨镜的男人抿了一口酒，有可能他的眼睛从墨镜后盯紧了矮个子老板。

“半年前？发生什么事情？”矮个子老板的坐姿忽然端正了，目光直视戴墨镜的男人，可对方的脸被墨镜遮蔽，就转而落到眼前的酒杯上，“像吃饭睡觉这类事情肯定会发生，如果说无中生有的事情，本人想象力有限，想讲也讲不到啊。”

矮个子老板有了些许像被人揭了老底的愠怒。

“那是我没耳福了。”戴墨镜的男人举起酒杯说，“无中生有的故事，讲了也没意思，我不喜欢听。来吧，咱们喝口酒吧。”

矮个子老板又是浅啜了一口酒，努努嘴，似乎想说什么又不说，将酒杯轻轻放回了餐桌。

“老板真是谦虚了，一个故事也不给讲讲？”戴墨镜的男人追问了一遍，他的话好像最后通牒，矮个子老板不讲故事就是不给他面子，就是不尊重他，或者矮个子老板藏了一肚子故事，就是吝啬，不愿意讲给他听。

“抱歉抱歉，如果讲牛肉面，我倒是讲得出一大串道道来。”矮个子老板自嘲地笑了笑说。

“那么，我给你讲一个故事？”戴墨镜的男人伸手去摘墨镜，都碰到墨镜了，又放下了手，“不一定是故事，也不一定有趣，喝酒时总得说点什么，要是都不说话，酒喝到嘴里都是干巴巴的，还不如不喝呢。”

“大哥，我向来笨嘴笨舌，真没什么故事呀。”矮个子老板拿手抚摸着自己的肚子，替自己辩解说，“我这儿是个草包，除了草，还是草，一肚子榨不出水分的衰草。”

“我讲一个？”戴墨镜的男人说。

“愿洗耳恭听。”

矮个子老板做了个请讲的手势，不再说话，只在肚子里翻来覆去地瞎琢磨，这种人还是第一次见识，喜欢听人讲故事，世界之大，什么鸟都有。换了他，就是在电影院，电影再精彩，坐不了几分钟也会呵欠连天。但没办法，谁叫对方是客人，还要了三碗面条，冲着这三碗面条也得耐心听上帝讲下去。

戴墨镜的男人端起水杯，先喝了口水，又清了清嗓子，好像将嗓子眼里的淤积清理干净了，这才说："……他是个孤儿。"

他的故事来得没头没脑。他的声音没因水而湿润，粗粗粝粝的，有些割人耳朵。

矮个子老板动弹了一下身子，似乎被对方的说话声磨砺得有些不舒服，想找个恰当的姿势来聆听。

"这个可怜的家伙，三岁的时候，他父亲就去世了，五岁的时候，他母亲遭遇了意外。

"可是，父母的早逝没有给他带来任何阴影，他从小就是个很阳光的孩子，养父养母将他视若己出，是他们的掌上明珠。

"不只养父养母疼爱他，老师、邻居都对他赞美有加，同龄的孩子喜欢同他一块玩，同他交朋友，将他当作榜样。他很聪慧，也很勤奋，从学校捧回来的奖状一摞一摞的，装满了几抽屉。养父养母原本要把他的奖状张贴在客厅里，可他说什么也不愿意，都被他锁在了抽屉里。他是个谦逊的孩子，一点也不张扬。

"上高中的时候，就有女孩子偷偷喜欢他，给他塞过纸条，向他借书，请他帮助她们温习功课。胆大的，还送过小礼物给他。后来上了大学，估计喜欢他的女孩子更多，养父养母问他，什么时候找女朋友，每次他都笑而不答。养父养母猜想，说不定他已经有了女朋友。

"大学毕业后，他应聘来到了这座城市，在一家公司做工程师。"

"那么优秀，是哪家大公司？"矮个子老板插话说。他好像对故事的真实性没有丝毫怀疑，但戴眼镜的男人没有回答他的提问，而是顺着他自己的思路继续往下说。

"他几乎每天都要给养父养母打电话，说一天的见闻，内心点滴的想法，同养母的话更多，每次通过电话之后，养父养母都特别愉快，特别有幸福感，第二天起床，他们脸上仍留有昨夜的微笑。感谢上天，给了他们一个多么优秀的恩赐，弥补了他们没有生育孩子的遗憾。

“有一天，他在电话里说，在距离公司不远的地方遇到一家面馆，那里的牛肉面同养母做的面条的味道多么相似。当然，他说的不是养母，而是妈妈。他说虽然远隔千里，仍然能闻到妈妈的味道。从那以后，只要有空，他就会去那家面馆，叫上一碗牛肉面。他说有一次，当他吞下第一口面条时突然泪流满面。他说哪怕吃一辈子牛肉面，也不会生厌。”

“牛肉面？”矮个子老板欠起身来问。

“是的，牛肉面。”戴墨镜的男人说。

“很感人啊，这座城市不知有多少家面馆，也不知是哪一家如此幸运。”矮个子老板感叹说，“但愿是我这儿。”

戴墨镜的男人静止了一下，似乎在控制自己的情绪，刚才有些激动了。

“来，来给大哥敬杯酒。”矮个子老板朝一位穿白色工作服的小伙子招手，后者不知何时进到店堂的，看模样是厨师。

那穿白色工作服的小伙子闻声走了过来，矮个子老板将自己的酒杯递给他，小伙子端起酒杯，碰了碰戴墨镜的男人的杯子：“大哥，我敬您。”小伙子仰起脖子，将杯子里的酒一干而尽。戴墨镜的男人响应了小伙子的邀请，喝光了杯子里的酒。矮个子老板挥挥手，示意小伙子走开，之后拿过酒瓶，给两只杯子倒了酒，剩下的酒不多，勉强够两杯，稍稍浅了一些。

“后来呢？”矮个子老板似乎被故事吊起了胃口，追问说。

戴墨镜的男人拿手背抚了一下鼻子，他的鼻孔有些气流不畅，声音里有了轻微的鼻音。

“他父亲是个英雄。”戴墨镜的男人说。

“那一年，他父亲从部队回来探亲，途中转车时遇到歹徒抢劫一个老太婆，他赤手空拳同三个持刀的歹徒搏斗，身中数刀，倒在血泊里再也没能站起来。”

矮个子老板叹息了一声，想说话又不知说什么。戴墨镜的男人再次打住了话头，店堂里的气氛有些凝重，几个服务员都默不作声，好像他们并不存在，只有外面世界的喧嚣不屈不挠地钻了进来。

“你说，将来，将来他会怎样？”戴墨镜的男人打破沉默，盯着矮个子老板问，好像“他”的将来就掌握在矮个子老板手中。

“谁？”矮个子老板一时接不上话头，“谁会怎样？”

戴墨镜的男人不再提醒，就在墨镜后拿眼睛罩住他。

“哦，大哥说那孩子呢，拿城里头流行的话说，是个凤凰男，”矮个子老板拍了拍自个的脑袋，他的声音很轻快，也很乐观，“虽然小时候遭遇了那么多的不幸，值得同情，但我敢说他的明天一定是美好的，前途光明灿烂。”

“他会娶个漂亮的女孩做老婆，成家立业，生儿养女，有自己的房子，有自己的公司，别人有的，他一样不会少；别人没有的，说不定他都会拥有。

“在创造生活上，他肯定像他的父亲，也是个英雄。”矮个子老板很热情地参与续编故事，虽然不敢肯定孩子的未来是否真的会这样。

“谢谢！老板不吝啬溢美之言，”戴墨镜的男人朝矮个子老板举起了酒杯，“我敬你，咱们干了这一杯！”

“是我要谢谢大哥照顾生意。”矮个子老板喝下了大半杯酒，他的酒量应该不小，之前的浅酌是习惯的谨慎。

戴墨镜的男人却相反，听声音他感谢的态度是诚恳的，酒却只喝下去一点点，杯子里看不到明显的变化，放下酒杯时还长叹了一声：“可是他早就没有明天了……”

矮个子老板的嘴巴大张着，一时半会合不拢，好半天才问：“他怎么了？”

“死了。”

“死了！？”

“半年前他被人刺死在面馆里，像他父亲一样身中数刀。”

矮个子老板像根弹簧一样从座位上弹直了身子，弹起的过程隆起的肚子妨碍了他的速度，肚子撞在餐桌上，险些将餐桌撞翻了。桌子上的几只杯子却未能幸免，有两只杯子翻倒了，酒和水淌得满桌都是。矮个子老板的脸色急剧变化着，从震惊到惶惑，从惶惑再到恐惧，最后定格在惨白上。他的额头冒出了细密的汗珠，汗珠往下滑落，汇聚成硕大的一颗，滚过他的眉心，顺着他的鼻梁往下滑，“啪啦”一声砸到了桌面上。

“就是那家他经常去的面馆？”矮个子老板结结巴巴问。

“还能在哪儿！？”

“他真的死了？”矮个子老板仍旧不敢相信。

“难道你没看见？你不是目击者！？”戴墨镜的男人忽然摘下墨镜，将墨镜掷在桌子上，他的眼睛里放射出可怕的光芒，要噬人的光芒。

“大哥，您肯定弄错了，我哪里会是目击者呢？”矮个子老板替自己辩解说，“这真是个悲剧！一个悲剧！”

矮个子老板从纸巾盒中胡乱地抽出几张餐巾纸，擦拭着额头上的汗珠，劣质的餐巾纸被汗水浸泡后很快湿成了一个纸浆团。他不得不扔了它，重新从纸巾盒中抽出几张餐巾纸，再次擦拭了一遍额头。

“你怎么看得见呢？你根本就看不见别人，看不见面馆外的世界！你就只看得见你自己，不，你连自己都看不见！”戴墨镜的男人冷冷地说。

“大哥，您别激动，不是说故事么？请坐请坐，请坐下来慢慢说。”矮个子老板倒镇静下来了，一边安慰戴墨镜的男人，一边回头吼叫，“给我泡两杯茶来！”

两杯热气腾腾的茶很快放在了餐桌上，端茶的是高个子女孩，她偷偷地觑了他们两眼，转过身时吐了吐舌头，朝坐收银台的圆脸女孩做了个鬼脸。

“这是清明前的高山茶，大哥，您尝尝，解解酒，口感很不错的。”矮个子老板脸上堆满了笑容。

戴墨镜的男人没有吱声，也没有喝茶，就那么直挺挺地杵着，好长一会儿后才坐下来。“大哥，您喝口茶，润润嗓子。”矮个子老板双手捧起茶杯，将茶杯送到了戴墨镜的男人手上，“您不急着赶路吧？耽搁您一点点时间，同您说说我自个的故事。”

戴墨镜的男人没有点头，也没有摇头，几乎面无表情。

“不怕大哥您笑话，我是穷孩子出身，穷到家里揭不开锅，穷到穿不上裤子。十五六岁时跟随别人出来混饭吃，别人也许是闯世界，我只想混口饭吃，可混口饭吃也不容易呀，几十年来，我什么脏活累活没干过，什么苦没吃过，什么罪没遭受过？去工地上挑过砖，疏通过下水道，摆过地摊，做过男保姆，还给卖假货的做过托儿。

“有一次，我饿得发昏了，还偷过人家两个馒头。

“还杀过野猫，偷吃过人家的宠物狗。

“我睡过立交桥洞，睡过野坟沟，有一年还在一截废弃的水泥涵管里住过半个多月。

“虽然做过许多不便启齿的小事，但我从来没干过罪大恶极的坏事，没强奸过女人，没抢劫过谁的财物，更不可能杀人放火。

“请您相信，我不是个穷凶极恶的人，也不是个没有正义不知廉耻的家伙。

“我做那些事情，为的就是有口饭吃，能有衣穿。我是个没有远大理想的人，也不敢有那玩意儿，有饭吃有衣穿有房住就心满意足。

“后来，如果说几句抹点光彩的话，就是通过自己的努力，我在这个城市站稳了脚跟，有了自己的房子，娶了一个同我一样从外地来的女人做妻子，有了孩子，开了这家面馆。虽说没有多少积蓄，可日子还过得去。去年我买了车，是二手车，可外表同新的一样，光鲜得很。

“如果说真有理想的话，那我的理想算是实现了。

“可是，大哥，不瞒您说，我的日子过得一点也不轻松，依旧战战兢兢，就好像端着一碗面汤过街，生怕一不小心面汤就泼了，有可能连盛面汤的碗都摔碎了。这泼掉的面汤还不能烫着谁，摔碎的瓷片还不能扎着谁。我小心翼翼地捧着装有面汤的碗，走啊走啊，生怕自己会碰着谁，又害怕被谁碰着。还得盯着脚底下，怕有绊脚石，怕有土坑水坑污泥坑，恐惧有陷阱，恐惧斜刺里冲过来意外的灾祸。

“我走路时得捧着，睡觉时也得捧着，甚至做梦时还得睁只眼睛。只要我一步不慎，一切都会跌回原点，还不只是回到原点那么简单，而是有可能一头栽进十八层地狱。就拿我经营这家面馆来说吧，任何一个细节都得注意着，弄不好就会影响生意，生意不好，员工工资付不出，员工会走人，员工走了生意还怎么做？没有了生意，铺租付不出，房东肯定要收回铺面。紧跟着连锁反应，没了生意就没了收入，房子的按揭没法如期支付，银行要收走房子，房子没了，我一家四口上哪待着去？住在大街上？吸汽车尾气？喝东南西北风？这城市哪儿还有我的立足之地啊！？

“面馆的生命就是我的生命，这么说一点也不夸张。”

戴墨镜的男人突然冷笑了两声说：“这就是你为自己开脱的理由？你就因此什么也看不见了？眼皮子底下的恶行也视若无睹？”

矮个子老板愕然地瞧着戴墨镜的男人，不知对方为何冷笑，又为何对他冷嘲热讽。良久，矮个子老板才低下头说：“我看得见什么呢？看见又能解决什么问题呢？”他的声音压得很低，差不多要低到裤裆里去。

“假如，我是说假如，他的事情发生在你身上，将会怎样？你思想过没有？”戴墨镜的男人没打算放过矮个子老板，而是步步进逼，将战火蔓延到后者身上，让后者逃无可逃。

矮个子老板朝身后看了看，神色有些慌张。他的身后，高个子女孩同瘦男孩站在一块，面无表情，瘦男孩的目光投向了玻璃幕墙之外，那儿是个热闹的舞台，麻雀仍在上下飞舞，仿佛落叶纷飞。那个圆脸女孩守着收银台，没有移动位置。穿白色工作服的厨师坐在不远处的一张餐桌边，眼睛一动不动向着这边，似乎觉察了他们的紧张。

“每个人有每个人的幸运吧。”矮个子老板说，“也许，也许在我身上不会有这种倒霉的事情发生。”

他自信，真到了那一步，身后的那几个人是不会袖手旁观的。

“是吗？你确信你不会遭遇不幸？”戴墨镜的男人说。

对于这种过分的言论，矮个子老板还没来得及有所反应，“啪”的一声，脸上早挨了一巴掌。他被这突然袭击的一掌扇懵了，好长时间都没能回过神，等他清醒过来时只觉得脸上火辣辣的，像被烤着了一般。他甚至都弄不明白是谁对他下了狠手，戴墨镜的男人纹丝不动坐在对面的椅子上，看不清楚对方的脸色是愤怒还是若无其事，但对方似乎咬紧了牙关，腮帮子鼓得高高的，嘴唇四周的肌肉都绷起了类似岩石的棱角。

最终，矮个子老板弄清楚了，除了戴墨镜的男人，不会有其他人对他出手。他相信他没有弄错，罪魁祸首就是戴墨镜的男人。他恼火透顶，脸蛋扭曲得变了形，脖子上青筋暴凸，就像一头即将爆发的狮子。他从餐桌上摸起一只杯子，就要朝对方砸过去，但中途犹豫了一下，动作没有那么果断。他不敢完全确定就是对方扇了他一巴掌，有可能产生了错觉，他同他无冤无仇，该不会无缘无故对他施暴。但火辣辣的痛感提醒他，他的确受辱了，而且分量不轻。

“你凭什么打我！？”矮个子老板将杯子砸向戴墨镜的男人，“你是法官么？他又不是我杀死的！就算我犯了杀头之罪，也由不得你来审判！你是谁？你是什么人？你是什么东西？敢上这儿来指手画脚！敢上这儿来说三道四！”

矮个子老板并没能将杯子砸中戴墨镜的男人，半道上他的手就被对方捉住了，对方的力道大得出奇，攥着他的手腕，就差没将他整条胳膊拧下来。矮个子老板的脸扭曲得更难看了，这一回不是因为愤怒，而是因为锥心的痛苦。他强忍着疼痛挺直身体，不至于趴到地板上去。

“你以为你就没有罪过吗？”戴墨镜的男人说，“我打的就是你这种不长眼睛的人！”

他的声音里有股压抑了的怒火。

矮个子老板奋力挣扎着，想把自己的手解放出来，但他的努力是徒劳的，他的手腕仍旧被戴墨镜的男人死死攥住。店堂里的另外四个人见状，你看看我，我看看你，作势要向他们聚拢过来，脚步却不坚决，有些迟疑。

“都给我站住！老老实实待在原地！”戴墨镜的男人朝那两男两女咆哮。

走在最前面的是那个穿着洁白工作服的厨师，闻声立刻收住了脚步。另外三个走得慢一些，在厨师的背后，也停住了脚步，有些不自然地立在各自的位置。他们的表情很尴尬，像受了羞辱，又止不住胆怯。

"大哥，我同您无仇无恨，请手下留情，有事好好说。"矮个子老板就差没跪地哀求。

可是戴墨镜的男人似乎没听见，或者听见了不当回事，他的注意力放在了那四个旁观者身上："你们刚才看见了什么？有谁看见了什么？"

那四个人都安静地立在原地，没有人回答他的问话。

"是不是你们什么都没看见？"戴墨镜的男人再次发问。

依然没有人回答他的问题。

"见鬼！都是窝囊废！"

戴墨镜的男人咒骂了一句，很不屑地扫视了一眼那四个人，之后用空着的那只手打了个手势，让他们走近来。那四个人像是提线木偶，被一个手势全都牵引了过来，却不敢靠得太近，在距离戴墨镜的男人几步远的地方站着，在餐桌与餐桌的空隙中站成斜线形的一排。

"他是谁？"戴墨镜的男人又巡视了一遍那四个人。

他没有听到回答的声音。

短暂的寂静过后，坐收银台的圆脸女孩才怯生生地说："是我们老板。"

"对了，他是你们的老板，你们睁大眼睛，都给我看清楚了，等会儿我有话要问你们，希望你们都不是哑巴。"

戴墨镜的男人突然松开手放了矮个子老板，矮个子老板趁机站直了身子，待他刚要发出报复的动作时，戴墨镜的男人朝他掴去了一掌，这一掌比前一掌猛烈了不知多少倍，矮个子老板一个趔趄，眼看就要栽倒在地，但被餐桌顶住了。矮个子老板的嘴角渗出了血，血流量不大，像个红蚯蚓，才爬出来小半截身子。

高个子女孩尖叫了一声，跌坐在身后的餐椅上。

矮个子老板稳住身体，却不敢反抗了，他不是对方的对手，反抗只会招来更惨痛的教训。

"我没打算扇你耳光，虽然你该打，还有你，你，你，你们每一个，都脱不了干系，都逃不掉。

"你们都给我听好了，我的问题是，你们看见了什么？

“谁来告诉我答案？”

戴墨镜的男人操起那只空酒瓶，用它指着圆脸女孩，圆脸女孩的眼睛里全是惊惶和恐惧，已经说不出话来。矮个子老板偷偷溜一眼面馆的入口，希望有人走进来，可是玻璃幕墙外空空如也，依旧是麻雀们欢乐的天堂。矮个子老板绝望地闭上了眼睛。

“来吧，你说。”

戴墨镜的男人将空酒瓶转向了瘦男孩，瘦男孩勾着头，不敢看空酒瓶。

“你给我抬起头来。”戴墨镜的男人命令说。

瘦男孩抬起了头，他的眼睛里全是屈辱的泪水。他就用那种含泪的目光看着戴墨镜的男人，然后摇了摇头，表示自己什么也没有看见。戴墨镜的男人似乎很是失望，在鼻子里哼了一声，宣扬自己对瘦男孩的鄙视。空酒瓶转向第三个人——高个子女孩，她早已瘫软在餐椅上，双手抱头缩成了一团。她就像寒风中的一只刺猬颤抖个不停。

“轮到你了。”戴墨镜的男人将空酒瓶指向穿白色工作服的厨师，厨师比那三个同事要镇定得多，可能仗着他的身体比他们强壮。厨师的眼睛里暂时还看不到怯意，沉默地盯着威胁他的人。他的沉默是一种潜在的反抗，也是对对方的一种威胁。戴墨镜的男人却不惧怕他的威胁，朝厨师走近了一步说：“说话呀，勇敢点！”

厨师终于鼓起了勇气说：“我看见了。”

他的声音不高不低，好像他的态度不卑不亢。

“好！

“好！

“好！”

戴墨镜的男人一连说了三声好，突然趋前几步，一把扣住了厨师的衣领，厨师猝不及防，被戴墨镜的男人拎了起来，他的双脚颠动着，尽可能踩到地面，以减轻脖子被衣领勒住的窘态。他的努力只维持了很短的时间，他就快要喘不过气来了，脸色涨红，嘴唇有了乌紫。

“你看见了什么！”戴墨镜的男人逼问说。

“我……我看见……窗外有很多麻雀。”厨师结结巴巴说。

戴墨镜的男人悄声诅咒了一句什么，手头松了些劲，但没有放弃厨师。他扬起另一只手，才发现手上仍旧拿着空酒瓶。他将空酒瓶扔在地上，空酒瓶“叭”的一声碎响，酒瓶炸裂成了无数尖锐的碎玻璃。他并没有扇厨师的耳光，而是拽着他朝收银台走去。

“来吧，有件事该你来做。”戴墨镜的男人吩咐说，“给我打个报警电话，就说这儿出大事了。”

厨师挣扎着不肯拨打电话，但他的挣扎是有限度的，他的衣领仍旧被对方死死扣着，想逃离一步都不可能。

“算了，你们这些泥捏的家伙，还是我来给你们代劳吧。”戴墨镜的男人说着拿起了电话，“110吗？这儿发生了一起凶杀案。”

“有人被刺死了。

“××街××号。

“对，××街××号。

“厚道面馆。”

戴墨镜的男人放下电话，再也没有理会他们，甚至看都未看他们一眼。他回到之前的位置挽起背包，在他们的注视下走出了面馆。

“等着吧，总有一天会有人来收拾你们的。”出门时戴墨镜的男人回头说。

面馆里忽然静寂了下来，只有空调在咝咝吐着风。但他们没有立刻行动，而是呆在原地，好像不相信戴墨镜的男人就这么走了。他们怀疑他是假装离开，是他给他们开的一个玩笑，只要他们敢于动作，他会以最快的速度返回面馆。他会再次惩罚他们。他们的担心是多余的，那个戴墨镜的男人早就不见了人影。

“你们这帮蠢伙，我白白养活你们了，都死了呀，明天都给老子滚蛋！”矮个子老板最先活了过来，骂骂咧咧说。

没有人接他的话头。

厨师扯了一下自己的衣领，整理了一下工作服，然后往店堂后走去。另外三个人也跟着松动了。

“往哪儿去！？还不赶紧收拾一下！”

矮个子老板狠狠地朝地上吐了一口唾沫，从纸巾盒中拽出两张餐巾纸，擦干净了嘴角的血迹。瘦男孩和高个子女孩赶紧行动了，瘦男孩去洗手间拿拖把，高个子女孩开始清理餐桌，圆脸女孩也赶忙来帮忙。在戴墨镜的男人坐过的位子上，高个子女孩发现一张报纸，报纸上一行粗黑的字迹引起了她的注意。高个子女孩赶紧将报纸交给了矮个子老板，并嘀咕了一句什么。矮个子老板将报纸拿在手上，那行粗黑的字迹立刻占据了他的眼帘：

“一青年面馆被刺身亡，嫌犯称认错人了”

矮个子老板将报纸对折了几下，将那行黑体字折没了，折成了一个小方块，才塞入自己的裤袋。之后，他朝那几个手忙脚乱的人大声呵斥说：“等会儿警察到了，最好管住你们的嘴，别给我惹是生非，听见没有！？”

敲 钟 者

“看见那个老太婆吗？”

“红头发的那个。”

“哦，没看见。”

“没注意呢，你问问他们吧。”

“你不会骗我吧？”

“真没看见，我在卖绿豆糕呢。”

“看见那个红头发的老太婆吗？”

“哪儿呢？她在哪儿呢？”

“不知道你找哪个，那么多老太婆啊。”

“羊角风你要吗？”

“就红头发的那个。”

“来点儿新鲜的莲子？”

“红头发的？”

“对，红头发的。”

“新疆的红枣，河北的山药，要不要？”

“没见过。”

“她来过这儿吗？”

“也许来过，又走了，也许根本就没来过，谁知道呢。”

没来过就对了，更不可能见过，因为雷文福先生寻找的压根就是个不存在的人，是他假想的一个人物。那个人物在他的脑海中是模糊的，一时没法说清楚他的性格特点，更不可能剖析更深刻的内在。若是有人见到，要么活见鬼了，要么雷文福先生的灵魂密码失窃了，被别人发现了他的隐秘。也许有类似于他描述的人物，也仅仅是外在的巧合，绝不可能是他要寻找的那个人物。

雷文福先生安静得太久了。他感觉自己被尘埃封存了，尘埃挤占了发丝之间的空隙，头发板结成了冻土，衣服上生长了一层微尘的雾凇，随便拿手碰碰哪儿，都碰了一手的灰尘。洗脸时，脸盆里的水是污浊的，无数尘埃的颗粒，看得见的，看不见的，将洗脸水污浊得很浓稠。每次洗澡时他都担心洗去的尘埃会把下水道堵死。再往后，那些尘埃会像堵死下水道一样堵塞他的鼻孔，让他安乐而死。

有一天，他痛下决心，一定要把尘埃的外壳敲掉，要弄出些响动来驱走那包围他的寂静。他无中生有，设想了许多招式。有些招式让他很吃惊，几乎不敢相信是自己想象出来的。随便哪一种，只要使个一招半式，翻江倒海不说，惊天动地也不说，反正寂静是无处藏身了的。有个别招式偏弱一些，也舍不得抛弃，毕竟都消耗过不少脑力，弱就弱吧，他不是个完美主义者，十全十美的招式是没有的。它们都是他的孩子，都是他的宠物，抛弃哪一个都让人心疼。可他只需要其中的一种，仅限一种。他挑选了强的，那些弱的又叫人怜悯，偏袒了弱的，那强的又喊委屈。后来，他给那些招式编了号，抓阄来决定，偏偏就抓中了最弱的一种，有些遗憾，也坦然接受了，就像他希望有个女儿，可上帝赐给他的却是个儿子，且远走高飞了。

雷文福先生拆开那个纸团，是6号，对应的招式是寻找一个不存在的人。他只是要寻找他，不打算真把他找到。如果找得到，那还有什么意思呢？他只要那个寻找的过程，寻找的动静，寻找的乐趣。可是那个不存在的人是谁，是男是女，长什么模样，年纪多大了，穿什么衣服，这些细节他还没有设计，没有推敲。他若是把他设计成一个男人，一个男人寻找另一个男人，如果不是寻仇，最好是情仇，否则就没什么吸引眼球的地方。可他又不希望让人联想到情仇，也不希望那个假想的“他”是个同性恋。他把他设计成一个女人，如果是年轻的女人，加上几分姿色，会很容易让人误会，也不是他希望看到的。最后，他将他确定为一个老太婆，一个大男人寻找一个老太婆，顶多怀疑她患了老年痴呆症，走丢了。他把她设计成红头发的，红色很鲜亮，很容易被人看见。

这是个游戏，又像是个玩笑，同谁一块儿玩这个游戏？又同谁开这个玩笑？雷文福先生被遗忘在二十五楼的一个房间里，一时找不到合适的对象。从二十五楼往下看，地面的世界仿佛成了压缩版，很多事物不知瘦小了多少倍。正对阳台的，是一条不很长的巷子，巷子中间拐了个七十五度的弯，尽头是座砖木结构的古钟楼。他多次去巷子里买过东西，也穿过巷子去过钟楼。钟楼的顶部吊有一座铜钟，钟内有个舌头，舌头上系有绳子，拉动绳子钟就鸣响了，声音很洪亮，很远的地方都听得见。

他忽然找到了目的地，要去那条巷子，要同巷子里的人开个玩笑。他们是再合适不过的对象，好像为此在那儿等着他。他乘电梯下了楼，出了小区朝东走，折而向南，再折向西。他住的小区不大，原本有四个门进出，不知为何被封掉了三个门。他住的那幢小高楼下本就有个门，同巷子斜对面，也被锁上了。他走到自家阳台的下方，折而向南，穿过街道，就抵达了巷子的入口处。

巷子口有棵香榧树，应该是当初有意保留下来的。树冠遮去了大半边巷子，树叶之上是阳光，像红色火苗儿在吱吱燃烧着。

“请问您看见一个老太婆吗？

“红色头发的。”

他向一个戴鸭舌帽的老头发问。后者穿着白色有条纹的裤子，白色有条纹的拉链衫，占据了香榧树下的花坛，花坛的边缘摆了几只鸟笼，红羽毛绿羽毛的鸟儿在笼子里叽叽喳喳，有两只歪着头盯着雷文福先生。戴鸭舌帽的老头吹着口哨，逗弄着笼子里的鸟儿：“什么时候的事情？”

“您看见她了吗？”

“我从九点开始就在这儿，只见过红头发的公主，就没见过红头发的老乌鸦，乖乖，你说对不对？”

戴鸭舌帽的老头噘着嘴吹了两声口哨，笼子里的鸟儿应和了两声。

雷文福先生碰了软钉子，受了嘲弄，却不觉得失了面子。戴鸭舌帽的老头沉浸在与鸟儿一唱一和的快乐中，换了谁估计也没法打扰他，何况他已经明确回答了他的问题。

雷文福先生丢下那个与鸟为伴的老头走向了下一个目标，是个兜售鲜花的中年妇女。她包裹着头巾，蹲在地上守着她的那些花。花是长条形的，还是个花蕾，刚刚绽开了一点点缝隙，可是，从缝隙处散发出来的花香让半条巷子的人都醉了。她每天都在相同的位置卖同一种鲜花，似乎永远都卖不完，因此巷子里不分早晚都有花香飘浮。

“您的花好逗人喜欢啊。”他搭讪说。

“您要买花吗？”中年妇女始终盯着脚下，好像害怕那些花儿趁机逃走了。

“不，我不买花，闻闻花香就够了。”他有些不好意思，觉得自己占了对方的便宜，放低声音问：“我想问问，您看见一个红头发的老太婆么？”

中年妇女就不说话了，仍旧勾着头看着她的那些花朵。她的头巾是蓝底白花的，那些细碎的花不知是什么花，同她卖的花很不一样。

“我有一点点花粉过敏。”他解释说。

但对方就是不再回答他。

“她也许在您这儿买过花。”他进一步诱导说。

“我感冒了，今天才来呢。”中年妇女撒了个谎，声音怯怯的，差不多低弱到了水泥地上。

他没有道理再追着她问，只能饶过她。

下一个目标也是个女人，腰身比雷文福先生还要粗壮，腰间系一条黄色的围裙，围裙上画着只伸长脖子的动漫鸭，鸭子的嘴巴变了形，像只巨大的喇叭。女人跟前摆着一只玻璃柜，柜子里散发出酱鸭的香味，里面是鸭头、鸭脖子、鸭掌、鸭翅。

“她是你妈妈？”卖鸭脖子的女人比谁都热情。

“不是。”

“她是你奶奶？”

“不是。”

“她不会是你老婆吧？”

“也不是。”他有些招架不住了，想退却，却又不能退却。

“那她是你什么人？”

“不是我什么人。”

“不是你什么人还找她？她欠你钱了？”

卖鸭脖子的女人像观赏稀有动物似的，将他从头到脚打量了一遍，似乎没有找到他寻找那个红头发老太婆的理由。

“哦哦，我明白了。”后来，卖鸭脖子的女人拍了一掌自个的脑袋，也不知明白了什么，“尝尝我的脖子，很美味的。”

他当然不会尝试她的美味，她的脖子那么肥大，泛着油红的暗光，有可能是酱鸭脖子时顺带把她自己的脖子也酱了。

“谢谢您的美味。”他选择了离开，向一个瘦削的男人走去，后者在他同卖鸭脖子的女人说话时始终注视着他，似乎清楚老太婆的去向。

“您知道我要找的那个老太婆在哪里？”

那个瘦削的男人跟前摆了一地的厨房用的那种刀架，竹制的。

“你要找的是怎样的一个老太婆？”瘦削的男人眨巴着小眼睛问。

“红头发的。”他停顿了一下，又补充说，“她不是我什么人。”

“同你没关系的老太婆那么多，随便哪儿都有，还用得着问吗！？”卖刀架的男人不解。

“红头发的。”他强调说。

“一个老太婆，长着红头发，我还真没见过。红头发的老太婆，那不是野人了吗？”卖刀架的男人嘀嘀咕咕，后面的话不是针对雷文福先生说的，好像在自言自语。

“您看见过一个红头发的老太婆吗？”

“啊？没看到呢。”

“现在的老太婆爱俏啊，染了一头红发，来个黄昏恋什么的。”

“红头发的？谁看见过？你问问她们。”

“没注意。”

“我生意都忙不过来，哪有闲心东张西望。”

“嘻嘻！那不是丹顶鹤吗？我老公就经常取笑我，要么红嘴的鹦鹉，要么白头翁，或者火烈鸟。”

“红头发的老太婆？”

“红头发的老太婆。”

在不断重复的询问中，雷文福先生品尝了一种从来没有品尝过的乐趣，仿佛他的问题是个百听不厌的笑话，巷子里的人都被它吸引了。他自己也被深深吸引了，每重复一次好像都有创新，都添加了不同的佐料。每次结束后，他又抖擞精神投入到下一次。当时他还为选择了这个偏弱的招式而遗憾，没想到这其中有想象不到的乐趣。他很快就身陷其中而无法自拔。他没有放过巷子里的任何一个人，从巷口到巷尾，挨个挨个，一遍遍询问他们。他后悔没有带瓶水来，喉咙里像着了火，后来的每次张嘴都有刺痛的感觉，好像某个地方裂开了。他坚持到了最后一个人，才从巷尾折回来。

回到巷口，他在那个戴鸭舌帽的遛鸟的老头旁边站了会儿。他要喘口气，有些意犹未尽。内心有个念头催促着他，立马，即刻，对这条巷子重复一次那个游戏。可他还是克制住了自己，整条巷子都被调动起来了，都在议论他——雷文福先生在寻找一个红头发的老太婆。他寂静的外壳被敲碎了，有东西不断在脱落，身体越来越轻，也越来越清爽。他的背上像在长出翅膀，很快就要飞起来了。他掐灭了那个立刻开始的念头，这个游戏不是一天两天能完成的事情，时间越长越好，精彩的部分往往在最后。他要每天给他们一个相同的惊喜。

他恋恋不舍离开了巷子。拐过几条街道，到一个相对偏僻的地方找了家面馆，下了碗面条。还要了一小瓶酒来犒赏自己。他有个愉悦的下午，他站在阳台上望着南面的巷子。那条巷子人来人往，热闹非凡。

第二天，雷文福先生提早出发了，他的心情让他无法等到昨天的那个时间节点。天空布满了鱼鳞云，阳光不很奢侈，巷子里的人不必顶着灼热享受他的玩笑。

戴鸭舌帽的老头依旧盘踞在香榧树下，鸟笼似乎比昨天多一些，围绕花坛摆了一圈。

“您看见过那个红头发的老太婆吗？”

“穿黑色晚礼服的。”

他思想了一个晚上，决定给老太婆穿上黑色的晚礼服，除此之外，好像什么服装穿在她身上都不合适。

“叽叽！公主看见那个老巫婆了吗？”

戴鸭舌帽的老头学着鸟叫，但鸟好像不高兴了，没有回应他。它蜷缩在蛋形的鸟巢里，无论戴鸭舌帽的老头怎么逗弄它都不肯出来。

“你走开！我的公主不喜欢看见你在这儿。”戴鸭舌帽的老头气咻咻地说，“我就从来没看见过你说的老巫婆！”

雷文福先生坚持站了一会儿，戴鸭舌帽的老头没有再理睬他。他只得离开那些鸟笼，走向下一个目标，却不是那个卖花的女人，而是一个同他差不多年纪的秃头男人。秃头男人跟前摆了许多玻璃鱼缸，每只鱼缸里都有几条金黄色的小金鱼。

“瞧瞧，多好看的金鱼，要不要几条？买十条就送一只鱼缸。”秃头男人的嗓门有些粗犷，他一说话就有人朝这儿张望。

“请问您看见一个穿黑色晚礼服的红头发的老太婆吗？”

“你说啥？大声点！”

秃头男人将耳朵送到了他的嘴边，雷文福先生不得不提高声音说：“您看见一个老太婆吗？红头发的，穿黑色晚礼服。”

“没看见，没看见。”秃头男人嘟噜着嘴说，夸张的动作差点让他碰翻了一只鱼缸。

第三个目标是那个卖鸭脖子的女人，仍旧像昨天那样热情。

“她到底是你什么人？就不能告诉我们？”她好像发誓要追问个水落石出。

“她不是我什么人。”雷文福先生一再解释。

“她是你一个很重要的人，一个不能说出来的重要人物，对不对？”

他被她说得一愣，不得不跟着说：“她的确相当重要，对我来说。”

“你昨天没有找到她？”

“她不知跑到哪里去了。”

“那你该报警呀。”

“报警？”

“有困难，找警察，前些天我家波波被人拐跑了，就是警察给找回来的。”卖鸭脖子的女人说，“波波是条贵宾犬，你没看见，可乖巧啦。”

“需要报警吗？”

“早一天报警，早一天找到，要不要我帮忙给你打个电话？”

“谢谢！我再找找吧。”

他被她的热情击退了，三步并做两步，逃离了那只酱香四溢的玻璃柜。

“可怜的男人，就知道傻找。”卖鸭脖子的女人在他身后叹惜说。

“您看见那个红头发的穿黑色晚礼服的老太婆吗？

“如果您在什么地方看见了她，就请告诉我。”

“是的，我没看见，真的没看见。”

“我看见了一定会告诉你，不要你什么感谢。”

“那个老太婆，红头发的，穿黑色晚礼服的，您看见吗？”

“没看见啊，你去别的地方找找吧。”

“你看看，巷子里就这么多人，随便溜一眼，什么都藏不住。”

雷文福先生走过了卖刀架的瘦男人、卖绿豆糕的女人、用自行车载着新疆红枣的流动贩子、，卖莲子和羊角风的……似乎同昨天差不多，人们对他的询问都很配合，像卖鸭脖子的女人那样热情的也不少。也有相对冷淡的，他问一句，他们就答一句，他不再问，他们也不再回答。后来，他在巷子的尾部遇见了那个卖花的女人，如同前一天，她埋着头，好像生怕谁偷走了她的花朵。他朝她走去时，她偷偷瞥了他一眼，似乎很恐惧他走过去。

“您看见了我要找的那个老太婆吗？她染了红头发，穿着黑色的晚礼服。”他吭吸了几口花香，挡住她的去路问。

卖花的女人又偷偷瞥了他一眼，迅速将目光撤了回去。

他在那些花朵前蹲了下来等待她的回答。

卖花的女人朝后挪了挪，后面是堵墙，堵住了她的退路。她又匆忙地偷看了他一眼，眼神是怯弱的，恐慌的。

“您看见她了吗？”

卖花的女人突然捂住脸，呜呜咽咽哭了起来。她的哭声虽然不大，但吸引了很多人的目光，他和她立刻成了人们的焦点。

“求求您！别追着我问好不好？我什么都不知道。”

他伸出手，想拍拍卖花女人的肩膀，半道上却改了道，拿起一朵花蕾，放在鼻子尖嗅了一下，又放回了原来的地方。这个主意的改变是突然的，那些盯着他的目光似乎很紧张，误以为他对女人动了什么手脚，可他什么也没有做，只是嗅了嗅她的花香。卖花女人的表现让他有些不知所措，完全没有预料到她会哭泣，且像是受了莫大的委屈。

他在内心叹了口气，又有些兴奋，离开卖花的女人，朝不远处的钟楼走去。以前没事的时候他就上钟楼敲过钟，今天他同样要去敲一回钟，当然这一次不是因为悠闲。

第三天，雷文福先生就不那么性急了，慢条斯理给自己做了早餐，先冲了杯牛奶，后来用煮蛋器煮了两个鸡蛋，又吃了两片面包。他的睡眠充足，心无阴霾，精神抖擞。这个游戏进行得很顺利，唯一美中不足的地方就是那个卖花的女人莫明其妙躲避他，见到他时还突然哭了。这个意外让他很紧张，又让他很激动，如果没有卖花女人的异常表现，第二天就平淡无奇了。他要的就是这种突然的惊喜，希望新的一天能够如他所愿。他本想给儿子打个电话，但还是忍住了，每次打电话时儿子的口气都是不耐烦的。他很理解他，那么大个城市，儿子那么弱小，换了谁也不轻松。就将游戏进行下去吧，对谁都不要多说。

可是，当雷文福先生再次出现时，巷子里的人显然不像前两天那样欢迎他。戴鸭舌帽的老头守住了香榧树下的阵地，鸟笼摆成了一个圆圈。鸟笼的主人在逗着鸟，但雷文福先生注意到他偷偷乜斜了他一眼，那眼神是警惕的。他想同鸟笼的主人重复前一天的问题，可后者佝偻着腰，总是拿臀部对准他。雷文福先生绕着花坛转了一个圈，幻想找到说话的机会。

“你离鸟笼远点儿！”戴鸭舌帽的老头终于被惹恼了，吼叫着说。

“我就问问，您看见那个红头发的，穿着黑色晚礼服和红色高跟鞋的老太婆吗？”雷文福先生的声音有些怯怯的，但还是将昨晚对老太婆添加的细节说了出来。

“你是不是精神有问题？我都说过两天了，没看见！没看见！我照顾鸟儿都来不及，哪有时间帮你看着什么老巫婆！”

雷文福先生得到了明确的答复，只得讪讪地离开，走向下一个被迫接受他问题的人。

“是的，红头发，黑色晚礼服，红色高跟鞋。”

“没错，请问您看见她去哪里了吗？”

“没注意！”

“不知道！”

“没看见！”

回答他的声音都是同一模具铸造出来的，有着锋利的棱角，和冷却的铁器的腥味。雷文福先生擤了擤鼻子，想把铁腥味擤掉，可铁腥味一旦钻进了鼻孔，好像就不那么容易擤出来了。不仅仅如此，离开时他还听见他们在背后议论——

“这人是不是神经有问题？”

“肯定脑子进水了，哪有天天到同一个地方找一个老太婆的。”

“是精神病医院跑出来的吧？”

“看外表不像疯子啊，穿着这么齐整，问起话来怪斯文的。”

“知识分子精神病吧？嘎嘎！”

“他会不会是假装的？”

雷文福先生还是遇到了一个热情不减的，就是那个卖鸭脖子的女人。

“你找到了那个重要的人吗？”

“还没有。她是红头发的，黑色晚礼服，红色高跟鞋，您当真没有见过她？”他对这个浑身散发酱鸭香味的女人有着好感，也恐惧她过分的热情。

“她是不是患有老年痴呆症？”

“应该没有吧。”

“看看，你连这个都不确定，也许她就患了呢，你该在她的衣服上缝块白布，写上你的电话号码，好心人见到了就会给你打电话，告诉你她在哪儿。”

“这个我倒没想过。”

“现在说这个太晚了，你该报警，至少也该张贴一些寻人启事。”

“哦哦，我还是问问别人吧，也许有人看见她了呢。”

“你怎就这么固执呢？这样找能找到人吗？”

他不敢同她磨蹭太久，敷衍几句后就赶紧转移了。他在其他人跟前再也没有如此好遇，他们对他爱理不理，就像面对一个无赖。没有遇见那个卖花的女人，原以为她在巷子的末尾，那里也不见她的身影。有可能见他来了，就提前躲开了，或者今天就没来巷子里。

但他在那里遇见了另一个人，一个穿蓝色工作服、蹬着三轮车的中年男人。

“你怎么就不问问我呢？”

蹬三轮车的男人将三轮车横亘在雷文福先生跟前，嬉笑着问。他的眼睛有些暴突，样子却一点也不凶。他的三轮车斗里有几摞旧书，两捆旧报纸，一块暗红色的天鹅绒布，和一尊废弃的石膏像。前两天没有见到他，有可能他是从巷子里路过，不知要将这些东西拉到哪里去。

“你又喝酒了。”

“我没喝酒，你闻闻，哪儿有一点酒气！？”蹬三轮车的男人张大嘴巴，朝旁边插话的人呵了几口气，“我又不是个酒鬼，偶然心情好才会喝上两杯。”

“请问您看见那个红头发穿黑色晚礼服着红色高跟鞋的老太婆吗？”

“赶快关上你的马桶盖，臭死人了！”

“就在隔壁，墙那边，你到那里去找，保证有一天你会在那里找到她。”蹬三轮车的男人朝巷子的东边扬起了胳膊，好像那个老太婆就在他手指的方向。

巷子的东边是家医院，雷文福先生不止一次去过那里。紧挨着巷子的是座孤独的小屋，那些失去温度的人都被送到小屋里，然后被火葬场的车拉走。他上那儿去是因为他的妻子，她也在那里中转了一生中唯一的一次。

雷文福先生被对方的回答冻住了，好长一会儿才回过神来。他不敢立刻折身返回，就朝钟楼走了过去。他有些晕眩，走得不太牢靠，让人看起来随时有可能会栽倒在地。爬钟楼时比往常要慢一些，但到底上去了。这一回，他没有敲响古钟，也不是为着敲钟而来的。

后来的日子，雷文福先生继续进行着他的游戏，而巷子里的人越来越沉默了，等上大半天他们都不同他说一句话。他们要么板着脸忙活自己的事情，要么换过一副脸孔招揽顾客。他没进巷子之前，巷子里还有说有笑的，可是，当他进来之后，巷子里立马变换了一种气氛。他还隔得老远就听见有人嚷嚷："那个神经病又来了！"

"请问您看见一个红头发的老太婆吗？她穿黑色晚礼服，红色高跟鞋，耳朵上有十个耳钉，左耳朵五个，右耳朵也有五个。"

没有人回答他的问话，除了那个卖鸭脖子的女人外，其他人都当他不存在。

"你老是上这儿来，能找到你要找的人吗？"卖鸭脖子的女人摇头叹息说。

他在那些有固定位置的人那里得不到回应，就转向了那些从巷子里经过的人。他像个剪径的强盗那样挡住他们的去路，他们被问得一头雾水，一脸茫然。后来，当他们清楚了他是个神经病之后，一个个先一步逃开了，从巷子里经过的人随之慢慢少了。

"你敢说那个神经病不是来找麻烦的？"

"也许他是受了刺激，真的来找人的呢。"

"天知道他要找什么麻烦，要找谁的麻烦。"

"他就是个瘟神，把我们的生意都吓跑了。"

雷文福先生听不到这些议论，因为它们发生在他的背后。他知道的，就是巷子里的人越来越少，卖花的女人消失后，每天都有人在逃离巷子，那些摆摊设点的人少了，从巷子里经过的人几乎绝迹了。巷子变成了一个哑铃，剩下的人聚集在巷子的两端，巷子中间空空荡荡的，一个人走过就只剩下他的足音了。

他有些不解，只不过询问了他们一个很简单的问题，一个不用脑子都能回答的问题，甚至都没想过要从他们嘴边得到答案。他们惧怕他什么呢？他又不是老虎，也不是无赖，没生歹意，更不可能会伤害他们。他的身体虽然健康，并不见得有多大的力气，若是要打倒他们当中的一个，他都有些胆怯。

“她染了红头发，穿黑色晚礼服，红色高跟鞋，耳朵上有十个耳钉，耳钉都是银子的，她提着手提袋，手提袋是棉麻的，上面绣着花，花是向日葵。”

有一次，他向卖羊角风的青脸女人描述那个假想的老太婆，却招来了青脸女人的诅咒：“你怎么不去死！？”

周围的人对青脸女人过激的话语没有过多反应，只不过扫视了他和青脸女人一眼。

“他是脑子有问题，你脑子也出问题了？”只有卖鸭脖子的女人替他打抱不平。

“就许他脑子有问题，就不许我脑子有问题！？”青脸女人回击说。

刚刚散去的寂静又溜回了雷文福先生身上，从他的毛孔里探出了脑袋。要不要将游戏进行下去？他犹豫了，他的游戏砸出了响动，没想到却将巷子里的人砸跑了，且还遭到了个别人的诅咒。这是他不情愿看到的事情，先前的得意消退了，好像就此打住又不妥，至少要向他们证明，他不是个危险人物，对他们并无恶意。

“我真的在找一个人，你们谁知道，请告诉我。”他一再对那些坚守者解释。

“来吧，你就守在这儿，如果你要找的人从这里经过，肯定会发现她。”卖鸭脖子的女人将他拉到了她的玻璃柜旁边。

他就无辜着脸站在她指定的位置。

那些坚守者也许出于怜悯，得空时会有人走过来向他解释：“的确没有见过你要找的那个人，都照顾生意呢，可能见了也没记住。”

“我要找的老太婆呢，红头发，黑色晚礼服，红色高跟鞋，耳朵上有十个银子打造的耳钉，提一只绣有向日葵的棉麻手提袋。”

“对了，偶尔她会抽烟，经常忘记带打火机，要抽烟时就找人借火。”

他接受了他们的道歉后又描述了一番老太婆的形象。

正是这番描述，巷子里的人再次确认他精神上存在问题，但对他们似乎没有恶意。他们就对他这么定论了，差不多附近的人都知道巷子里有个不怀恶意的疯子，在找一个他认为很重要的人，那个人始终没有出现，也没有人看见。巷子里又渐渐热闹起来，之前那些逃离的人慢慢回归了，有些人特意绕道到巷子里来，为的就是看一眼疯子的形容。但这时的热闹同先前的热闹不一样，至少对雷文福先生不一样，先前的热闹与他无关，之后的热闹却同他紧密相连。

“嘿！你找到了你的老情人么？”

“赶紧回去吧！她上你家去了。”

“她是不是把头发染成了别的颜色？要是染成了黄色，或者绿色，你就认不出她了。”

“给警察打个电话吧，现在还来得及。”

“你们这些疯子，都是疯子！”

雷文福先生再见到他们时尚未来得及询问，他们抢先一步将问题抛过来了。他们突然觉察了他存在巷子里的美好，一个没有危险的疯子是个很好的玩笑对象，在闲暇时就可以拿他来逗逗乐子，笑上一笑。雷文福先生发现自己受到欢迎，是因为他成了他们的一个笑话，被他们一个抛给另一个，从巷头抛到巷尾，又从巷尾抛回巷头。

是中断游戏，还是继续进行？他没时间思考寂静了，也没精力去清扫粘连在身上的尘埃。

“你那个红头发的老太婆呢？”

那个穿蓝色工作服蹬三轮车的男人解救了他。那个男人不知从哪里拉来一车斗赤裸裸的衣模，不分男模和女模，都是残缺不全的，不是断胳膊就是少腿，胡乱堆在一块儿，用一根绳子绑着。

“请问您看见她了吗？”雷文福先生像是捞到了救命稻草，赶忙问。

“你跟我来。”

那个男人跳下三轮车，回转身往巷尾走。

雷文福先生站着不动，在没弄清楚蹬三轮车的男人为什么让他跟着他之前。

“你不是要找那个老太婆吗？她就在那边。”

“您真的看见她了？”

“她是不是红头发？”

“是的。”

“是不是穿黑色晚礼服？”

“是的。”

“脚上穿的是不是红色高跟鞋？”

“是的。”

“疯子，快点去呀，肯定是你要找的人，还啰唆什么！”

雷文福先生跟随在蹬三轮车的男人背后走了几步，回头瞧了一眼那些围观的人，他们中有的面无表情，有的突然收住了笑容，就僵在那里，有的像车斗里的衣模，被绳子绑出一脸的痛苦。

蹬三轮车的男人走出巷子时回头望了一眼，好像担心背后的人没有跟上去。他冲雷文福先生那张充满疑惑的脸笑了笑，之后径直朝钟楼走了过去。但他在进入钟楼之前被雷文福先生叫住了。他们停住的地方有几棵石榴树，石榴花像火焰似的开着。雷文福先生在树荫里问：“你确定看见的就是她吗？”

“错不了！”

“你这么有信心？”

“她是不是耳朵上有十颗耳钉？”

“是的。”

“她是不是提着一只棉麻的手提袋？”

“是的。”

“手提袋上是不是绣着一朵向日葵？”

“是的。”

“假不了，跟我来吧！！！”

雷文福先生跟随在蹬三轮车的男人身后进了钟楼，跟随在他身后上了二楼，又上了三楼，四楼，最后爬上了七楼。七楼就是钟楼的顶楼。顶楼的中央悬着一座古钟，古钟上刻满了字，字迹都模糊了。敲钟有两种方式，一种方式是由外及内，用一根木槌撞击钟的外部，第二种方式是由内及外，在钟内穿个舌头，舌头上系根绳子，拉动绳子，钟就鸣叫了。这里用的是第二种方式，雷文福先生不止一次那样敲响过古钟。

“你到那儿去，就能看见她了。”

蹬三轮车的男人站在顶楼的入口处，让雷文福先生顺着他手指的方向走到另一边去。

雷文福先生忽然有了好奇，这个蹬三轮车的男人到底给他找到了一个什么样的老太婆。他像往常那样朝那座古钟走去，他要穿过那里才能到达另一边。他走到顶楼正中的位置时脚下突然踩空了，楼板像被谁撬动过，比他先一步掉落了。慌乱之中，他捞住了系着钟舌头的绳子，古钟“嗡”的一声轰响了。他在轰鸣的钟声中发现那个蹬三轮车的男人忽然不见了。

雷文福先生不知道那个引诱他爬上钟楼的男人已经跑下了钟楼。

他也不可能听见那个男人回到巷子里冲着围观的人群叫喊：

“你们听——”

“你们听——钟响了——”

钟声急促地嘶叫了几声，香榧树叶都跟着微微颤动。人们的耳朵发麻，都有些刺痛了。但钟声很快消失，再也没能响起。

蹬三轮车的男人朝天空张大了嘴巴，一只大鸟正奋力地朝钟楼飞过去，它的翅膀是白色的。

临终傩舞

“先生，继续坐车还是愿意走山路呢？”

“山路有多远？”

“上山十里，下山十里，翻过这座山就到了狐山村。”

向闵中朝车窗外打望了一眼，车前方是条狭窄的水泥路，依山就势蜿蜒蛇行，远处完全叫山给遮蔽了，左侧是条羊肠小道，“之”字形往高处走，也走不多远，就叫绿树繁荫给吞没了。

向闵中被不知从哪里汩出来的豪情操纵了，说：“走山路吧。”

狐步月在前面引路，向闵中跟着，先前还跟得上，慢慢地，就拉开了距离。后来，狐步月有意放慢了自己的脚步，仅仅比向闵中快个那么一步半步，保持两三个身段的距离。狐步月很有分寸，每走过一段路后就提议小憩一下，等向闵中气喘匀了，才重新上路。刚开始，向闵中被山景吸引，不觉得怎么累，碰上新奇的东西总要同狐步月问个明白，也不过杂树野花一类的事物，上到半山腰，新鲜感早跑没了影，就剩下喘粗气了，口干舌燥，咽口唾沫喉咙都刺痛得要命。越走越沉默。向闵中暗暗叫苦，不该逞一时英雄走山路，这前不着村后不着店的，谁也帮不了他，总不能叫狐步月背着他走吧。

向闵中在内心嘲弄自己，完全自作自受，累死活该！如果不是脑袋发热，他该坐在办公楼里，悠悠闲闲喝着茶，同同事一块儿谈天侃地，聊聊股票和女人，说些带颜色的段子，讲几个带颜色的笑话。他先前在狐步月所在的那个县教了十多年书，后来改行调进了市文化馆做了创作员，名义上好听，除了写过几个豆腐块，编过几本徒糜纸张的书，其他什么事也没干。文化馆是个可有可无的单位，清汤寡水，自己不找点事做连时间都没地方打发，所以他多半时间都闲着。前段时间，一个副馆长退了，之前馆长就暗示过，副馆长那位子早晚都是向闵中的。几天前，不知从哪里冒出来一个妖精，抹着口红，扭着小屁股，花枝招展地坐在了副馆长的位置上。原本呢，也不碍向闵中什么事，当不当副馆长就那回事，可单位办公房紧张，向闵中同退休的副馆长坐一个办公室，面对面，换了接替者，还是面对面，每天妖精副馆长不是照镜子，就是嗲着嗓子打电话，不时还清唱几句。向闵中就堵得难受了，办公室成了只热锅，只要进去了就像被煎炸着。他借口身体不适，同馆长告了假，躲在家里四门不出。这也不是个好办法，妻子上班了，孩子去了学校，家里寂静得像太平间，一两天还好过，三天四天就难受活了。人是群居动物，离了群就成了孤雁，吃喝拉撒都孤单得像受刑。

正煎熬时，向闵中接到狐步月的电话，问先生有没有时间，有没有兴趣去狐山村转一转。他矜持了一下，没说去也没说不去，等待对方做进一步的邀请。这是他一贯的作派，狐步月是他的学生，教过他两年语文，学习成绩不突出，也没有别的吸引眼球的地方，是个很容易被忽视的普通面孔。向闵中记住了他，原于他的姓，以为狐步月姓胡，后来才知他姓狐。向闵中闻所未闻，几乎不敢相信还有这姓。在课堂上提问，狐步月的姓名就会脱口而出，可能狐步月因此感恩戴德，认为向闵中不像其他老师，没有漠视他这张没有任何特点的面孔。

“先生，最近狐山村会有一场快要绝迹的傩舞表演呢。”狐步月说。

“傩舞？”

“是啊，先生，我就是被我爷爷喊回来看表演的。”

“狐山村离县城没多远吧？”

向闵中知道狐山村就是狐步月祖籍的村庄，距离县城到底有多远，真还不清楚。

“先生，不远，我开着车，挺方便的呢。”

向闵中一瞬间明白了，非去不可，不是因为快要绝迹的傩舞，而是因为狐步月对他的诚恳。狐步月回乡本不需要经过市里，从省城绕道市里可谓拐了一个大弯，至少增加了三个小时的路程。还因为狐步月的自卑，狐步月高中毕业后没能上大学，只身去了南方打工，从站流水线开始，到开办小作坊，而后有了自己的小公司，慢慢地站稳了脚跟。他小时候因家里穷，加上各方面的条件并不出众，难免会有自卑。这种心态向闵中过去也有过，狐步月可能要在他面前挽回一点面子，挣回一些自信，所以不能不成全他。

去狐山村的路程并不像狐步月说得那么轻便，向闵中颠簸了将近五个小时，才抵达山脚下，又爬了两个小时山路，才到达山顶，狐山村就在眼皮子底下，可望仍不可即。下山的路比上山要轻快，还有一段青石板小道，古意盎然，加上绿荫匝地，鸟鸣山幽，心情跟着轻松了许多。可能上山勇猛了，向闵中的腿脚发软，还得提防着别摔了跟斗。又花费了一个多小时，才落到山沟里。

狐山村被山谷挟持着，南北走向，呈蝌蚪状，圆头枕南，细长的尾部朝北走，绵延近十里，一眼望不到头。房屋建筑同山外无异，多数建了钢筋水泥的小楼房，外墙贴着马赛克，花花绿绿的一大片。中间夹杂着少数老屋，远看黄墙灰瓦，透着些许古意，走近了看，早已墙裂瓦漏，破败不堪，没有了人居住。唯有村口一座石砌的箭楼，证明了村庄的历史。但向闵中问及狐步月，狐山村是哪个朝代建村的，狐步月支支吾吾，说不出个所以然，只知他们世代居住于此，整个村子的人都姓狐，无一杂姓，五百年前应该是一家，至于从哪个朝代开始，又繁衍了多少代子孙，全是个混沌的未知数。

“问我爷爷，我爷爷肯定知道。”

狐步月家在村子的南头，一幢独立的小楼房，比别家还多了个独立的院子，院子用镂花的铁栅栏围起来，院里院外就成了两个不同的世界。院门敞开着，楼房门也敞开着，狐步月的爷爷却不在家，迎接他们的是狐步月的父亲和母亲，和一个叫饼饼的十二三岁的孩子——是狐步月的侄子，刚上小学六年级。

“向先生啊？真是贵客，步月早就同我说过，您很关照他，是狐家的贵人啊。”狐步月的父亲居然弓下腰作了个长揖。

向闵中有些不知所措，不知该怎么还礼，稀里糊涂被他们簇拥着进了屋。

狐步月的父亲给向闵中让了座，才吩咐说：“饼饼，快去告诉你曾爷爷，就说贵客到了！”

饼饼欢天喜地地出了门，一溜烟往北跑去了。

狐步月的母亲给向闵中上了茶，又端来了果盘，烫了一壶米酒，摆了几只酒盅，让狐步月的父亲先陪着喝上几盅。酒盅不像酒盅，倒像个小碗，向闵中被吓住了，赶忙使眼色向狐步月求救。狐步月全当没看见，还一个劲地劝说：“先生尽管喝，这酒没度数，权当解渴，十盅八盅都不会醉。”向闵中将信将疑，浅酌了一口，香香甜甜的，果真感觉不到酒味。

狐步月的父亲很恭敬，一盅接一盅，不停地劝酒。向闵中招架不住，喝下去了两三盅，才见饼饼返回来，后面跟着狐步月的爷爷。向闵中暗暗有些吃惊，狐步月的爷爷不同于一般的长者，快九十岁的人，身板笔挺，脸色红润，一头银发，长髯飘飘，颇有些仙风道骨。向闵中小声问狐步月，他爷爷是做啥的。

“还能做啥？锄山砍石。”狐步月的爷爷爽朗着声音说。

又问狐步月：“几时到的家？”

狐步月说：“刚到啊，进门就让饼饼去报告您。”

“怎么不走大路？”

“我陪先生看看山景。”狐步月毕恭毕敬回答。

向闵中也附和：“山清水秀，真是一个神仙居住的地方啊。”

狐步月的爷爷没再多问，吩咐开饭。菜是早就准备了的，都是独有的山货，荤的有风干的野麂肉、山鸡炖蘑菇、红烧兔肉，素的有清炒蕨菜、小竹笋、石磨豆腐，加上时鲜蔬菜，竹参煲的汤，满满一大桌。狐步月拎来两瓶酒，向闵中说啥也不让喝。狐步月说：“先生，不喝不成席面。”狐步月的爷爷说：“先生不喝就不要难为先生。”狐步月不好再勉强，只得说留到明天喝。没有了酒的恐惧，向闵中就吃得放松了，不觉胃口大开，吃相估计也没那么文雅，很快就腹鼓肚圆，悄悄松了两格皮带扣。

饭毕，都退了席，狐步月的母亲又上了一道茶，这是狐家的习惯，有客没客都一样，饭后都会上一道茶。喝茶的这档口，狐步月将向闵中提的那个问题抛给了他爷爷，狐姓到底是什么时候落户山沟沟的。

狐步月的爷爷先是睃了一眼狐步月，而后又拿手捋了一把那悬在胸口的胡子。

“先生想知道。”狐步月解释说，“写文章需要素材呢。”

狐步月的爷爷朝向闵中颔首微笑了一下，又拿手捋了一遍胡子，才说：“狐姓出自上古周朝，也有叫复姓令狐的，搬来这儿的一支大概在唐朝的时候。”停顿了一下，接着叹口气说：“具体什么时间，祖上也说不上来。”

“族谱上没有记载么？”向闵中问。

“就没人见过族谱。”狐步月的爷爷摇摇头说，“也许以前有，后来被人毁了。”

向闵中遗憾地哦了一声。

“也有另外一个说法，”狐步月的爷爷说，“说是祖上一人逃亡到这儿，饥寒交迫，加上疾病缠身，晕倒在一块巨石边，是一只灵狐每天衔了山鸡蛋给他当饭食，祖上才捡得了性命，为感谢灵狐的救命之恩，祖上改姓狐，将狐狸当作了自己的先祖。”

“挺有意思的。”

“没有人相信这个说法。”狐步月的爷爷说，“族里人都希望恢复祖上之前的姓氏，可是没有谁知道祖上之前姓什么。”

“为什么呢？”

狐步月的爷爷浅啜了一口茶，朝厅堂正中的神台张望了一眼说：“我也想不透为什么啊。”声音里透着苍凉和无奈，好像有一只年迈的爬行动物在他的喉咙里缓缓爬动。

向闵中瞧了一眼神台，神台上供奉着几尊矮小的神像，面目有些模糊。溯本追源的话告一段落，向闵中也不好意思接着问询什么，就低下头喝茶。

“爷爷，什么时候跳那个傩舞？”狐步月又打破了沉静。

"就你着急么？着急你就别回来！"狐步月的爷爷忽然拔高了声音，脸上有了愠色，胡子急剧地抖动。

狐步月苦瓜着脸瞅着他爷爷，不知他为何如此恼怒。向闵中也有些诧异，按理说当着外人的面老人不会失态，可是老人的反应明显过激，似乎不怎么尽情理。狐步月的问话正常得很，并没有什么唐突之处，究竟哪儿冲撞了老人呢。向闵中隐约觉得，狐步月不该有此一问，那个傩舞或许在老人眼里就是个禁忌。

"月伢，怎么说话的！？"狐步月的父亲瞪了一眼狐步月，呵斥说，"还不给你爷爷赔礼道歉！"

"爷爷，孙儿怎么会着急呢？孙儿不就是回来陪爷爷的么？"狐步月讨好老人说，"爷爷您可别生气，先生在呢。"

狐步月的爷爷听了几句软话之后，一脸愠色慢慢就烟消云散了，瞥了向闵中一眼，端起茶杯做了个掩饰的动作："先生，请喝茶。"

"喝茶，喝茶。"向闵中附和着说。

喝过茶，暮色已经笼罩了下来，屋里亮起了灯光。狐步月的爷爷吩咐说："步月，陪先生到村子里转转。"狐步月的父亲却抢过话头说："爹，我陪先生去转转，让步月陪您说说话。"

"去吧！黑灯瞎火的，拿上手电筒，别走得太远。"狐步月的爷爷叮嘱说。

向闵中本来有些劳累了，加上酒足饭饱，倦意更是袭人，但又没法拒绝主人家的安排，就勉强支撑着，跟随在狐步月的父亲身后走出了院子。如果没猜错的话，狐步月的父亲说陪他转转只是个借口，肯定有什么话要对他说，那些话还不能让狐步月的爷爷听见。

灯光暗影中，他们穿房过巷，三转两转就到了村前的小河边，流水汩汩，山里的晚风有了些凉意。果真，狐步月的父亲说："刚才步月他爷爷的话请先生不要介意，人老了就是个孩子，说话做事都由着自家的性子来。"

"哪儿会呢？瞧瞧老人家的精神状态，真个不同凡响……"向闵中一时搜索不到什么词语来赞美狐步月的爷爷，但口吻是敬佩的，带点儿嫉妒和羡慕。

“我也六十多了，人老了，对死就敏感了。”狐步月的父亲莫名有了慨叹，夜色中他的声音像被水浸湿了，有了沉重感，“您知道吗？步月说的那傩舞是狐山村百岁老人临终时才跳的傩舞，只有百岁老人才有那个资格，所以他爷爷才那么恼怒。”

“百岁老人？”

“是啊，百岁老人。”狐步月的父亲说，“狐山村多少年没有百岁老人了，好不容易有一个，狐毛公，一百〇二岁，眼见得要五世同堂了。”

“一百〇二岁！”

“其实我也没看见谁跳过那个傩舞，步月他爷爷说看过，不过那会儿他小，才五六岁，不理解其中的意思，后来多少年没见了，到了这个年纪，没人说起过，也没人提醒他，不知怎么又记得了，先生说奇怪不奇怪？”

“谁会跳那个傩舞呢？”

“山槐叔，步月爷爷说过，当年那场傩舞后山槐叔的师父收了山槐叔做徒弟，一代只传一人，代代单传。”

“其他时候不能跳吗？”

“谁敢跳！？”

“那个百岁老人，狐毛公，身体是不是出了什么问题？”

“是啊，两年前狐毛公就卧床不起了，不过人还算清醒，但今年的情形不太好，最近的情况比较糟糕，好几天水米不进，怕是快了。”

向闵中总算听明白了，狐步月的爷爷之所以把狐步月召回来，就是让他观看即将在狐毛公临终时上演的一场傩舞，让他记得这个傩舞。由此推想，老人肯定有个暂时未公开的愿望，将来百岁之后也要来上这么一场傩舞。向闵中突然理解了狐步月爷爷为什么对狐步月发火，这是一场极为残忍的傩舞，自己根本不应该答应狐步月的邀请，他们早一天看到狐山槐的傩舞，那个叫狐毛公的百岁老人就会早一天结束生命，可他的好奇心不可抑制地被勾引了起来，那即将上演的傩舞到底有何特别之处，恨不能下一刻就撩起它神秘的面纱。

“但愿老人家尽快好起来。”向闵中言不由衷，但又感觉自己的祝福是真诚的，是发自内心的。

“毕竟年岁到了，好转也难。”狐步月的父亲说，“但傩舞是不会跳的，老人家一年前就嘱咐过，不要让狐山槐进他的屋场，不要跳那个招神惹鬼的傩舞。”

“这是为何呢？”

“个中缘由不便细说。”

狐步月的父亲堵住了向闵中的追问，这一晚上的步也散到终点了。向闵中的内心有了淡淡的失望，可又不能表露出来，就跟在手电筒的黄光后一声不响往回转了。山里的夜晚寂静，只有一只不知名的鸟叫，像婴儿啼哭。竟然睡得十分香甜，一夜无梦。

第二天，向闵中起了个大早，独自溜出院子去溜达，却又不敢走得太远，怕狐步月寻他不着。依旧走房穿巷，去了小河边，这一路上遇见的人都很和善，都微笑着同他打招呼。都说山里人淳朴，的确不假。河水清澈见底，有小鱼儿游来玩去。空气中有某种树叶的清香。可能正做早饭，村子里炊烟袅袅，间或有鸡狗的叫声弄碎早晨的静寂。沿河走了不过几十步远，果然狐步月就寻来了，招呼他回去吃早饭。早饭是葱花面条，面条里卧着两个荷包蛋。向闵中被勾起了食欲，一大碗面条吃得汤干水净，放下碗时还打了个饱嗝。

“先生，请您稍坐片刻，”吃过饭后茶，狐步月告假说，“我先去拜望毛公老太爷，一会儿就回来。”

“你尽管忙去吧。”

向闵中嘴上说得轻巧，可内心还是咯噔了一下，狐步月表面上是拜望狐毛公，实质上怕是去探视百岁老人的病到底到了哪一步。一瞬间，向闵中觉得自己成了一个罪人，成了狐毛公的催命阎王。

“你就诚心看看，不要多话。”狐步月的爷爷说，“不要在他的床前咳嗽，更不要动坏心眼。”

“您放心，孙儿知道的。”

“就怕你不知道呢。”

狐步月拎着早就备好的一小篮水果，以及他母亲给他的一塑料袋鸡蛋出了门，百岁老人的家距离狐步月家不远，不到一个小时就返回了。这间隙，向闵中同狐步月的爷爷说了些闲话，老人虽然年事已高，可记忆力惊人，往昔的故事都清楚得很，有些细节就像发生在眼下。见了狐步月，老人才收住话头，拿眼盯着孙子。

“怎样？”

“好着呢。”

“怎样好着？”

“早上吃了小半碗稀饭，能坐起来了。”

“谢天谢地，总算好起来了。”狐步月的爷爷抬了抬眼，似乎在感谢上天，之后又不无恐惧说，“不会是回光返照吧？”

这话出口没吓着别人，倒吓着了狐步月爷爷他自己，“呸呸呸！臭嘴臭嘴！该掌嘴割舌头！”后悔得就差没扇自己几个嘴巴子。

他完全是自己在责难自己，没有人接他的话头，也没有人指出他的错误。后来，在去箭楼的路上，狐步月同他的老师说：“也许我爷爷真说对了，毛公老太爷是回光返照，他们也都这么担心。”

狐步月的语调是轻快的，不像在说一个人的生死，倒像在谈论某部好看的电影，电影中某个让人记忆深刻的镜头。轻快中还夹有欣喜，似乎有什么重大的发现。

向闵中没有说话，也不知该怎么表明自己的态度。他试着拉了一下狐步月从邻居家借来的那支弩，可是力气不够，拉不起来。狐山村人有制弩的手艺，也使弩打猎，据说弩能射死两百斤重的野猪。

箭楼在村子的北边，是石砌的，有三四层楼高，估计是狐山村人的祖先用来抵御兵匪强人的。箭楼上有供射箭用的洞户，将弩架在洞户上，居高临下，对贼人肯定是致命的威慑。向闵中在狐步月的帮助下将弩拉上了，却找不准目标，不知要射向哪里。

“那儿，那儿有一个南瓜。”狐步月指着箭楼下的南瓜架说。

“不能吧？”

“南瓜多的是，当猪食的，不打紧。”

向闵中将弩放出去，弩箭却射偏了，插在了南瓜架的一根木柱上，吃进去好长一截，弩尾还在颤动个不停。这弩的威力的确不可小觑，如果射着人，有可能会把人贯穿，不死也得半条性命。狐步月跑下楼，将弩箭拔了回来，又拉上了。向闵中重新将弩架在洞户口，正要放第二弩，楼下却有人叫喊：“小心点，别伤着人！”向闵中赶紧将弩收住，那叫喊的人就从楼梯上爬了上来，是个壮实的中年汉子，额宽面阔，剪了一头短发，堂皇得很。

“生福哥。”狐步月说。

“啊，先生啊，步月领先生去我家耍啊。”那叫生福的人说。

“好的，生福哥。”狐步月答应着。

“你们耍，你们耍，我就问候一下先生嘛。”狐生福说了几句闲话，就转身下楼了，“先生，失陪了，我还要去给老太爷请安呢。”

被狐生福这一搅扰，向闵中就失去了射弩的兴趣，站在箭楼上瞭望了一会儿风景。狐山村像个世外桃源，有山有水，不受外人侵扰，独立成一个世界。心下想，真要能有这么个地方，安安静静过着，总比每天瞧那妖精画眼描眉舒坦。

“先生，您知道这人是谁吗？治保委员，村里人背地里都说他是暗探。”狐步月指着狐生福的背影说。

“步月啊，他怎么就是暗探呢？可不能背后这么说人家。”

“先生说得是。但村里一些鸡毛蒜皮的事情，没准就被他报告了。这会儿他去探望老太爷，说不定就藏了什么别的心眼。”

向闵中语塞了，世界上的人何其相似，狐步月去拜望老太爷时不也埋伏着歪心眼吗？狐步月看来也不像念书时那么诚实，那么本分。如此一想，向闵中又阴郁了一会儿，有个疑问本想同狐步月说，又止住了。

“步月啊，听你爸爸说，百岁老太爷一年前就嘱咐过，那个傩舞不让跳了。”吃过午饭，向闵中的心情似乎好转了一些，才将积压在心头的疑问吐出来。

“不会吧？为什么不让跳呢？我爷爷把我召回来为的就是傩舞嘛。”

狐步月可能被这突然听到的变故搅乱了心情，本来要去后山的水库钓鱼的，后来鱼也不钓了，就领着向闵中去了村子最南边的樟树林，那儿有几十棵上了年岁的樟树，树龄高达五百年的都有。上个世纪大跃进那会儿，村里人为了保护这些古树想尽了办法，有人砸碎了自家炒菜用的铁锅，将锅铁的碎片攮入树蔸部，斧锯不入，古樟林才免于劫难。樟树林里建有一个石坛，都是花岗岩石柱，才半人高，石坛里供着一尊石像。石坛前有香炉，香炉里满是香烛燃烧后留下的残枝。石坛前有块平地，怕有两百个平方米。

“正月里闹社火，元宵节晚上就在这儿跳傩舞。”狐步月介绍说，“那叫梅花傩，三个人跳，很简单的。”

说着，还做了几个动作。

向闵中有些失望，狐步月的动作真的简单得很，粗放得很，同广场上大妈们跳的舞没什么两样，甚至还比不上大妈们的舞姿。想象一下，那临终傩舞又能多么出彩呢，也许不在动作的编排上。幸好不是冲着临终傩舞来的，只不过为了放松一下，排遣被妖精添堵在胸口的郁闷。

第三天，吃过早饭，狐步月又要去拜望毛公老太爷，被他爷爷给阻止了。他爷爷说：“你三天两头去惊动老太爷，黄鼠狼给鸡拜年，别不安什么好心。”狐步月觉得委屈，可拗不过他爷爷，不让去就只有不去。就拿了渔具，陪同向闵中去后山的水库，半道上又打发饼饼上老太爷家打听消息，并许诺钓鱼回来陪饼饼踢足球。饼饼听说有人陪着踢球，喜笑颜开走了。饼饼走后，狐步月说去借钓竿，让向闵中稍等片刻，一去却是一个多小时，回来时两手空空，什么也没拿。向闵中有了不悦，可不好明显表现出来。狐步月也很自觉，一个劲地说对不起让先生久等了。

进入库区，果真是一片好水，绿汪汪的，像镶嵌在山里的一块碧玉。他们挑一处地势平缓的地方，下了钩，耐心等待鱼儿上钩。微风拂面，水波细碎，库区比村里更加寂静。不远处的树丛里有鸟鸣声，婉转得像唱歌。

水面上有了动静，向闵中猛然一甩钓竿，一尾鲫鱼就掉在了草地上，活蹦乱跳的。

“先生，我问明白了，老太爷为什么不让跳傩舞。”狐步月说。

“鱼要跑了，快抓住它！”

“老太爷有个曾孙子，叫圆圆，两年前犯了事，一直在逃，老太爷可能自责没有管教好子孙，出了丢人现眼的丑事，给村子里蒙了羞，觉得耻辱，不配享有那么隆重的葬礼。”

“这鱼有半斤重吧？”

“什么事没人说，但肯定不是什么正大光明的事情，警察都来过村里好几回了，每次都是逢年过节来的，看来事情还不小哩。”

向闵中“哦”了一声，瞥了一眼狐步月，将鱼丢在水桶里。

“要我猜测，老太爷可能不是心有愧疚，而是害怕他过世时圆圆回家奔丧，正巧被警察赶上了。”

如果事情依了狐步月的猜想，百岁老人果真留下遗言，那他的后人会不会违反他的遗嘱，坚持让狐山槐跳那个傩舞呢？这是向闵中想知道的，可惜没有谁告诉他答案。

“老太爷是让糊涂蒙了眼，圆圆真要是犯了事，哪能逃得脱呢？逃得过初一，逃不过十五，总会有被拿着的一天。”

吃午饭时，饼饼偷偷对狐步月说，他在老老太爷家门前守了一上午，没听见屋里有什么动静，也未听见有人哭泣，只有狐生福去过，前后左右绕了一大圈，又走了。饼饼说：“细叔，下午去踢足球，可不许耍赖啊。”狐步月苦笑了一下，表示一定不会耍赖。

午休时间，饼饼抱了足球，一个人在院子里踢来踢去，闹腾得欢。向闵中原想多睡一会儿，可没多久就被吵醒了，只得起了床，同他们一块儿去踢球。出了院子，狐步月往南走，饼饼却嚷嚷着去北边，说学校的操场地太硬，很容易伤人，要去一个新地方。狐步月就掉过头来往北走，向闵中跟着，转过几个屋场，遇着一个人，也往北走。狐步月招呼了一声：“秋生叔，上哪儿去啊？”

“不去哪里，就转转。”

那叫秋生的男人背有些驼，低眉顺眼，额头上有些愁苦相。应过话，并排着走了十几步，从一个岔道分开走了，狐步月他们跟着饼饼上了小道，狐秋生顺着大道径直朝村口走去。

“这是圆圆爸爸呢。”狐步月介绍说，“每天都去村口守候圆圆。”

向闵中“嗯”了一声，追着那男人看，对方走远了，背佝偻得越发厉害，成了一个小黑点。

饼饼看中的足球场有半亩地，平整了，垫了细沙，跑动起来像踩在草地上，感觉很细软。狐步月很奇怪，弄着这么一大块地，派什么用场呢。饼饼说：“听曾爷爷说，山槐叔爷要在这儿跳傩舞呢。”

向闵中就惊奇了，一个人跳傩舞竟然需要这么大的舞台，比樟树林的场地阔了差不多一倍。对那傩舞暗暗生了憧憬，究竟是怎样宏大的场面。

可是，临到第五天，向闵中终于耐不住了，等下去似乎希望渺茫，况且在村子里住了四个晚上，像与世隔绝一般，内心里早虚空了一大块。回想起办公室里那忸怩作态的妖精，好像也不那么厌恶了。肚子里想着快一点结束狐山村的旅行，脸面上却现不得半点急切的神情。

其实狐步月比向闵中更着急，一早一晚，暗暗指使了饼饼往老太爷家里跑，每次饼饼都没能带回确切的消息。绝望之际，狐步月忽然想到了一个折中的办法，要观看傩舞表演不一定非得等到老太爷辞世呀，完全可以去找狐山槐，让他私底下为他们跳一场。狐步月将想法禀告了向闵中，向闵中说：“这恐怕不妥吧？”狐步月却不管妥与不妥，也不管狐山槐答应不答应，就将事情安排了。

在没见到狐山槐之前，向闵中暗暗设想过他的面貌，虽然不很清晰，但绝不是这种模样，身材瘦小，黑衣黑裤，灰不溜湫。狐山槐正在院子里同一个高他半个脑袋的年轻人说着什么，年轻人手中拿了一件木勺一样的器物。午后的阳光落在狐山槐身上，让向闵中产生一种错觉，好像狐山槐不是一个人，而是一个影子，一个飘飘忽忽让人把持不住的影子。狐山槐见了向闵中他们，慌忙让年轻人藏起了手中的器物，才过来招呼他们。

“先生啊，稀客稀客，请都请不到，快请坐啊。”

狐步月将向闵中介绍给狐山槐，狐山槐的眼睛里忽然有了光，先给向闵中让了座，又朝屋里叫喊：“先生来了，上两碗茶烫一壶酒来。”

酒同狐步月家的酒一个味，盅也是像小碗似的盅，喝着酒，说着话，慢慢地，向闵中对狐山槐跳傩舞的事情有了个大致的了解。当年，狐山槐的师父跳过一场傩舞之后再没跳过第二场，不是不想跳，而是没有机会再跳，就收了狐山槐为徒，暗地里将临终傩舞一招一式传授于他。狐山槐快八十岁了，暗中练习过千百回了，就指望着狐毛公，望啊盼啊，谢天谢地，狐毛公好不容易熬过了百岁大关。

说这些话时，狐山槐的眼里有了浑浊的泪花。

“先生，让您见笑了。”狐山槐抹了一把脸，有些羞赧地说，“进屋来吧，给你们看样东西。”

狐山槐从卧室里捧出一本线装的册子，像本古籍，旧黄得很。

“跳过的傩舞，都在这上面记着呢。”

狐山槐将册子翻到尚未书写完整的一页，那一页是分水岭，往前翻是历史，往后走还是空白的未来。向闵中接过册子，一页一页往前翻——

民国 20 年，狐山岳逝，享年一百零七岁，狐三柚舞。

咸丰十年，狐二公逝，享年一百零三岁，狐月明舞。

乾隆五十五年，狐旺田逝，享年一百一十岁，狐野梨舞。

乾隆十七年，狐有财逝，享年一百岁，狐云月舞。

乾隆五年，狐敬山逝，享年一百零八岁，狐云月舞。

康熙四十三年，狐庆元逝，享年一百二十岁，狐迎春舞。

康熙三十一年，狐长孙逝，享年一百零二岁，狐迎春舞。

康熙十八年，狐子腾逝，享年一百一十三岁，狐迎春舞。

……

向闵中拿着册子，径往前翻，翻过了清朝是明朝，翻过了明朝是元朝，翻到最开始的一页，最开始的一行字，却是唐朝的，唐太宗李世民那会儿的：贞观二十年，狐山友逝，享年一百一十四岁，狐冬生舞。

向闵中端详了册子上的字体笔画，竟像是一个人的墨迹，估计是后人抄写的，十有八九是狐山槐的师父。掩卷沉思，向闵中莫名有了感动，眼睛里有些酸楚，有了些湿润。

“真不容易啊！”向闵中慨叹说。

“是啊，不容易啊！”狐山槐跟着慨叹。

“山槐叔，能不能给先生来上一段傩舞呢？”狐步月恳求说。

“那怎么行！？”狐山槐突然一脸严肃，粗粝着嗓子说，“那会给狐山村招灾惹祸的！”

狐步月面红耳赤站在那里，恨不得钻进地缝里去。

“每个行当有每个行当的规矩，可不能勉强。”向闵中打破了尴尬，也给自己下了台阶。

“是啊，师父定的规矩就是如此。”

待到晚间，在狐山槐院子里遇见的那个年轻人，却拿了一只面具找上了狐步月，说是给先生看看。年轻人是狐山槐尚未公开的徒弟，准备在狐毛公这场傩舞上举行拜师仪式。

“不让看的就不看吧。”想起下午狐山槐的激烈，向闵中似乎心有余悸。

狐山槐的徒弟解释说：“师父只说不能随便跳傩舞，但没说面具不能给人看。”

向闵中就接过了面具，面具是木头的，形状如一把没有柄的水勺。面具上画着脸谱，粗一看像京剧里头的脸谱，看细致了，认出是狐狸的脸，有黑有白，眼睛还是血红的。不见狐狸的奸诈，却有些凶煞，就不想再朝细里观看，也不想朝深处琢磨了。

晚间，向闵中竟然睡不踏实了，老是做梦。梦里一只狐狸追着他，他逃到哪，它就追到哪，总也逃脱不了。从梦里惊醒了，就再也睡不着，睁着眼到了天亮。窗外忽然有人叫喊：“细叔爷，老太爷走了。”“细叔爷，老太爷走了。”叫喊了两遍，不知叫喊谁。院子里很快响动起来，狐步月的爷爷、父母，一家人都乱哄哄地起来了。

“先生，先生。”

向闵中听出狐步月的声音，一骨碌起了床，胡乱抹了两把脸，同狐步月一块儿往狐毛公家走去。路上遇见不少人，都去往同一个方向。“昨天不都好好的么？怎么突然就走了呢？”狐步月的爷爷老泪纵横，不愿让人搀扶。

狐毛公家的院子果然聚满了人，狐山槐同他的徒弟在，那个叫狐生福的也在，屋子里有人哭泣，这大群的人却是安静的。不多久，就有人让了道，狐山槐进了屋，过了半个多小时，又出来了。出来时的狐山槐好像变了个样，淌着泪，一脸的悲怆和绝望。他手上拎着那只画着狐狸脸的面具，摇摇晃晃的，像醉了酒。

“孝子都没到齐全，怎么行傩舞啊！？”

狐山槐将面具掷在地板上，面具正好落在一块石头上，被磕出佛手瓜似的一个大窟窿。

……

离开狐山村时，向闵中有些怏怏的，也有些恋恋不舍。后来，狐步月还是喜欢有事没事给他打电话，有次在电话里说，狐毛公的那个曾孙子圆圆其实早就回家了，在薯窖里躲藏了半个多月，而且狐毛公在向闵中离开狐山村的前两天就去世了，但他的家人秘不发丧，圆圆在他曾爷爷的床头磕了三个响头，又走了，结果呢，警察再次扑了空。

喜马拉雅驴友

一

“就从我开始吧。不管你们说不说，反正我要说了。你们说与不说，是你们的自由，不会有人勉强你们。我说完之后，你们不说，我也不会责怪你们，更不会认为我上当了，蒙受了你们欺骗，承受了多大损失。你们不必担心，也不必内疚，这种事情并不是每个人都碰得上的，也许你们真就没有经历过，叫你们信口胡编，那是罪过，头顶三尺有神明，不能睁眼说瞎话。

“我是不是有些饶舌？

“你们别烦我，宽大我，让我啰嗦一回吧。这雨，越下越密，一时半会肯定停不了——我，很多次鼓足了勇气，想一吐为快，把自己解放，可我的脖子上掐着一只手，正要说话时喉咙就被它掐紧了。你们瞧瞧，这会儿它还死掐着不放呢。

“是我挑出来的话头，理应也由我说起。从哪儿开始呢？其实不用多想，最纠结的事儿，最放不下的事儿，最让我有负罪感的事儿，就那么一件，没有第二件。我是奔五十的人了，没经过什么风浪，没犯过大恶，也没干过什么惊天动地的事业，平平淡淡过着平庸的日子。我在一家事业单位当了十五年办公室主任，在家操持着柴米油盐，在单位还是操持着柴米油盐，顶没出息了。同别人相比，不过多吃了几顿不掏腰包的饭，多喝了几杯不掏腰包的酒。我就不同别人比较，别人五花马千金裘，那是别人的事，我不偷不抢，不贪不腐，不犯大错，不积小恶，过得自在，也活得坦然。

“说到那件事，也是我的职业习惯造成的。办公室主任嘛，在哪都一个样，迎来送往，陪笑陪喝陪玩，察言观色，迎合领导，取悦客人。拿我当了一辈子农民的老爹的话说，头顶上捶不烂三捆稻草，腰弯不成一张犁，就做不好一个管家婆。我爹治家没说的，我几个兄弟都被他修剪得豆是豆，麦是麦。刚开始我不习惯，慢慢就游刃有余了。这办公室主任别的好处捞不到，吃吃喝喝是家常便饭，吃好了喝足了，才算称职。

“随便谁有客，招呼一声，喝上几杯不是什么新鲜事。正因为这，我就经常做东，远方的朋友来了我做东，老乡见面我做东，同学聚会仍是我做东。那一天，一个多年不见的高中同学回城了，照例我做东，呼朋引伴，团团圆圆坐了一大桌。同学姓顾，是我高中时关系最铁的哥们，帮我打饭，传书信给女同学，偷偷帮我买香烟……替我打掩护的事真没少做。我特意叫上顾同学曾暗恋过的一个女生，有她在，不愁他不尽兴。老同学见面嘛，总得热闹热闹。

“果然，酒敞开着喝，话敞开着说。都是老同学，没那么多讲究，没那么多场面上的应酬。该说的，不该说的，一股脑儿都说了。该喝的，不该喝的，也一股脑儿都喝了。顾同学生性腼腆，招架不住轮番的进攻，勉强喝下了几杯。这其中，少不了那位他暗恋的女生怂恿。喝到后来，顾同学当场趴在了桌子上，呕吐的秽物摊了一地。

“当时谁也没有在意，哪天没有人喝醉酒呀。两个同学将顾同学扶到了旁边的沙发上，一桌子的人依旧说说笑笑，说顾同学不是喝醉酒了，而是喝人喝醉了。宴终人散时，才发现顾同学出了状况，赶紧往医院送，可是晚了一步，顾同学再也没能从急救室里走出来……

“我彻底懵了，脑袋像被掏空的西瓜，空空荡荡的，不知道该怎么办。生龙活虎的一个人，居然在酒桌上喝没了，这叫什么事！？如果不是因为我，不是我把他们邀集到一块儿，不是我处心积虑把顾同学曾经暗恋的女生拉过来，顾同学会倒在酒桌上吗！？我怎么向他的妻子儿女交代！？本是联络感情的一顿酒宴，却变成了顾同学的催命宴。我和那些同学，一个个都成了索命的黑白无常。我后悔莫及啊……可是后悔有何用？顾同学再也活不过来了。

“为了弥补犯下的过错，我和几个老同学一块儿料理了顾同学的后事，给他妻子做了精神上的补偿，承担起他女儿上大学的全部费用……可是，这些真能抚慰他亲人心灵上的悲痛吗？真能让我们的内心安宁吗？

“只要闭上眼，顾同学就会出现在我脑海里，腼腆地向我笑着……

“我戒酒了，谢绝了一切应酬。我带着这个空酒瓶，为的就是时刻提醒自己，酒是魔鬼，是人就不能让魔鬼进入自己的身体……

“我像被诅咒了，不管走到哪里，顾同学都如影随形，跟在我的身后。只要我端起酒杯，不，只要闻到酒香，他立马就站在我跟前，举着杯子要同我喝上一杯。很多次，他直接闯进我的梦里，将我揪醒，让我陪他喝上一杯。

“有一个梦，恐怕我下辈子都会记得。我梦见自己倒在了酒桌上，火化时尸体上的火焰怎么都不熄灭，肚子里不断有酒汩汩冒出来，蓝色的火苗呼呼叫嚣着，把火葬场给燃着了。人们出动了消防车，就是没法把火扑灭……

“顾同学走了三年，这三年里，我一个人东游西荡，专挑没人的地方走，孤岛、荒山、大漠，哪儿都去了。以为能摆脱顾同学的纠缠，可都是徒劳的。我在前面走，顾同学就在后面跟着，寸步不离。我快，他也快，我慢，他也慢。有时我都有了错觉，我和他好像合二为一，合成了一个人。我都听得见他的呼吸声，很轻很轻，微细得仿佛听不见，但依然能感觉到他的存在。很多次，我跪在他跟前，请求他别跟着我。他默不作声，我以为他离开了，放过我了。可是，当我重新挪动脚步，他又悄无声息地跟在我的身后，跟得紧紧的，生怕我开溜了。同你们说话的这会儿，他肯定站在不远处的某个地方，或许在哪个角落，或许在那尊泥菩萨的背后。他的目光自始至终一眨不眨盯着我，只要我拿出空酒瓶，他会立马跳过来，举起酒杯，向我讨要一杯酒喝。

“别东张西望，你们看不见他的，只有我才能感觉到他的存在。

“这一辈子我都摆脱不了他……”

二

“我是个怎样的女人？你们说说，这大半天对我的印象怎样？

“我是个怎样的女人？如果你们去我生活的小城打听，他们一定会告诉你，木木呀，是个快乐的女人，爱说爱笑，整天乐呵呵的，不识愁滋味。或者说，木木呀，是个爱臭美的女人，打扮得像个时装模特。也有人会说，木木是个傻女人，傻乎乎的，什么也不懂，可傻人有傻福，瞧她的日子过得多自在，多幸福。还会有人说，木木是个爱幻想的女人，有时不着天不着地地冒出一句，会把你给吓一大跳，不知她脑子里在想些什么。

“不管怎么说，肯定都认为我是个好女人，是个懂得珍惜生活享受生活的女人。他们被我蒙蔽了，欺骗了，看见的是我的表面，是我伪装出来的假象。其实，我是个贪婪的女人，不道德的女人，无耻的女人。我就是个堕落的天使，不，不是天使，是魔鬼。

“我不是有意贬损自己，也许你们不会相信，我会是这样一个女人。我说给你们听听，就会知道我没有说假话。我不怕你们掌握我的隐秘，下了这座山，大家各奔东西，再见到你们，我也不会相认，你们也许早认不出我来了。我没什么可顾虑的，你们都是陌生人。

“阿信，你那真是空酒瓶吗？有没有酒？哪怕有一滴酒，给我润润嘴唇也好。

“你别哆嗦，那位顾同学不会跟着你的，这座山他肯定没来过，不认得路，怎么跟踪你！？我理解你的，阿信。真没有酒？啊啊！对不起，我不该向你提到酒，更不应该向你讨酒喝。

“青铜，给支烟吧，一个警察不可能不抽烟的，哦，谢谢……在别人眼里，我的确是个幸福的女人。有一个爱我的丈夫，有一个可爱的女儿，有一份满意的工作。从小到大，没吃过苦，没受过波折，没走过弯路，一路绿灯，到处顺顺利利。

“有一个地方他们说对了，我就是个爱幻想的女人，不知足，内心有一个断不了的念头。也许我读多了琼瑶的小说，痴心妄想着一份浪漫的情感。是不是有很多女人像我一样？期待着一位白马王子，期待着一位真命天子。都已经为人妻为人母了，还那么傻傻地痴求。

“你们可能听出来了，我要说的就是庸俗的婚外情，没错，就是婚外情，我就是个见异思迁的女人，水性杨花的女人。我没打算给自己立贞节牌坊。我现在对自己都厌恶了，恨不得一脚踢飞到九霄云外。

“……我是在一次旅途中邂逅他的。我几乎每年都要外出旅行，每次都是我一个人，谁的陪伴也不要。很多电影、小说里边的主人公不都是在旅途中遭遇爱情的么？那时候我真是这么憧憬的，在落日的海边，在风吹草低见牛羊的草原，在喜马拉雅山脉的雪峰上，我没有任何预兆就遇见了他。我以为浪漫而美妙的爱情都是在这种场景中发生的。

“那一次我突然感冒了，头痛欲裂，出发时忘记带备用的药物。他就睡在我的对铺，可能觉察了我的症状，问我是不是感冒了。我被头痛折腾都不想说话了。他用手探了探我的额头，我的额头一定很烫。他嘟噜了一句什么，大概埋怨我烫得这么厉害，还硬扛着不吭声。他给我服了药，又给我倒了热水，督促我趁热喝。我被细心照顾着，好像他就是我的一个亲人。下火车后，他仍旧照顾着我，将我送到了医院，直到我感冒差不多痊愈了，才离开。

“我向他要了联系方式，后来在短信里、QQ上，几乎无话不谈。他很健谈，见解也不俗，温文尔雅中夹有丁点的坏。就是这丁点的坏让我对他产生了迷恋。他经常出差，也忙里偷闲，不错过旅途的风景。我应约同他一块去过几个地方。我同他就这么走到了一起。

“那会儿我不觉得一个女人有婚外情是件多么丢脸的事情，相反，我的内心有一种抑制不住的甜蜜。我和他见面的机会并不多，每年他都会到小城来看望我一次。我有个闺蜜，嫁到香港去了，她在小城有套房子，只有年关时才会回来住上几天，平时都交由我照管。那儿就成了我和他的天堂。我和他疯狂地做爱，放肆地享受这窃来的爱情。

“那时，我根本没有想过我和他会怎么结束，甚至没想到会结束。我小心翼翼地维护着它，不让任何人发觉蛛丝马迹。我确信做得极为隐秘。我不想让它伤害到我的丈夫和女儿。有一天，我又接到他的电话，要到小城来看我。我守候了两三天，他都没有到达。我猜想，他或许临时有什么事耽搁了。我给他去了电话，他的手机无法接通。我度日如年地过了几天，每天给他去过无数个电话，每次都无法接通。我和他就这么结束了？他完全可以当面同我说，或者在电话中直接告诉我，我会很伤心，但一定会接受。我不相信他是这种人。如果要同我分手，绝不会用一种如此拙劣的方式。

“我突然有了某种不祥的预感，他会不会出了什么事。我狠狠地扇了自己一个嘴巴，居然会有如此恶毒的猜测。如果被我的乌鸦嘴不小心说中了，我决不会饶恕自己。但我克制不住想知道他的消息，冒充客户给他的公司去了个电话，公司的回答瞬间让我瘫软了，他出了车祸，已经不在人世了。我的脑袋嗡的一声响，像被炸空了。我不敢相信这是真的，也不会相信这是真的。你们猜猜，我缓过气后做了什么荒唐事，没人猜得到。我躲在闺蜜的房子里，没放音乐，无声地跳着舞，跳了一支又一支，直到精疲力竭，才不动弹了。我有种想从窗口跳下去的冲动，但没有那样做。第二天我找了个借口，去了他曾经所在的城市，去了他们公司。我从他的同事嘴边打听到了他出事的地点，就是在来见我的旅程中。他的骨灰已经下葬了，送他最后一程的机会都失去了。我在墓地给他献了一束花，流了很多眼泪。我找到他出事的地点，在那儿焚了香烧了纸钱，仅此而已。除此之外，我还能做什么呢？

“没有人追问他临死之前要去哪儿，更没有人给我打电话。这世界静悄悄的，对一个人的离去没有半点动静。如果不是因为我，他不会发生这场意外，更不会把命丢在那个陌生的地方。我是夺走他生命的罪魁祸首，是个不祥的女鬼，索他命的女鬼。可是没人知道我同他的关系。从他同事的嘴边知道，车祸相当惨烈，他的手机都被碾碎了。是我害了他，我罪该万死！

“你们说我是不是个恶魔！？

“阿信，你别那么盯着我……

“从那以后，我的性格完全变了，再也不会唱歌跳舞，更不会同别人说说笑笑。更多的时间我就闷着不动。我丈夫以为我患上了抑郁症，鼓励我多走出去，多去同人接触。我差点就把真相告诉了他。你们不知道，我憋得有多难受。我的胸口像压着一块千斤重石，就要把我压垮了。我挎上背包，一次次往外跑，去荒郊野外，去没有人烟的地方。不管去哪儿，他的灵魂就像负在我脊背上，不说话，但他的气息、体味，都在我的鼻尖缭绕。我希望有那么一天，背负着他的灵魂倒在路上。随便倒在什么地方都可以，不需要那么美的风景，我不能把美好玷污了。但是每一次，我都平平安安地回去了。我没有自杀的勇气，就希望冥冥之中有个人，我上辈子欠他的也好，他这辈子欠我的也罢，帮助我了却心愿。不会有那么愚蠢的人，不会有那么倒霉的人。

“唉，结束了，我曾经以为那种没有终点的永恒的时光结束了……

“警官——青铜，请再给我一支烟吧！我还得活着，好好活着，下了山，还要去别的地方……”

三

“……轮到我了？啊！阿信第一个讲了，木木接着，你们讲的，怎么说——我相信你们都是真诚的，都是掏心窝子的话，掏心窝子的事，掏心窝子的人。搁在心窝里不能不讲啊。你们都是幸福的人，饱尝痛苦不一定就是坏事，尝遍人间百味何尝不是一种幸福！？至少比那种白开水一般的人生更为丰富。苦难是一笔财富，痛苦也是一笔财富，不知道你们同意不同意我的说法？

“我是第三个要讲的人，你们都说了，我不好意思不说。当着你们的面，真有种被审判的感觉。我是个警察，审讯过无数犯罪嫌疑人。现在，我好像成了一个犯罪嫌疑人，要接受你们的审讯。阿信，我没有责怪你的意思，你并没有强迫我要讲，木木也没有强迫我。来，木木，你再抽支烟，我陪着你抽。阿信，你要不要来一支？

“警察会接触到很多特殊的人，会了解很多特别的事。我给你们讲个故事吧，一个真实的故事，一个……有三个很要好的同学，一个姓赵，一个姓钱，一个姓孙，这不是他们真实的姓，是我假设他们姓赵姓钱姓孙，赵和钱是男生，孙是女生。他们从初中到高中一直都是同班同学。高中时，赵和钱都暗暗喜欢上了孙，孙知不知道他们喜欢她，他们不知道。青春期嘛，哪个少女不怀春，谁个男子不钟情。他们虽然很要好，但赵和钱在孙跟前，难免会一争高下，想方设法吸引孙的目光。在老师和同学的眼里，他们仨是铁三角，任谁也掰不开。

“他们仨一块儿考上了警校，毕业后又一块儿当上了警察，赵和钱被分配在同一支刑警大队，孙去了政工科。他们仨的关系仍旧像在校时那样，是谁也动摇不了的铁三角。但赵和钱对孙都追求得紧了，私底下都向孙表白过，孙没答应赵也没拒绝钱，始终不偏不倚站在他们中间。赵和钱之间的竞争比在校时更为激烈了，谁也不愿意放过一次立功获奖的机会，尽可能让自己的名字出现在孙的笔端。他们就这么胶着。

“终于有一天，他们仨的平静被打破了。那一次，赵和钱一块儿去执行抓捕任务，一名犯罪嫌疑人趁混乱逃走了。赵追赶，钱堵截。他们俩都太想抓住犯罪嫌疑人，几乎在同一时间赶上了他，那家伙只要跑过一条街就进入了繁华地段，那样就更不便于抓捕了。情急之下，钱斜里铲了犯罪嫌疑人一腿，犯罪嫌疑人被铲中了，跌翻在地。在钱动作的同时，赵也猛扑了上来，但扑了空，没来得及收住脚步，冲到了街中央，被一辆出租车撞个正着。赵的身体被弹出去几丈远，摔在了水泥地上。赵被快速送往医院，但仍旧慢了一步，没能从急救室里走出来。他被撞中了脑袋，颅内大出血。

“这是谁也没有预料到的意外，钱几乎不敢相信发生的事实，刚刚还在一块儿执行任务，可眨眼间赵就走了，永远走了。孙一言不发，绷紧的脸庞下潜藏着巨大的悲伤。她的身体始终颤抖个不停。料理完赵的丧事后，钱和孙都告了年假，毕竟他们同赵的关系太不一般了。他们的情绪会影响到工作。

“一个月后，孙答应嫁给钱，他和她闪电似的完了婚。

“他们似乎操之过急了，以至于同事们看待他们时有了异样的眼神。也许他们早就盼着这一天，恨不得赵早一天出事。同事们嘴上没说，可眼神透露出了那种意思，是赵的死亡成全了钱和孙。事后，赵被追记了二等功，钱被记了三等功，并很快被提拔成了副支队长。

“事情似乎慢慢平静了，一个警察的因公殉职是个非常正常的事件，刑警队牺牲的不只赵一人，之前有，之后肯定还会有。只要有犯罪，警察们就随时有可能面对危险。孙怀孕了，成了一个准妈妈，钱也成了一个准爸爸。这是一件多么幸福的事情，就要有孩子了，钱甚至想过，不管是儿子还是女儿，长大后都要让他或她当警察。

“赵的死亡带给他们的悲伤原以为就这么淡去了。一个即将到来的新生命会给他们的生活注入新的活力，毕竟不可能永远活在过去之中。但没有想到赵的死亡依旧困扰着他们。有人怀疑赵的死亡不是个意外的事件，有可能是个阴谋。赵是个有经验的警察，身手矫健，不可能跌去那么远。虽然没有人直接指向钱，可钱有种感觉，他被怀疑成了实施阴谋的主角。警局有人找钱谈了话，询问现场当时的情况。钱很愤怒，但仍旧一五一十将当时的情况复述了一遍。一同参加行动的同事们证实，当时赵躺在街中央，而钱正在努力制服尚在反抗的犯罪嫌疑人。旁观的群众也证实，赵是自己冲到了街中央，同钱没有任何关系。

“调查的结果让钱洗清了嫌疑，但他的心情灰暗到了极点。该承担责任的是那个犯罪嫌疑人，如果他不逃跑，赵不可能丧命。扪心自问，钱就没有责任吗？钱反思自己，如果当时不铲出那一脚，赵就不会扑空，更不可能跌到街中央去。如果早知有这样的后果，他宁愿让犯罪嫌疑人跑掉。赵的死，钱没有直接责任，但间接责任是有的。这是钱对自己的结论。

“钱被自己演绎的结论围困了。他那一脚把一个最要好的战友踢向了另一个世界，是他要去了他的生命。他害怕面对孙的眼睛，更害怕将来面对孩子的眼睛。他是个龌龊的人，阴险的人，心怀叵测的人。如果赵还活着，孙会不会嫁给他，钱不敢追问，更不敢想象。从他的感受看，孙更偏向于赵，而不是钱。有可能孙就是赵未来的妻子。但现在这一切因为钱的那一脚，都转向了。钱不仅铲去了战友的生命，而且还夺走了战友的妻子。他就是这么个恶棍，钱认定自己。

“钱向警局写了申请，当了一名户籍警。不管去到哪里，他都是个罪人。他不知该怎么面对孙，怎么面对孙生下来的那个孩子。将来去到另一世界，又该怎么面对赵……

“我的故事讲完了。那没完的部分还没有发生，我不知该说些什么。你们说说，如果你是钱，该怎么办？你们，给钱出个主意，支个招，行不？”

四

故事讲完的时候，天色已经黑下来，火就更为鲜活了。小庙内到处都是跳跃的火光，到处都是闪动的暗影。雨根本没有停歇的意思，天地被哗啦啦的雨声覆盖了，空气中湿漉漉的，到处都是浮动的水分子。幸好庙内的一角淋不到雨，给了他们一块容身之地。

阿信是第一个发现小庙的。暴雨爆发时，他正往山顶上攀登，雨瓢泼而下，把他阻住了。打个咳嗽的瞬间，他就被浇透了，全身上下没有丁点干爽的地方。他想找个避雨的地方，山洞，满山都是茂密的植物，有也发现不了。躲在大树下，避不了雨，又害怕打雷。他居高临下，朝来路打量，终于发现了这座破败的小庙。那会儿他还不敢确定是个可以避雨的地方。他折身朝山下跑，直奔那座依稀可辨的建筑物。近了前，才发觉是座小庙，小庙两旁的附属建筑都已经倒塌了，残存几堵断垣，也被常春藤一类的植物包裹了。庙后有一棵古树，大半的枝丫都枯死了，仅剩少许枝丫还冒着青翠。庙内的景象同庙外好不了多少，庙堂内有一块地方长了野蒿、车前子之类的草，草的上方塌了好大一片瓦，雨点像箭头一样直扎下来。庙堂的正中央是神台，端坐着一尊泥佛像，瓦缝里漏下的冷雨削去了泥佛像半个脑袋，幸存的半张脸五官模糊，已经不能辨认了。神台前摆着的一张神桌，四条腿瘸了三条。一张巨大的蛛网张罗在墙角，蛛网之下有些潮湿，但却是雨够不着的地方。

阿信拆了那张神桌，加上在墙角捡到的半捆柴火，燃起了一堆火。

之后又在庙后的阶檐下发现了一小垛劈柴,可能是之前的庙主人剩下的,最上面的柴火已经长了青苔。阿信脱去衣衫，拧干了水，就着火烘烤着。青铜是第二个钻进小庙的。他在庙堂中央又蹦又跳，想抖干身上的雨水，但最后还是把衣服脱下来了。待到木木进来时，他们俩仍旧赤条条的，身上仅剩一条裤衩。木木被雨衣包裹着，似乎不像他俩那样悲惨。她被雨浇得失去了方向，在山坡上钻来钻去，歪打正着，碰到了他们。

下山的路很漫长，况且暴雨如注，哪儿都有可能潜藏着危险。他们仨就被困在了小庙里，一时走不脱。所以，阿信才有了那样的提议，每个人要讲一个亲身经历的最纠心又最难放下的故事。他比青铜和木木先到一步，先入为主，好像他就是小庙临时的主人，青铜和木木必须附和他。青铜让他和木木给钱支招时，他瞧瞧木木，又瞧瞧青铜，木木低头不语，青铜的脸色也不像有所期待。雨雾飘过来，火黯淡了一些，背着火的脸上就有了阴影。

青铜掏出一支烟，独自点燃了，烟头的火光一闪一闪。

“你们是不是轻松了些？”阿信问。

没有人回答他。

阿信从后门摸出了庙堂，消失了一会儿，抱了一抱柴草回来。柴草很潮湿，放在火边烤着，冒着烟似的热气。

“假如我们死了，不管上天堂还是下地狱，会不会碰得见？”青铜问。

阿信乜斜了一眼青铜说:“碰得见怎样？碰不见又怎样？”

又沉默了。

“你们想过去喜马拉雅山没有？我就幻想有一天能登上珠穆朗玛峰，哪怕让雪崩埋葬在那儿，也心甘情愿。”木木打破寂静说。

“我们这种人上得去么？”阿信问。

木木质问说:“埃德蒙·希拉里为什么能上去？丹增·诺尔盖为什么能上去？潘多又为什么能上去？”

“他们是职业登山，有向导，有专业的给养提供保障。”青铜说。

“你这分明是借口，他们有的，我们也可以有。”木木反驳说。

没有人接她的话，火光渐渐黯淡。雨依旧喧嚣不止，外面的世界仿佛就要坍塌一般。

下半夜，雨声才慢慢有所收敛，但没有完全停止。雨打在树叶上的响声，沙沙沙地，密集地交织在一块儿。五月天了，山上的气温比平地要低许多，他们仨围着火堆，或坐或躺，都安静了。青铜响起了轻微的鼾声，木木抱住双腿把头搁在膝头上。就在阿信朦朦胧胧快要入睡时，意外发生了，惊天动地的一声响，有什么砸在小庙的瓦脊上，屋顶瞬间就垮了，瓦砾如雨，哗啦啦砸在地上。紧接着，小庙的后墙像被一股不可抵挡的巨力撞着了，朝庙堂内兜头盖脑压了下来。借着火堆的微光，阿信惊恐地发现，那尊半个脑袋的泥佛像断成了两截，上半截一头栽在了庙堂的正中央，跌了个粉碎。它的下半身紧跟着滑下了神台，“轰隆”一声跌落在地上。有块飞扬起来的细碎的泥土砸中了阿信的脸。阿信被泥土砸醒了，趁着小庙还没有完全坍塌，从断椽烂瓦之间三步两脚逃往了庙外。

逃离险境后的阿信茫然不知所措，好长一会儿才记起刚刚邂逅的两个登山的同道尚在庙堂内。“木木！木木！”阿信朝小庙内呼喊，“警察！警察！”慌乱中他忘记了青铜的名字，隐约记得他是个警察。有个黑影跌跌撞撞朝他走了过来，是木木。“警察呢？”“不知道。”木木的回答带着哭腔，显然被吓坏了。阿信顾不上木木，连滚带爬奔向了小庙，小庙的前墙居然没有倒塌，依旧杵在半空中，巨大的黑暗像是随时要砸中他。“警察！警察！！”他朝小庙内声嘶力竭地叫喊，“你在哪儿？听到没有？回答我！”

小庙内静静的，只有雨声。

“警察，你个不守信用的家伙，可不能抛下我们一个人走了。”

当他冲进小庙再次绝望地咆哮时，庙堂内才传来微弱的回声：“我在这儿。”

五

“如果我没有逃出来……”

“如果我没有侥幸躲开……”

“如果我没有得救……”

两年后的一个相同的日子，他们仨按照之前的约定来到了初次相遇的地方，几乎异口同声说出一句意思相近的话，但谁也没能说完整，后面的话都被打断了。他们你瞧瞧我，我瞧瞧你，不用说，其实谁都明白要说什么。

阿信照旧先到一步，他们三人中，只有他勉强称得上小庙暂时的主人。他始终这么认为。小庙维持着倒塌时的景象，庙后的山体滑坡冲倒了小庙的后墙，那棵半死的古树倒压在庙堂的中轴线上，它的半个身子长出了藓衣，另半个身子还枝繁叶茂着。青蒿、车前子、狗尾巴草、芒草，占据了庙堂另外的空隙。庙的前墙始终没有垮掉，他们当时燃起火堆的角落残留着“7”字形的两堵断墙。清除墙角的杂草，还能见到火堆留下的灰烬。火堆旁边有泥土和瓦砾堆，阿信就是在那儿连扒带刨，将青铜抢救出来的。青铜的一条腿被砸伤了，是他和木木做了一副简易担架才把他抬下山。木木有些瘦弱，但抬担架的那一次，阿信从头到尾都没听她吭过一声。这个女人骨子里可能不像她的外表，骨子里该是坚强的。

小庙内肯定不容他们宿营了。阿信清理了小庙一侧的杂草和荆棘，将石头挪到一边，好半天才清理出一块空地。这天的天气很配合，晴空万里，山脚下的景色一览无遗。村庄散落在山旮旯里，每一处都很遥远。那一天，阿信同木木抬着青铜，早上下山，抵达最近的一个村庄都临近黄昏了。第二个到达的是木木，正好同阿信一块儿捡拾柴火。庙后那个柴垛被掩埋了，他们得寻找新的柴草，否则晚上就没法燃起篝火。没有一堆火，在这荒山野岭总让人不放心，也没法抵御晚上的寒意。霞光满天时，青铜才姗姗来迟，他的腿受了伤，虽然痊愈了，可能还有些腿脚不便。阿信是这么理解青铜的。

夜幕降临时，他们燃起了篝火，火光映红了他们的脸。没有了雨声，山野里有的只是寂静。火光中，阿信从行囊中掏出三瓶酒，一瓶一瓶摆在脚边的空地上。

“为了纪念，今晚我们来个狂欢吧！”阿信说，“青铜，这是给你的，哥告诉你，不会喝酒的警察不是个好警察。”

“木木，这一瓶是给你的，别拒绝，会喝酒的女人最有风度。”

“我会发疯的。”木木说。

“疯就疯吧，想怎么疯就怎么疯。”阿信怂恿她。

木木咯咯笑了。她的笑声就像有只夜鸟扑腾扑腾飞过。

“我回刑警队了。”青铜接过酒瓶，却不拧开，而是放在自己的脚边。

“理解。”阿信愣了半秒，很快就扬起酒瓶说，“瞧，我也开戒了。”

木木比青铜豪爽，抓起酒瓶，咕噜咕噜灌下了几口酒。可能被酒给激发了兴致，木木跳到火堆一侧的空地上说：“两位绅士，来点掌声，我给你们跳支舞。”

“好！我来给舞蹈家清除场地。”阿信奔过去，将包裹、柴草全都拢到了一边。

木木扭动着身子，边跳边朝青铜招手，青铜却不接招。木木不受青铜影响，反而跳得更快活了，边跳边呦呦叫喊着，活像一头发疯的小兽。阿信不明白木木跳的什么舞，像印度舞，又不像印度舞。但他受到了木木的感染，不自觉地用双手给木木打起了节奏。

兴奋处，阿信说：“木木，下一次我们陪你去登喜马拉雅山。”

“好呀！好呀！后悔就不是男人。”木木被火光笼罩着，浑身上下红彤彤的，就像一团跳动的火焰。

青铜的脸始终没有放开，阿信朝他举起了酒瓶子，青铜却招手让他过去。阿信靠近了青铜，将那只未开启的酒瓶子拧开了，递给青铜。青铜这才就着酒瓶喝了一大口酒。

“你们是不是因为搭救了我，就解放了？”青铜说。

“什么？”阿信拧了一下眉头，假装没听清楚。

青铜选择了沉默。

……

又一个两年之后，小庙差不多被芒草吞没了，那棵倒卧在地的古树绽出了新枝。当阿信和木木履约前来，却不见了青铜。他们从上午等到下午，从日落西山等到星光满天，始终不见青铜。他们猜想，也许青铜有事耽搁了，也许没再把他们仨的相聚当回事。第二天上午，阿信和木木正要收拾行囊下山时，却上来了一个陌生的女人。女人一身黑，将她衬托得更为消瘦、憔悴，两只眼泡都像被放大了。她不像个登山者，随身携带的仅有一只手提包。阿信觑了木木一眼，木木回了一个疑问的眼神。他们都不明白女人为什么上山来了。

“他来不了了……”女人气喘吁吁地说。

阿信怔住了，木木也怔住了。

“我是他的妻子。”女人接着说，“但我的孩子不是他的。”

说话的同时，女人从手提包里摸出一个笔记本，把它交给了阿信。

“是我害了他们。”女人呜咽着哭了。

阿信翻开笔记本，发现是青铜的日记，不多的几篇。他看过之后转给了木木。日记本中有一段话，多年以后，阿信仍旧记得清清楚楚，一个字也不会遗漏。那段话是这样写的：

“……如果那一次，你们没有搭救我，或者是我搭救了你们，你们当中的任何一位，那该有多好。

“阿信，木木，请别责怪我自私。

“终有一次你们救不了我……

“祝福我吧！”

头等药事

宁有银染上一个小毛病了。这一毛病比他当选村主任的岁数短，但也有七八年了。如果生个孩子，该念小学了，成天啊噢衣乌，加减乘除。当选村主任的第二年夏天，何守秋请他吃了一顿香猪肉，傍晚吃的肉，下半夜毛病就犯上了。何守秋是屠夫，平日里宰的都是壮猪，卖的也是壮猪肉，那天不知从哪里弄来一头小香猪。不明白的人见了，绝不会想到那是头小香猪，肯定以为是头小猪崽。何守秋也没敢当着别人的面弄死它，而是躲在自家屋后偷偷将小香猪宰了，一两肉都没卖，全让他们下酒了。那是宁有银第一回吃香猪肉，它的美味让他生发了感叹，这世上竟有这么惹人嘴馋的东西，吃过大半辈子猪肉，猪身上的物件哪个没吃过，从来没有吃出过这种美妙的感觉。有段时间，大凡有客人要招待，镇书记或镇长来指导工作了，镇公安分局局长来明察暗访，或者其他重要客人光临，他就吩咐吴长河去找何守秋，让何守秋弄头小香猪来。有时何守秋弄不到小香猪，就弄头猪崽，反正宰都宰了，就算宁有银觉得味道不对劲，也不可能让猪崽复活。猪崽肉的味道不及小香猪，可比成年猪肉的味道鲜美在天上了。何守秋还有个心眼，要给宁有银一种错觉，好东西不是那么容易弄到手的，那样才能体现小香猪肉的金贵。

那个晚上离开何守秋家时，宁有银的脚步慢慢吞吞的，怎么也走不快，也不敢走快。他的腹部鼓鼓胀胀的，像揣着一块巨石，他的肚子不断往下坠，肚皮似乎快要挨着地面了。他的腹部承受了他一生中最饱满的一次重量。一头小香猪，加上七荤八素一桌子菜，就那么几个人，硬是把它们干掉了。大半头小香猪都进入了宁有银的腹部，他抱着肚子走在路上都有种错觉，好像抱着的不是肚子，而是一头小香猪。好不容易挨到家，他赶紧将自己放倒在床上，再不躺下去两条腿就要压折了。床铺大概从来没有这么负重过，吱呀叫唤了一声，又哆嗦了两下，才屏住气不吭声了。好像个挑重担的人，生怕发出任何一丝声响，只要发出声响气力就立即泄掉了。他的老婆邱桂香问他要不要喝水，他都懒得应声，又问他要不要冲凉，他更不能动弹。就那么躺着，躺到下半夜，他的肚子就咕噜咕嘟乱喊乱叫，好像有头小香猪在肚子里拱来拱去，一刻也不消停。他捂着肚子，想把小香猪捂住，怎么也捂不住那任性的畜生。他不得不爬起来，慌急慌忙跑进茅厕里。躺下，爬起来，再躺下，再爬起来，半夜时间跑了五六趟茅厕，天亮时爬上床铺的气力都没有了，干脆歪倒在躺椅上。后来，邱桂香把张回春喊来，挂了两天盐水瓶，才把肚子里闹鬼的事止住。

事后宁有银想，这小畜生是有脾气的，吃了它就给他闹肚子，它的鬼魂在他肚子里兴风作浪哩。这畜生的肉难怪好吃。又怨怪何守秋，没把小香猪弄干净，弄干净了说不定不会闹肚子。可不管干净不干净，他都抵挡不了它的诱惑，这次闹肚子了，下次碰到它还得吃，仍旧吃得滚瓜溜圆。除了吃香猪肉，也吃别的稀罕的东西，好吃的东西，没有吃过的东西，比如蛇肉、鹿肉，那些打工回来的人带回来的海鲜、大龙虾、各种稀奇古怪的鱼……刚动筷子时有些警惕，怕重蹈覆辙，给自己设道警戒线，每样菜吃个三五筷子就收手，可架不住主人热情，把好吃的往他碗里舀，吃着吃着，肚皮上的门户大开，再也合不上。毛病不知不觉染上了，每次饕餮之后都会闹肚子，邱桂香喊来张回春给他挂盐水瓶，休养几天，又能饕餮了。邱桂香不厌其烦，这是富贵病，不是随便谁都会害得上的，害得上这病是种光荣，否则他就不是个人物，至少不是个有脸面的人物。她是他的幕后支持者，敦促他每宴必赴，每赴必闹肚子，每闹肚子她就给他喊来张回春挂盐水瓶。发展到后来，挂盐水瓶的时间拉长了，先是两天，之后是三四天，再往后挂盐水瓶不管用了，邱桂香就给宁有银寻找各种各样治疗闹肚子的偏方。每个偏方能管住一阵子，但时间长了，效果就大打折扣，又得寻求新的药方。

那一天，宁有银又去做邱桂香认定的有头脸的人物了。这回请客的主能耐不小，据说从国外弄回来了吃食。什么吃食，这主也会卖关子，请客时不说，上桌时也不说，吃了一钵问好吃不好吃，都说好吃好吃，于是再端上来一钵，箸筷齐下，一忽儿一钵又吃空了。主家不再问好吃不好吃，估计说好吃厨房也吃空了。就让桌上的人一个个猜，说了千百种名称，没一个说中了的。好吃么？不算特别好吃，但至少是没吃过。食客们猜得山穷水尽了，主家这才公布答案，鳄鱼，从越南带回来的鳄鱼。这鳄鱼只在电视上见过，水门村没这活物，水门镇也没这活物，都半信半疑，主家便拿出一张带血的鳄鱼皮展示给他们看。果真是鳄鱼，同电视上见到的鳄鱼表皮一个模样，是不是从越南带回来的没法考证。主家还吹嘘说，这鳄鱼皮做钱包，做手提袋，都是上好的皮料。那块鳄鱼皮最后做没做成钱包和手提袋，谁也不知道，一条不大不小的鳄鱼真真切切下了他们的肚子。

宁有银吃过鳄鱼肉后肚子又坏事了。这已经成了一种习惯，只要在外面吃过宴席，即使没吃到什么山珍海味，他的肚子也会闹腾，好像借机向别人显摆，又像是故意同他作对，不让他去饱那口福。邱桂香炖了一只苹果，让他连汤带苹果一块儿吃下。他的肚子已让鳄鱼肉占领了，根本没有了接纳熟苹果的空间。这炖苹果的方子是邱桂香不知从哪儿听到的，宁有银吃不下熟苹果，这方子就不奏效了，得另寻别的药方。找谁去？邱桂香琢磨了几个人，琢磨过来琢磨过去，才确定了一个人，朱春花。朱春花是谁？是村会计吴长河的老婆，吴长河三天两头朝宁有银家跑，朱春花跟着同邱桂香好上了，见了面嫂嫂嫂嫂地叫个不停，从屁股到脸蛋都笑开了花。闲了没事，会帮着邱桂香洗洗刷刷。有了什么新鲜东西，忘不了拎些给邱桂香，让她尝尝鲜。这朱春花乖巧，识货，掂得清分量，知道吴长河做会计那饭碗是谁给的。找朱春花要药方，她一定会尽心尽力，也不敢不尽心尽力。邱桂香不是个糊涂女人，要是朱春花打马虎眼，绝对瞒不过她的眼睛。

邱桂香去到吴长河家时，朱春花正在给狮毛犬洗澡，狮毛犬是她女儿在深圳打工时捡回来的流浪犬，她女儿再出去打工时不好带着它，便把它留给了朱春花。不管朱春花去哪它都屁颠屁颠跟着，同朱春花走得近的，一个个都被它认做了朋友。这小家伙见了邱桂香，飞出澡盆，三步两跳就蹦到了她跟前，用两只水淋淋的爪子搂住了她的裤脚。毛毛！毛毛!! 听见没？你这个小坏蛋，赶快回来！朱春花见狮毛犬弄湿了邱桂香的裤脚，气急败坏地叫喊着，可狮毛犬不听她的叫喊，搂着邱桂香的裤脚舍不得放开。嫂子，您快请坐，我马上给您泡茶。朱春花跑过去捉住狮毛犬，三下两下，用毛巾擦干净狗身上的水珠，边擦边扭头笑着说，这个小坏蛋，比爷还难伺候。小家伙趁着朱春花俯身的机会溜出舌头在她脸上舔了一下，舔出树叶大的一块湿迹。你作死！朱春花朝它头上拍了一掌。瞧着她手忙脚乱的样子，邱桂香打趣说，你就把它当女儿宠着。嫂子您还笑话我！我都被它纠缠得起瘟火了。朱春花恨声说，有时真想把它宰了炖汤喝。你敢啊！？你女儿还不同你拼命。邱桂香仍旧不放过她。

朱春花将狗收拾停当后，邱桂香才把要找药方的事告诉她。朱春花说，这个容易啊，刮些竹青炒米，泡它两三次水喝，包管有效。说着就要拿镰刀去屋后刮竹青。邱桂香阻止她说，我家屋后那几根毛竹都刮白了，以前见效，现在全当喝白开水，屁作用也没有。又说，我家有银的肚子就是娇贵，别人不管吃什么都不碍事，他倒好，吃个鳄鱼肉就像吃了鬼进肚。朱春花说，嫂子，您可别怨他，那是他的福气，别人想吃还吃不到呢。这不打紧，您蒸个苹果给他吃，吃了就没事了。邱桂香委屈地说，还吃得少呀，苹果都蒸过一箩筐了。朱春花也没得办法了，说，那——把张回春喊来。邱桂香说，不喊了，喊他不如喊神仙。朱春花犯难了，治疗闹肚子的药方就知道那两个，偏偏这两个宁有银都吃过了。

我还是到别处找找。邱桂香瞧出了她的为难，扭身要走。哎，嫂子，您别着急，我去找，一定给您找来。朱春花慌忙拦住邱桂香，进屋盛了一钵刚做的艾米果端给她，刚做的，我摘的都是艾叶尖尖，正要给您送去呢。

朱春花领下了邱桂香交与她的重任，一时间却又不知该去找谁。这不是个难事，关键是要找对人，本想问问张回春，可听邱桂香的口气好像很是讨厌他。若是张回春真有什么地方得罪了邱桂香，那就不便找他要药方了。若是张回春同邱桂香没有间隙，肯定早就问过他了。朱春花默想了好半天，才由吴长河买豆腐的事想到吴月华。吴月华和她男人宁小生靠卖豆腐过活，赚的都是个个钱，日子紧巴巴的，做什么都舍不得花钱，花钱就心疼，心疼就要人命。一家人遇上头痛脑热，不去张回春的诊所，宁小生扛着锄头到山头水沟边挖些草药，煎了水，熬了汤，赖上个三日五日，把那小病小疾给耗走了。宁小生认识的草药多，说不定就有治疗闹肚子的，找他该不会有错。虽然朱春花同吴月华的关系并不怎么亲密，可吴长河没少照顾他们的生意，每次村部招待客人，都是找宁小生买的豆腐。吴长河从来也没什么事找过宁小生，估计这点小事应该不成问题，撇开吴月华是吴长河本房的侄女不说，宁小生不会豆腐也不想卖了。

朱春花拿定主意去找吴月华，不想半路上遇到了黄小翠，黄小翠是宁水山的老婆，宁水山是村上的出纳。宁有银和宁水山是本家，本应把村部的许多事情交给宁水山，却把它交给了吴长河。宁水山和吴长河表面上和和气气，私底下就不像表面这么平静了。当黄小翠询问朱春花去哪时，她支支吾吾搪塞过去了，不敢把给邱桂香找药方的事吐露半个字。

朱春花进到吴月华家的院子时，赶巧吴月华提着潲水桶从猪棚里钻出来，见了她愣怔了一下，才怯怯地招呼说，婶婶，您来了。之后便不再说话，以为朱春花要买豆腐，等着她开口呢。朱春花内心就不痛快了，难怪日子过得清汤寡水的，原来这么不长眼睛。小生呢？我来找他有点事。朱春花的话音就冷了，好像不是她来找宁小生帮忙，而是宁小生有求于她。小生出去卖豆腐了，婶婶有什么事就同我说，小生回来我再告诉他。吴月华的声音依旧怯怯的。朱春花犹豫了一下，不想同吴月华说话了，要扭身回去，又恐怕不好向邱桂香交代。内心折腾了一番，才说，你长河叔闹肚子了，叫小生给挖个草药方子。她的话音刚落，吴月华的嗓门突然高了，婶婶，您烧个鸡蛋壳给叔吃，包管有用。朱春花斜了她一眼，将信将疑。吴月华信誓旦旦说，这是我娘告诉我的，挺管用的。朱春花本来就要相信她的话了，可听她说是她娘告诉她的，倒不敢相信了。吴月华的娘喜欢说瞎话，不可能的事情到她嘴边就像真的一样，有根有底，有鼻子有眼睛。村里人刚开始不知道她这个德行，没少被她捉弄，闹过不少笑话。有人犯鬼剃头，她让人用童子尿去洗头，说洗上十次头发就长全了，害得人满村讨要童子尿。鸡蛋壳？鸡蛋壳是草药吗？朱春花嗤笑了一声说。吴月华听出了她的不信任，搓着手，不知道该怎么把话说下去。你还是叫小生给挖副草药吧。朱春花最后吩咐说。

吴月华应下的差使不想叫宁小生犯难了。他是挖过不少草药方子，敷疮疖的，治腰酸腿痛的，降火去湿的，就是没挖过治疗闹肚子的。他没挖，是因为家里极少有人闹肚子。这一家人的肚子都像铁造的，冷就冷，热就热，生就生，熟就熟，从来不会坏事。就是有事，也是拉上一两泡稀的，很快就干巴巴的了。日子本来就干巴巴的，青菜萝卜，什么都不讲究，肚子经受了锻炼，一点也不娇贵。可朱春花开了口，不能不挖副草药给她，上哪去挖？挖什么给她？宁小生抓耳挠腮，愁上了，愁上老半天，才一拍脑瓜，想到了，干石榴皮，好像听人说过干石榴皮能治闹肚子。他走村串户除了卖豆腐，额外支个耳朵，碰上有人弄什么草药方子，都暗暗记下了。那些草药方子都是这么得来的，因为家里有需要，所以格外留心。上哪去找干石榴皮呢？这又犯愁了，近邻的几个村子都走遍了，好像从没见过谁家有石榴树。他这一犯愁就耽搁磨豆腐的时间了，没豆腐卖吴月华就心疼了，瞪了一眼宁小生说，你去磨豆腐，我去找方子，不信我找不到。别看吴月华同朱春花说话怯生生的，在宁小生跟前可是说一不二，她的话就是板上钉钉，他想拔也不敢拔，想拔也拔不掉。

吴月华指使宁小生磨豆腐，自己出门寻找干石榴皮。她在村子里说得上话的姐妹并不多，就那么两三个，每逢有事第一个想到的就是瞿竹英。她俩是初中同学，在学校里经常猫一个被窝。初中毕业后她俩都没上高中，有事没事都凑在一块儿，去哪儿都是成双结对。那一年她俩结伴去镇上的茶场采春茶，挣个零用钱。茶场距离水门村有个七八里地，说近不近，说远也不远，她俩为了免除奔波之累，也为了有时间多采几两茶，吃住都在工棚里。有个晚上瞿竹英遭遇了意外，出棚方便时被人拽到茶园里给强暴了。这事只有吴月华知道，当时瞿竹英惊魂未定，把事情告诉了她，事后又央求她保守秘密。吴月华知道其中的厉害，也愧疚当时瞿竹英出棚时没给她做伴，这么多年守口如瓶，事情始终没有第二个人知道。因为这个秘密，她俩比以前走得更近了，准确说是瞿竹英主动同她靠得更近了。大凡有事，只要吴月华张了嘴，瞿竹英一定会想方设法满足她，一半原因出于她俩是铁姐妹，另一半有可能出于对吴月华的恐惧。

当吴月华把寻找干石榴皮的事说出来时，瞿竹英心里也没谱，但嘴上仍旧很爽快地答应了。吴月华也扯了个谎，没说给朱春花找石榴皮，而是说宁小生吃坏了肚子，需要石榴皮止泻。吴月华走后，瞿竹英发呆了好半天，不知该去哪儿找干石榴皮。模模糊糊有印象在哪里见过石榴树，这会儿石榴树该挂果了，摘个果子把皮烘干了，就是干石榴皮了。问题是石榴树长在哪儿，她真的没一点记性了。把有可能长石榴树的地方一个个地琢磨，最后才记起石榴树长在瞿姓祖堂后的土坎上。跑去祖堂后一看，傻眼了，哪里还有石榴树的影子。找不到石榴皮，吴月华会不会以为她敷衍了事，根本没花心思寻找？瞿竹英郁闷上了。她男人邱炳贵察觉她神情有异，问她是不是有什么事，瞿竹英心惊了一下，把吴月华要找干榴皮给宁小生治肚子的事照实说了。又说吴月华偏要干石榴皮，石榴树都没有，到哪里找干石榴皮去。邱炳贵的性子有些火爆，当即瓮声瓮气说，你别听她胡说！没有石榴皮就不治拉肚子了！？我去向花狐狸要杯杨梅酒来，只要是拉肚子，喝一杯就没事了。花狐狸是绰号，真名叫吴大满，喝起酒来就像他的名字，酒杯浅一丝都不行，必须大满。就你同一个酒鬼穿连裆裤。瞿竹英嘀咕说。要不要？不要我才懒得去。邱炳贵不耐烦了。

吴大满好酒，枸杞酒、田七酒、蛇酒、金樱子酒，他家什么酒都有。其实都是一样的酒，用稻谷酿造的，只不过扔进酒里的东西不一样，扔什么东西就成了什么酒。吴大满酒醉糊涂，扔过东西后很快就忘记了，家里头到底有什么酒，找到了什么酒才算有什么酒。邱炳贵讨要杨梅酒时，偏偏找不到杨梅酒了。吴大满隐隐约约记得好像浸了两瓶杨梅酒，浸酒的杨梅都是野生的，这一年杨梅熟时他去晚了一步，只摘到几颗别人不要的寡瘦的杨梅。他把储酒的地方找遍了，别的杂七杂八的酒都在，就是不见了杨梅酒。两瓶酒到底搁哪儿了呢？莫非自己喝了？他不敢肯定自己喝没喝，也许喝了，也许没喝。他不敢肯定的事情平常都问他老婆许玉丽，她说有就有，她说没有就没有。玉丽，我的杨梅酒呢？吴大满问。你问我，我去问谁啊？许玉丽讨厌吴大满喝酒，他喝醉酒时喜欢粗手粗脚，缠着她要做那事，她若不愿意就得吃苦头了。有时会挨上两巴掌，有时会被他撕破衣裤。碰上他发酒疯，还逼着她唱歌似的叫床，若不叫床就掐她的脖子，有几次差点让他掐得闭过气了。是不是我喝了？他又问。你没喝！？是狗喝光了！她连讥带讽地说。三天不给你松松筋骨，你嘴皮子都长铁了。吴大满横了许玉丽一眼，转脸不好意思地笑着向邱炳贵说，兄弟，帮不上你的忙了，杨梅酒都让我喝完了。

吴大满不知道自己被许玉丽冤枉了。那两瓶杨梅酒其实他才喝了一瓶，另一瓶让许玉丽偷偷送给了罗文秋。罗文秋的脾性不像吴大满粗暴，对待女人轻言细语，在床上更是温柔体贴。前些年，罗文秋找尽一切机会靠近许玉丽，讨她的喜欢，她架不住他的花言巧语，不要命地同他好上了。这一好让许玉丽真正尝到了做女人的滋味，恨不得把自己的脑袋割下来送给罗文秋。前些日子，罗文秋吃坏了什么东西，闹肚子了，她就偷偷把那瓶杨梅酒给了他。邱炳贵讨要杨梅酒让许玉丽有些心慌了，害怕吴大满哪天突然记起来，两瓶杨梅酒他才喝了一瓶。如果追问另一瓶酒的去向，她该怎么办，总不能说送给了罗文秋吧。那样就翻天了，说不定吴大满会杀了罗文秋。

邱炳贵走后，许玉丽溜出去约会了罗文秋，可是杨梅酒早让罗文秋喝干了，空酒瓶都扔了。这个结果让许玉丽脸都白了。你别自己吓自己，他个酒鬼记不起来的。罗文秋一边安慰她，一边问，邱炳贵要杨梅酒派什么用场？许玉丽稍微镇静了一下说，好像是瞿竹英坏肚子了。那你就更不用担心了。罗文秋说，我去找个别的药方，你把它交给瞿竹英不就什么事都没了。许玉丽想一想，觉得也对，只要邱炳贵拿到了药方，肯定不会讨要杨梅酒了。如果吴大满真的追问杨梅酒的下落，大不了她死活不认账，一口咬定是他自己喝了。理顺了这些细节，她的心情陡然轻松起来，趁机又同罗文秋欢喜了一回。

罗文秋却因此怀上了莫名的恐惧。如果早知一瓶杨梅酒会扯上这个麻烦，无论许玉丽说什么也不接受。可现在说什么也晚了，杨梅酒早就下了肚，吐不回来了。得赶紧找个药方子把这窟窿堵上。找谁去要药方子？找谁好像都不行。万一人家多嘴，把他找药方子的事说出去，说不定会把许玉丽扯出来。绞尽脑汁，最后才想到一个人……

这寻求药方的事像传球一样，一个一个往后传，翻过了七座山八座岭，经过无数人的嘴和耳朵，最后才辗转到吴仁杰他爹耳边。吴仁杰听说他爹在寻求治疗拉肚子的偏方时是在一个饭局上。这饭局本是他约的，就三个人：吴仁杰、罗中福和何国良。都是水门村人，在一个小县城里待着，有事没事总要聚聚。他们仨从小学到初中都是同学，后来就有了分化，吴仁杰和罗中福上了高中，何国良初中毕业就辍学了。再往后分化更严重了，吴仁杰大学毕业后进了县委办公室，这会儿已谋到了副主任的位子，罗中福在县一中当老师，何国良成了包工头，在县城承包建筑工地。吴仁杰约好饭局后突然接到县疾病防控中心一个副主任的电话，副主任姓仇，说要请他吃个饭，无论如何请他一定赏光。吴仁杰推脱说晚上有饭局，还是他自己做东。仇副主任不依不饶地追问都请了什么人，如果方便，他一块儿请了，吴仁杰拗不过他，只得将罗中福和何国良带去了，两边都不耽误。

吴仁杰听到消息后的第一个反应，要么是他爹贪凉冻了肚子，要么是他娘吃了什么东西坏了肚子。他顾不得许多，在饭桌上就给他爹去了一个电话。他爹的回答却出人意外，他家没人闹肚子，他爹和他娘都好好的，喝水水甜，吃饭饭香。那您找药方子？吴仁杰问他爹。你别多问，那是罗老头要的。他爹似乎不情愿回答儿子的问题。罗老头？吴仁杰没听明白他爹说的是哪个人，村里姓罗的不是一家两家。罗中福他爹。他爹不耐烦了。吴仁杰握着手机，沉声不语，一时半会还拐不过弯来。按他的理解，在水门村有谁敢指派他爹做事？除了他爷爷奶奶、伯伯叔叔，没人有这个胆子。没想指派他爹做事的人是罗中福的爹，居然他爹就答应了，似乎还不想让他过问。吴仁杰一直有种优越感，在他、罗中福和何国良三人中，他比他们要高出一头，是他在县城罩着他们。是你爹在找药方子。他晃着手机向罗中福说。我爹？要药方子？罗中福似乎不敢相信他爹会找吴仁杰的爹要药方子，是他爹坏肚子了，还是他爹帮别人要。

罗中福找个借口离开了座位，躲进洗手间给他爹打了个电话。你什么时候见爹拉过肚子？我是替何思福要的。罗中福的爹没把儿子的问询当成关心，好像有些不高兴。那你也别找吴仁杰他爹呀。罗中福埋怨他爹。我不问他问谁要？吴家他孙子不是朱淑娟教着么？罗中福的爹有他的理由，吴仁杰的儿子正上初中，罗中福的老婆朱淑娟是班主任，什么是大事，孩子的成长才是头等大事，孩子的未来才是真正的大事。那何思福找谁不可以找，为什么找您呢？罗中福反问他爹。他找我肯定有他的道理，他找来了我总不能一盆冷水泼回去吧！？罗中福的爹说。罗中福听明白了，他爹是顾忌他同何国良的关系，这些年他在何国良那儿入了些股份，赚了些碎碎银子。何思福不找别人要药方，非得找他爹要，八成掐的就是这个理。国良，是你爹要药方子呢。罗中福回到座位上，把事情转告了何国良。何国良大睁着眼瞧着罗中福，好像没听清楚他说的话。是你爹要药方子。罗中福不得不重复了一遍。吴仁杰皱起了眉头，何国良的爹找罗中福的爹要药方子，罗中福的爹又找他爹要药方子，说白了还不是何国良的爹在指派他爹。何国良脸上却现出了好奇的表情，也没离座，就当着众人的面给他爹拨打电话。何思福的嗓门很粗，手机被震得嗡嗡响，但别人没法听清楚他说了什么。爹没灾没病，好着呢，是你金贵叔要药方子，他泻肚子了。何思福叽里呱啦说了一大串，爹说给你听过，爹年轻时同你金贵叔一块儿去湖北贩过棉花。也不是我爹要，是……何国良收了电话，但没说出要药方人的姓名。

一阵电话过后，大伙儿你瞧瞧我，我看看你，都有些迷糊了。老人们好像在玩游戏，你推给我，我踢给他，谁也不承认是自己闹肚子了。到底是谁闹肚子了，谁才是真正讨要药方的人，好像他们都是，好像又都不是。吴仁杰他们内心都有些忐忑，是不是老人们病了故意瞒着他们，怕影响他们的工作和生意，才把事情推到别人身上。好在闹肚子并不是什么大病，谁没闹过肚子，闹了肚子随便吃个药片就没事了，不会因为闹肚子要了人命。真有什么大病，估计老人们也不会瞒着他们。所以，菜照样吃，酒照样喝。

吴仁杰他们不在意，仇副主任却因此紧张了。听他们的电话，好像水门村闹肚子的人不是一个两个，而是一大串，到底有多少人，很难弄清楚。是食物中毒还是出现了重大疫情？仇副主任的内心在冒虚汗。要知道县疾病防控中心的主任就是因为失职而被撤职的，有次发放防疫药品时不知怎么夹杂了少量过期的药品，被群众举报后他们的主任就被纪检部门查处了。主任被查处对仇副主任是个好事，县疾病防控中心就由他主持工作，就有了扶正的希望。但他又担心，哪儿再出点差错，把他副主任的位子也给灭了。既希望又恐惧的仇副主任后半顿饭吃得没滋没味了，恨不得立刻结束饭局。如坐针毡地挨过了半个小时，吴仁杰他们才意兴阑珊，一个个酒足饭饱离去。仇副主任摸出手机，要给水门镇医院的院长打个电话，让他先去水门村了解一下情况。电话还未拨出去，他又收起了手机，还是亲自跑一趟比较稳妥，听下面的人汇报总觉得不踏实，害怕他们塞责隐瞒，如果真有疫情，也能在第一时间控制。这样做非但无过，而且有功，就算他不邀功，到时吴副主任也会帮他说几句顺水推舟的好话。

仇副主任叫上防疫股的几个人，组成一个工作组，带上药品，当即驱车直奔目的地。六十多公里路程，不到一个小时就进了水门镇。先去了镇医院，这是工作程序，去哪儿都得同基层的防疫站点联系一下。镇医院的院长姓叶，叶院长对仇副主任的突然到来有些摸不着头脑，听过仇副主任介绍之后更是大吃一惊，如果水门村真的发生了重大疫情，他这个院长居然毫无察觉，那事情真就麻烦了。慌乱之中，叶院长没忘将事情报告镇政府的瞿副镇长，水门村是瞿副镇长的联系点，他和瞿副镇长的老家在另一个镇上，是老乡，平时有事都相互照顾着。瞿副镇长当了好些年副镇长，下一届有希望当镇长。如果水门村出现重大疫情，瞿副镇长也脱不了干系。

这一来，工作组的队伍就壮大了，多了三个人：瞿副镇长、叶院长，水门镇医院的一名防疫医生。扩编了的工作组很快就抵达了水门村，调查从吴仁杰家开始，正如仇副主任在饭桌上听到的那样，吴仁杰的爹、罗中福的爹、何思福，他们三个谁也不承认自己闹了肚子。仇副主任嘘了一口气，内心轻松了许多，没事是福。但工作组没有就此放弃，离开何家后直奔同何国良的爹一块儿贩过棉花的金贵家。半路上遇见了市里一家晚报驻县记者站的两名记者，他们不知从哪里得到消息，也赶来采访了。之后调查的调查，采访的采访，但一无所获，水门村人的肚子好端端的，除了有一户人家的小孩拉过肚子外，更多村民对工作组和记者们的到来感到莫明其妙，从他们的脸色判断也不像刚刚拉过肚子。晚报的两名记者神情很是沮丧，但仇副主任的脸上露出了喜色，悬在他心中的石头总算踏踏实实落地了。离开水门村时，仇副主任突然接到分管卫生工作的副县长的电话，指示他立即派工作组进驻水门村，察看那里是否发生了重大疫情。仇副主任把他们在水门村调查走访的情况向副县长做了汇报，副县长表扬了他们的做法，并进一步指示说，家家户户都要走访到，不能漏掉一户，这是人命关天的大事，千万不可疏忽大意。

仇副主任放下了包袱，但这场虚惊委实把瞿副镇长惊着了，幸好没什么事，万一有事，后果不堪设想。仇副主任他们走后，瞿副镇长沉思了许多，总感觉哪儿有不对劲的地方，后来才琢磨透，不管谣传还是传谣，都是多么可怕的事情。它的威力足够毁掉他当镇长的梦想，甚至把他从副镇长的位子上轰下去。事后，他请镇公安分局配合调查，要揪出谣传的始作俑者，不责罚也得警告他们一下。他们从吴仁杰的爹开始，一步一步往上追溯，越过了罗文秋到许玉丽的障碍，由许玉丽追查到了邱炳贵，进而吴月华、朱春花，击鼓传花，最后落在了邱桂香身上。追查到这儿，瞿副镇长犹豫了，如果寻找药方的事就是从邱桂香开始的，事情就不好处理了。他撇开镇公安分局，一个人去了宁有银家。经过这些天的折腾，宁有银的肚子差不多好全了，瞿副镇长从他脸上看不到任何破绽，所以也不便把追问的话说出口。宁有银倒是比往常更为热情，一定要瞿副镇长留下来好好喝一杯，一来瞿副镇长隔了一段时间没来村里，二来水门镇马上要换届了，说不定下一届的镇长就是瞿副镇长。这两层意思宁有银都不可能说透，挽留住瞿副镇长后就吩咐吴长河去找何守秋，于是又一头小香猪被偷偷运进了水门村。

天上掉下个莫小菜

“五哥，我是马叶叶的妹妹啊。”

“姑娘，我不姓伍，也不认识什么马爷爷，你被骗失身的心情咱能理解，别乱打我电话行不？咱可是正派人物，从不拈花惹草，担待不起那个风流债。”

“五哥是不是开着一家名叫王八不来的网吧？”

“是呀。”

“你是不是个左撇子？”

“是呀。”

“你是不是特别喜欢烤乳鸽？”

“是呀。”

“五哥，那错不了，找的就是你，马叶叶说找到你就找到了他，见到了你就等于见到了家。”

“你，谁呀？”

“我是马叶叶的妹妹，小莫啊！”

如果我没记错的话，这是第十八个打电话给我，自称是马叶叶妹妹的女孩。马叶叶究竟有多少个妹妹，别人可能不知道，但瞒不过我的眼睛。马叶叶的父亲姓马，母亲姓叶，他父亲要马叶叶姓马，母亲要他姓叶，父亲说第二胎姓叶，母亲说如果不生第二胎呢，所以取名叫马叶叶。他父亲占了上风，他母亲觉得委屈，就在马叶叶的名字里镶嵌了两个叶叶，他父亲叫他马叶叶，他母亲叫他叶叶。后来，果真被马叶叶的母亲言中，他们没有再生第二胎，马叶叶成了独生子。所有自称马叶叶妹妹的女孩都是假冒的，都是来历不明的，没一个同他有血缘关系，拿到DNA的火上烤个几分钟，是美人还是白骨精，立马就见分晓。也不能排除另外一种可能，就是马叶叶的父亲在外面播种了，真相如何，到目前尚未有女人带着孩子来认马叶叶的父亲当父亲。

我同马叶叶从小玩到大，几乎形影不离，最近几年马叶叶出去闯世界，我成天守着王八不来网吧，我俩才难得在一块儿玩了，但只要他从外面回来，吃喝拉撒就全在我的网吧里。小时候没少给我惹事，长大了更是坏事。我先后谈过两任女朋友，准备结婚的对象，都被他从中挑拨告吹了。他在外面闯荡的这些年也没闲着，隔三岔五，总有女孩子打电话给我，自称是马叶叶的妹妹，有的要马叶叶最新的联系电话，有的要我领她上他家去见他妈。她们的口音南腔北调，普通话加粤语，四川话加麻辣烫，陕西凉皮，北方话加猪肉炖粉条，什么味儿都有。还有个肯尼亚的女孩，汉语说得像嚼口香糖，老半天我都没听明白她说了什么，也没听出她叫什么。我才不管她们是哪里的，轻易不同她们见面，更不会轻易将她们领到马叶叶家去。我根据她们掌握的信息多少来判断，马叶叶与她们的关系发展到怎样的程度，需要电话的我就随便给个电话，迫切要求见面的我就推脱说很忙很忙，要过一段时间才得空闲，总之有各种各样的理由打发她们。正因为这，马叶叶才放心将我的电话泄露出去，放心将她们交给我来处理，事后顶多请我喝两杯啤酒，吃两只烤乳鸽。

但也有特别的，怎么躲都躲不掉，一会儿一个电话不算，还几百里上千里跑到我的网吧来，似乎不找到马叶叶就不会善罢甘休。

比如这个叫小莫的女孩。

“五哥，我都看见了网吧的招牌，那几只王八笨头笨脑的，好可爱啊。”

“是吗？”

“我从不骗人的，发张图片给你看看。”

“喔，五哥等着呢。”

有个瞬间，我极为渴望小莫快点站到跟前来，想见识见识她，与我见过的别的女孩有什么不同。我的好奇心经常被马叶叶的这种做法挑逗起来，有时闲得无聊时会暗暗猜测，下一个给我打电话的究竟是怎样的一个女孩。她们在电话里的声音，同真实的面目有没有差距，有多大的差距。我见过不少有反差的例子，一个女孩在电话中的声音很是温柔，实际上却长得像恐龙，五短身材，粗大的毛孔，不忍卒看的五官，加上像洪水一样泛滥的青春痘。有时声音很沧桑，见到的人却可爱得紧张，生怕呵口气都会伤到她。小莫的声音有点儿细声细气，有点儿柔软，有点儿天真，还有点儿憨气，会是怎样的一个女孩呢。

“五哥，小莫在这儿呢。”

就在瞎想时，微信中的图片同真人版的小莫几乎同时出现在我的眼前。是个纤细的女孩，细眉细眼，细巧的鼻子，皮肤带着健康的暗红。她的目光叫人有些恐惧，仿佛能透视物体，能把对方的五脏六腑都瞧个透明。她背着一只同她的身材很不相称的巨大的棕色背包，背包的顶端超过她的脑袋不止一尺。由于负重，她不得不朝前弓着身体，身材就越发显得矮小。随便站在哪儿，旁边的人肯定会替她担忧，她会不会被压垮，会不会一头栽到地上。我试图帮忙把背包给放下来，不想被她拒绝了。

“奶奶说，不能放到地上，放到地上就生根了，就走不动了。”小莫朝我笑笑说，“我都背习惯了，没有多少重量的。”

她的背包里好像藏有一棵什么植物。瞧她那架势，见不到马叶叶，似乎随时都有可能上路离开。

这是个好兆头，她有见不到马叶叶的思想准备。

“你就成天背着它吗？”

“外出我就背着它。”

“噢，那么在家呢？”

“我就把它放在床上。”

“放到床上多占地方啊，怎么不把它放进柜子里，或者丢到阁楼上去？”

“五哥，赶紧带我去见我哥吧。”小莫恳求说。

“我也好久没见到他了，鬼知道他在哪里。”我吃不准她找他有什么事，会不会给马叶叶带来麻烦，试探着问，“你有什么要紧的事吗？”

“也没什么要紧的事情，”小莫瞥了我一眼，勾下头沉思了一会儿，才回答说，“我就看看他还认不认我这个妹妹。”

傻妹妹，哪能把男人的话当真呢，今儿个高兴了喊你一声妹妹，明儿个不高兴了就叫你一声姑奶奶。是妹妹不承认也是妹妹，不是妹妹承认也不是妹妹，何苦大老远跑来追问这个。可我不能把这种话告诉一个才见面不过半个小时的陌生女孩，那背包的背带吃进了她的肩膀，吃进去两条凹槽，我都有些难受，仿佛我的脊背上趴着一头患了抑郁症的棕熊。

“如果他不认你呢？”我提醒她说，“你要有心理准备。”

小莫的眼神黯淡了一下，但很快恢复到若无其事的状态：“那我立马回去，从哪里来就回到哪里去。”

小莫的反应没能逃过我的眼睛，她应该是个很会自我疗伤的女孩。但我拨打电话时还是犹豫了一下，不能直接告诉马叶叶小莫在我这，如果他知道小莫在找寻他，避而不见就麻烦了。我不能把小莫的背包揽到自己身上，把自己赔进去，如果她万一赖着不走，该怎么打发她就是个大问题。我编了个理由，无非就是买了烤乳鸽和啤酒，要他过来陪我喝两杯。马叶叶嘴上嗯哼着说马上过来，但听得出电话那端有动静，似乎正在忙活着什么。

“你喝口水，歇会儿吧。”我给她倒了杯水，“他马上就过来。”

小莫就背着背包安静地坐在我旁边的一把空椅子上。

马叶叶比我估计的时间晚到了至少一个小时，像以往一样悄声而入，额头上淌着汗。他每次进入网吧都悄无声息，似乎怕影响我的生意。我留意到他看见小莫时先是愣怔了一下，但眨眼他的脸上就有了灿烂的笑容：“哦，是妹子呀。”他见到她像是很意外，又不像意外，张开双手，要拥抱小莫，或者等着小莫投进他的怀抱。这是马叶叶见到女孩子时的招牌姿势，不论见到哪个女孩都是这副鬼样子，给我的感觉有心没肺，我曾多少次嘲笑过他，就不能来点新鲜的，变换个招式。可他从来不听我的劝告，更多时候，像是有意在我跟前炫耀他的怀抱有多宽广。

小莫的眼睛立刻就红了，泪水在眼眶转着圈，就要脱出眼眶的约束。她尝试着从椅子上站起来，但沉重的背包压迫着她，不让她直起身。

她努力了几次，终于站起来了，冲着马叶叶哽咽地叫了声："哥！"泪水随之奔出了眼眶，在她脸上纵横恣肆。她觉得难为情了，赶忙拿手抹去了脸上的泪水，像个小孩子那样笑成了一朵喇叭花。

"瞧瞧，又哭又笑的，我说你长不大吧？"马叶叶打趣说。

"居然还敢笑话我！"小莫扬起粉拳头在马叶叶的胸部擂了一拳，"走时也不打个招呼，我都以为见不到你了。"

"我妈病了呢。"马叶叶解释说，"接到电话我当夜就上了火车，谁也没来得及说。"

"咱妈病了呀？不要紧吧？"小莫攥住了马叶叶的胳膊，神情似乎很着急，"哥，你带我去看看她老人家吧。"

"瞧把你急的，现在已经不碍事了。"马叶叶安慰她说，"你也不瞧瞧自己，灰头土脸的，都不像个女孩子了，先休息一下，明天我再领你去。"

我朝马叶叶挤了挤眼，马叶叶的嘴角翘了翘，闪过一丝无奈。小莫的到来给马叶叶出了道难题，不知该怎么安置她。他将她领到宾馆，给她开了房，很快又折回了我的网吧。

"她睡着了。"马叶叶的额头上有了愁云。

"你怎么不陪着她睡睡？"我开玩笑说。

"你作死啊！"

马叶叶翻了我一个白眼，一拳砸在我肩膀上，他的拳头分量不轻，肩膀被他砸疼了。瞧他的反应，小莫同他的关系没走到那一步，也许真像小莫说的，把他当作了哥哥。

"那你说说，怎么就脑袋发热认下了这个妹妹？"

"她在一家餐馆做服务员，有一天有个人喝点了酒，撒酒疯，想占她的便宜，碰巧被我遇到，我三拳两脚将那人揍趴下了。这是第一次，刚认识她那会儿。”

“第二次，她在摆地摊，有个家伙拿了东西不愿付款，被我修理了一番，乖乖地掏了腰包不说，还给了双倍的价钱。”

“第三次，有个男孩纠缠她，我冒充她哥训斥了男孩一顿，警告他离她远一点。打那以后，她就认定我是她哥。”

马叶叶说的应该不会有假，以我对他的了解，他有些江湖义气，爱打抱不平，因这性格吃过不少亏，也结交过不少朋友。我很失望，原以为他同小莫的故事会有什么特别之处，能满足一下我的好奇心，说高尚了，还不是英雄救美。况且英雄不是什么顶天立地的英雄，救下的美也不是什么貂蝉赵飞燕之类的绝色。

“那么，你呢？”我问。

“就那样，你懂我的。”马叶叶答道。

我明白了他说的“就那样”的意思，马叶叶称呼女孩子为妹妹，就像别的人把女孩子叫作美女一样，妹妹仅仅是他对女孩子一贯的称呼而已，没有别的含义，更不可能因此真把她当作自己的亲妹妹。之前我还以为马叶叶对小莫承诺过什么，如此看来，完全是她自作多情。

“你就收了这个妹妹，你爸妈巴不得有个女儿呢。”

“你别生事，我可不稀罕什么妹妹。”

“你打算怎么安置她？赶她走？还是把她留在这？”

“我正犯难呢，赶她走吧，开不了这个口，留下她吧，还真把她当妹妹了。要么过几天看看，说不定她会主动走了。”

“她主动走那是最好的结果，如果不走呢，该怎么办？”

“你给我出个主意。”马叶叶盯着我说，“要不先让她在你这待几天？我可不能让我妈看见她。”

“不行！绝对不行！我这可不是收容所。”

我断绝了他的幻想，但最重要的是不能给自己惹麻烦，虽然他是我哥们。有些事情必须帮忙，有些事情只能袖手旁观，这个分寸我还是把握得了的。可最终我拗不过他的恳求，答应让小莫在网吧里暂时待几天。小莫不是个物件，不是随便找个地方就能寄存的，我有块属于自己的地盘，是再理想不过的了，网吧虽然不是很宽敞，但容留一个女孩绰绰有余。而且进出网吧的人那么多，也不容易引起别人的注意。

“别给我玩失踪，否则我会扫人出门的！”我突然有种做贼心虚的感觉，好像小莫是我和马叶叶合伙偷来的，必须藏着掖着，生怕让人发觉了，又生怕我一个人承担做贼的罪名。

“你不会的。”马叶叶睒睒眼说。

我答应马叶叶时根本没考虑小莫会不会乐意，马叶叶显然也没朝这方面想过。当小莫听见马叶叶要她在网吧里待上几天时，她的眼睛灰暗了一下，像有一只鸟儿从里面滑过。马叶叶说：“妹子，五哥的网吧正好缺个人手，你留下来给他帮几天忙。”小莫看了看马叶叶，又看了看我，点头答应了。

小莫是个乖巧的女孩，也是个勤快的女孩，有她帮忙我就轻松多了，除了照看收银台，其他事情无须过问。她就像只小动物在电脑和桌椅间蹦来跳去，擦桌子，倒烟灰，捡拾随地乱扔的易拉罐和矿泉水瓶，冲洗卫生间。网吧的角角落落都被她收拾得干干净净，空气都似乎清新多了，没有以往那种混浊的暧昧。她在宾馆只住了一个晚上就搬来了网吧，仍旧背着那只巨大的棕色背包。我给了她一张简易的钢丝床，晚上客人散去时她就摆开钢丝床，第二天早上再折叠起来。她做事的时候，那只背包就放在我旁边的椅子上。“五哥，帮我看着背包，别让它掉到地上啊。”小莫叮嘱我说。趁她不注意时我拿手碰过背包，背包里像塞着一只什么盒子，轻轻地拿指头叩它一下，就有轻微的空洞的回响。

马叶叶不敢食言，每天都要来网吧好几趟，每次来了，就同小莫跑到网吧外面说话。他们说的什么，有些我听见了，有些听不见。隔着玻璃窗，小莫的笑容总是很灿烂，好像一朵花儿，马叶叶就是她的春天，他来了她就绽放了。有时我也会因此产生错觉，内心会有小小的嫉妒，要是真有个这样的妹妹绝对不是什么坏事。

“哥，你把我领家里去吧，正好照顾咱妈呢，洗衣做饭，熬汤送水，你让我干什么活我就干什么活。”有一次，我听见小莫在玻璃门外央求马叶叶说。

“我妈有洁癖，平时都不怎么喜欢有人去家里，等等吧，我同她先说说，让她有个思想准备……”这是她得到的回答。

往下，小莫就不言语了。

有时候网吧里没什么事情，我会鼓励小莫出去走走，真要在这地方待下去，怎么都得熟悉一下环境。这对她不会有坏处。我不会让她空着手出门，每次都塞给她一两张钱，让她给我买个水果什么的。每次出去，小莫都要背着那只棕色背包，我劝说她不必那么辛苦，背包放在网吧里不会弄丢。每次我的劝说都是无效的，她莞尔一笑，仍旧背着那只背包，像来时一样走出门去。

马叶叶不在时，小莫也会同我说说话，而话题无一例外都围绕着马叶叶转动。小莫说我哥打架可威武了，那一次，那个喝醉了酒的，被他一巴掌扇趴下了。小莫说我哥可会跑步了，简直就是飞毛腿，那个拿了我东西的家伙还没跑出去十步远，就被我哥拧住了脖子。小莫说我哥可会吹口哨了，树上的鸟儿若是听见了，估计都会被他逗下地呢。小莫说我哥还会吹牛，他吹牛啊，你瞧瞧，吹到天都破了，我哥就是不脸红。

“你是不是爱上了马叶叶？”有次我突然问她。

小莫立刻涨红了脸，急声急语地分辩说：“我怎么会爱上他？他是我哥啊，亲哥啊！”

“你紧张什么！？爱上他也未尝不可。”我很惊讶她的反应。

“五哥，你要是再这么胡乱猜测，我可就同你掰了。”

她的言语依旧激烈，看样子不像是假装出来的。发生这个小插曲之后，她有好几天不主动同我说话，要么默默干活，干完活就搬张椅子，将背包搂在怀里，安静地守着一个角落。

“五哥，你说我哥是不是在疏远我？”有一次，小莫突然对我说。

“不会吧？你别胡思乱想。”

“你瞧瞧，我哥来的次数越来越少，两三天才露个面，来了也待不了几分钟，眨眼就尥腿走人。”

“这样吗？我怎么没注意？他妈不是病了么？可能事情太多了啊。”

“他可以把我领家里去，他的事情多我会乐意帮他分担呀。”

“给他点时间，可能他真的很不方便。”

小莫瞥了我一眼，那眼神分明没有消除疑虑。我也不便过多解释。经她这一提醒，才发觉马叶叶这些天来的次数的确减少了，很奇怪之前我怎么没注意到。我在替马叶叶解释时也暗暗怀疑，这是不是马叶叶的缓兵之计，温水煮青蛙，到后面就对小莫不闻不问了？我打算打个电话给马叶叶，向他说明一下小莫对他的怀疑，同时警告他不要放鸽子。我掏出手机，但转而又想，感觉自己成了一个打小报告的小人，好像在出卖小莫一样，想一想，还是把手机放回了裤袋。

转眼一个多月过去了，马叶叶没有领小莫去家里，似乎也没有另行安排她的想法。我没有多说话，这毕竟是他们之间的事情，我同他关系再铁，也不能替代他，不能越俎代庖。况且小莫没有给我增添什么麻烦，相反还减轻了我不少负担，让我有了闲静的时间。

后来，有一次马叶叶连续五天不曾露面，我都有些替小莫着急了。那五天里，小莫明显心神不定，不做事时一双眼睛死死盯着窗外。她在期待马叶叶的出现，但是失望了，马叶叶没有来，直到那些玩通宵的游戏玩家都困得趴下了，他都没有出现。是他的确有事脱不开身，还是真的在冷落小莫，我不敢妄下结论。任何事情都像玩游戏，总有个终结的时候，不会玩个没完没了，这是我坚守网吧八年来总结的经验。

“五哥，我出去走走。”

第二天上午，小莫打扫干净网吧的角角落落后，又背起背包出门了。我尚未完全从昨晚的倦意中清醒，随便嗯嗯了几声，算是答应了。但不想小莫一整天都没有回来，这是从未有过的事情，之前她每次出去，一般都是一两个小时就会回来，最长的时间也不过一个下午。晚饭时，还不见小莫现面，我猜想她可能同马叶叶在一起，也就懒得操那个闲心了。

过了一个晚上，网吧里乱糟糟的，垃圾随处可见，空气里弥漫着隔夜的馊臭味。这时才想着有小莫的好处，可是小莫不在，我只有自己动手收拾一下，不然就没法开门了。

“小莫呢？在你那儿吗？”忙乱过后我忍不住给马叶叶打了个电话。

“小莫不是在你那吗？”马叶叶的声音有些急切，又像在替自己开脱，“我几天未出门了，在照顾我妈呢。”

小莫不在他那，那去了哪里呢？这下轮到我着慌了，赶忙把小莫离开网吧的情况告诉了马叶叶：“小莫说出去走走，就一直没回来，不会有什么事吧？”

“应该不会有什么事，打她的手机试试。”

“关机呢。”

“她可能是生我的气，回去了。”马叶叶在电话里吐了一口气说，“谢天谢地，总算走了。”

既然马叶叶这么认定，我也跟着松了一口气，可是仔细琢磨一下，又觉得哪里不对劲，小莫应该不是这种女孩子，离开时连招呼都不打，就算生马叶叶的气，可我没得罪她呀，怎么着也该跟我打声招呼。我的内心七上八下的，没有小莫的确切消息，总觉得不踏实。

过一晚，再打小莫的手机，不通。

再过一晚，再打她的手机，仍旧不通。

我预感事情有些不妙，说不定小莫发生了什么意外。我赶紧将情况告诉马叶叶，他也不像之前那样自信了，很快跑来了网吧。我俩凑一块将事情的前前后后拿捏了一遍，拿捏到后面更不自信了，几乎断定小莫遭遇了意外，不然不会这么久中断联系。脑子里就有些画面乱窜，车祸的现场、奸杀案、毁尸案，哪儿惨毒就朝哪儿联想，从内心到毛发都莫明其妙哆嗦起来。先去了交警队，打听最近几天有没有发生车祸，发生车祸有没有死人，结果被交警队的人当作唯恐天下不乱之徒训斥了一顿，被骂了个灰头土脸。之后去了长途汽车站，走遍了小城上百家宾馆，都没有得到小莫的任何消息。

最后去了公安局，接待我俩的是两个小警察，一男一女，原本正说着什么有趣的事，小男警察咧着嘴笑，小女警察抿着嘴乐，见了我们，立刻都收敛了笑，却又收不住全部笑容。

小女警察挂着半个笑脸问：“什么事？”

“是这样……我有个朋友几天不见了，她是不是有可能……有可能失踪了？”马叶叶结巴着说。

小男警察立马严肃起来，一张脸绷得像石雕。他是个瘦高个，脖子细长，一双小眼睛，看人的目光有点居高临下，一瞬间我就被他瞅得浑身不自在。

“谁失踪了？姓名？年龄？性别？什么时候失踪的？在哪儿失踪的？你们慢慢说，一点一滴说清楚。”小男警察连珠炮似地发问。

“她叫小莫。”马叶叶说。

“就叫小莫？”小女警察问，她在做记录。

马叶叶瞥了我一眼，像是向我求助。我很奇怪，他居然不知道小莫的全名。

“她叫莫小菜。”我替他回答说。

之后，我把莫小菜出门的前后经过详细说了一遍，小女警察在纸上飞速地记录着，小男警察始终拿眼睛死盯着我，似乎期待我一直说个不停，把我所知道的甚至包括隐私全都吐出来。但我不得不打住，因为该说的都已经说了。

“往下说。”小男警察近乎命令说。

我瞅了一眼马叶叶，马叶叶问：“她会不会失踪了？”

小男警察说：“她为什么上这儿来？”

“她来认他做哥哥。”我说。

“就这么简单？”

“我想是的……”

“谁能确认她失踪了呢？她有可能生气离开了，故意关机不理睬你们，有可能手机没电了，还有可能她出去旅游了，手机忘在了某个地方，或者手机丢失了……她脑子会不会有什么问题？就没有过不正常的表现？”

“你们，你们就不帮忙去找找？”马叶叶小心翼翼地问。

“有消息我们会尽快通知你们的。”

小男警察的回答让人很无奈，可是事情发展到这一步也没有别的办法，只能静候警方的消息。我和马叶叶轮流不间断地拨打莫小菜的手机，但她的手机始终处在关机状态。几天过去了，莫小菜依然没有任何音信，我想我们该做的努力都做了，至于她去哪里了，是不是还活着，只能听天由命。网吧的生意自开张起就没有冷落过，要做的事情很多，我一个人分身乏术，疲于应付，也没精力去关注更多别的事情。

走就走了呗，就当莫小菜没来过。

“你说我怎么就不认了她？不就认个妹妹么？有什么了不起的。”马叶叶有些懊悔，有些纠结，“但愿她不会发生什么事情。”

此时的他，内心已是十五只吊桶打水，七上八下。

就在马叶叶不知所措时，莫小菜突然又回到了王八不来网吧，那会儿华灯初上，她背着那只巨大的棕色背包，像刚来时那样出现在网吧门口。她气喘吁吁地喊了声：“五哥。”我内心很有些气急败坏，恨不得扇她两个耳光，但最终什么也没有动作，只淡淡地问了声：“你去哪儿了？”

“我去寺里做义工了。”她的声音里洋溢着喜悦，好像干了件什么惊天动地的壮举。

我很诧异她怎么会跑到寺里去，又怎么找到那座寺庙的。小城有河穿城而过，唯一的寺庙就坐落在河边的一个山窝里。我去过那儿一次，正巧寺庙举办放生法会，寺庙前的放生台上挤满了人，放生法会结束后就有人“扑通、扑通“跳下水，去捞那放生的鲤鱼。之后就再也没去过那里。

莫小菜倒像见到了一个崭新的世界，接连几天都在我耳边叽叽喳喳，说着庙里的见闻。说见了僧人要称某某师父或者某某法师，见了居士或义工不分男女要称师兄；说吃饭时怎么打板敲木鱼击云牌，端饭碗的手势叫龙含珠，用筷子吃饭叫凤点头；说那些禅修的人怎么行禅，怎么坐禅，法师又怎么拿着戒尺巡香。

“五哥，什么时候我陪你去寺里看看？”莫小菜怂恿我说，“那儿可真安静，特别是晚上。”

“我才不去，你要拉人就去拉你哥。”

我想都没想就拒绝了。长这么大，我从来没干过什么缺德事，但对庙里那些高大的菩萨怀有一种莫明其妙的敬畏，多看两眼都有些胆怯，生怕它们会栽下来砸中我。

虚惊一场之后，马叶叶不像先前那么着急了，隔三岔五才到网吧来一次，来了也待不长久，一般不超过半个小时，明显同莫小菜在保持距离。莫小菜倒很沉静，也不像来时那么热烈了。好像她真就成了网吧的一员，每天坚持打扫，将网吧清理得干干净净。干活时她将背包放在椅子上，休息时就将它搂在胸前，安安静静待在某个角落。

有一天，发生了一个小意外，一个到收银台结账的女孩子不小心将背包碰翻在地，背包掉在地上，空洞地响了一声。莫小菜正在拖地，听见响声猛然甩过头，扔了拖把，几乎像条牧羊犬一样扑了过来。她脸上的愤怒丝毫不加掩饰，像火苗子呼呼直蹿。她眼睛里像有细长的鞭子，一鞭一鞭抽打在那个犯错的女孩身上。那个碰翻背包的女孩子被她的凶相吓傻了，一个劲地说对不起对不起。莫小菜并没有过激的行动，从地上挽起背包后一言不发走开了。那天剩下的时间，背包再也没有离开她的脊背。

“小莫，背包里藏着什么宝贝？让五哥瞧瞧。”莫小菜的怪异表现让我对背包产生了好奇。

“能有什么宝贝？”她的口气轻描淡写。

“看看嘛，又不会丢失什么。”我央求说。

“真没什么可看的。”她好像很为难。

但是过两天，她主动将背包打开了，背包里都是一些旧东西，旧手套、旧围巾、旧的棉纱帽子，灰不溜秋的，显然都是用旧了的东西，扔在大街上估计都没人要，都当是垃圾。旧东西下面果真放着一只木头盒子，盒子外表喷了漆，颜色半旧不新。

“这是我奶奶的骨灰盒。”莫小菜将盒子捧在手上。

我原本要去接过盒子，听她这么一说，半道上将手撤了回来。这古怪的木头盒子让我心生恐惧，后脑勺像有冷风吹过，一阵阵泛凉。

“我从小就和奶奶一块儿生活。”莫小菜将脸贴在木头盒子上，好像那盒子是她奶奶的脸，“奶奶让我背着她，有她在就不会有人欺负我。”

“你爸妈呢？”

“我没有爸爸，也没有妈妈。”

“你爷爷呢？”

“我也没有爷爷，只有奶奶。”

我的内心愣怔了一下，不解地瞧着她。

“奶奶说，我来到她身边时篮子里就一只奶瓶，瓶子里的奶都快结冰了，那个晚上下着雪。”

“菩萨的孩子。”

“菩萨的孩子？”

我记得小时候奶奶说过，村子里有人生了私生子，或者家里孩子太多担心养不活，就用篮子将孩子装着，趁黑挂到别人家的屋檐下，然后放一挂小鞭炮提醒人家，别冻着孩子。村子里管这种孩子叫菩萨的孩子，意思是菩萨生的。

“五哥，你说我的爸妈是菩萨？”

“可能吧，我奶奶曾经这么说过。”

“难怪我觉得菩萨很亲近啊。”莫小菜像是若有所思。

后来的一天，她忽然问我：“五哥，我哥为什么不让我去他家？”

“他没说不让你去吧。”我替马叶叶解围说，“你瞧瞧你，将你奶奶的骨灰盒背到他家去，合适吗？”

“那我将我奶奶安放到哪儿去？”

“找个地方将她安葬啊。”

莫小菜蹙了一下眉头，不吭声了。

这其中也有我的顾虑，想一想，一个女孩子成天背着骨灰盒在身边晃晃悠悠，那是什么滋味啊。我将事情说给马叶叶，马叶叶听了大瞪着眼睛，半天都没合上嘴巴。

“你将她怎么办啊？”

“你说呢？”

我俩都拿她没辙。

有一天，莫小菜拉着马叶叶扔硬币，猜正反面，谁输了谁得学一声狗叫。结果莫小菜输了，真就学了一声小狗叫，网吧里哄堂大笑，那些游戏玩家停下了游戏来围观。接连几个回合，莫小菜输多赢少，网吧里狗叫声不断。后来，也许莫小菜输红了眼，也许早有预谋，一定要同马叶叶打个赌，要我做他们的证人。

“我消失三天时间，如果你找到了我，我就不做你妹了；如果找不到我，那我就是你妹，你就是我哥，想赖也赖不掉。”莫小菜说。

“妹子，何必这样。”

“打赌就打赌，你还是个男人呢。”

我忽然对莫小菜的提议产生了浓厚的兴趣，很多事情都应该是未知的，都应该是不确定的，哪像我，每天打开网吧的门，见到的尘埃都和昨天一样，闻到的气味也如同过往。这种日子乏味得很，也死寂得很，单调的重复是最痛苦的折磨。我倒想看看，莫小菜同马叶叶之间的事情如何结局。

但这一次，莫小菜真的像化为无形了，马叶叶说他找了那么多地方，包括那座寺庙，还有小城郊区一座破败的道观……哪儿都找遍了，就是不见她的踪影。

“她会不会走了呢？”马叶叶垂头丧气地猜测，“不行，我一定得找到她！”

一段时间过去，马叶叶妈妈的病痊愈了，他来同我告别，要南下打工。这一去之后，我再也没有接到自称马叶叶妹妹的女孩打电话给我，那些女孩子似乎都销声匿迹了。每隔一些天，我会不由自主想到莫小菜，那个背着棕色背包的女孩到底在哪儿呢。每每这种时候，我就很期待马叶叶的电话，似乎希望从他嘴边听到什么。

“莫小菜呢？”

“我还在找着。”

“莫小菜找到没有？”

“奶奶的，蒸发了，一根毛发都找不见。”

焚 画 记

一

这四十多个秋天来，无箫大师第一次瞧走眼了人。让他走眼的人叫蒋先生，长脸，左右颊肉不厚，颧骨偏高，长无箫大师几厘米，又比汪先生矮半个脑袋。他不多话，也不见笑，在半隐斋他的表情肌就没滋生过动静。汪先生将蒋先生介绍给无箫大师，我朋友，就三个字，再不多半个字。无箫大师躬了腰，脸漾上了笑。汪先生又将无箫大师介绍给蒋先生，无箫大师，犬女的先生。蒋先生嗯了半声，扫了无箫大师半眼，很快将目光投向了画廊。画廊两壁挂着一溜字画，都是本城大师的作品。其中有慕老的几幅人物，东方的两幅印谱，如虹的几幅工笔，陶然的几副草书。不过二十来万人的小城，拿得出手的也就这几个。旁的字画来路复杂一些，都是天南海北叫得上名字的，能给半隐斋长些脸面。

汪先生是个商人，他的朋友非富即贵。无箫大师从汪先生的恭敬中窥测，蒋先生绝非一般人物。他的神秘和严肃让人脚底生出许多凉意。他有些吃不出深浅，赔了笑脸，还赔了几分小心，不过又揣想，上半隐斋的哪个人物不附庸风雅，不附庸风雅就不上半隐斋。蒋先生无论怎样脸黑，只要进了半隐斋，无箫大师就有法子拿住他。半隐斋不是水深叵测的江湖，可也不是个浣衣洗手的清水池。

无箫大师一步一步将蒋先生引入画廊。画廊由九弯半月手挽手连接在一起，一波一波往深处迂曲，取名半隐斋。这是无箫大师以为骄傲的设计，灵感来源于小城一处景致，叫九曲回廊，除了他，小城恐怕找不到第二个能有这般创意的人物。画廊入口处是慕老的两幅小品，画的都是乡村乐师，一个摇头晃脑拉着二胡，另一个腆着大肚皮鼓着腮帮子将全身气力贯注在唢呐上。慕老本名慕怀清，出身寒门，小时候给人放过牛，打过长工。画画就是东家少爷给他启的蒙。他画过山水，画过花鸟草虫，而立后专攻人物，尤其擅长画民间艺人。他的画幽默诙谐，深得小城人们的喜爱，近半个世纪小城书画界都是他一人的天下。他的故事能写几部书，无箫大师向蒋先生介绍时却惜墨如金，这是本城书画界泰斗，擅长人物画，可惜前些年仙逝了。蒋先生又嗯了半声，脚步在二胡前收住，不过三五分钟就将二胡丢在了身后。接下来是慕老的另几幅人物，有卖斗笠蓑衣的老头，剪纸的女人，摇着纸扇的长者，蒋先生仅仅半分十秒的停留，瞧他的气势恨不得几步跨过画廊。

画廊不用自然光，光线全赖几盏酒杯大小的布景灯，有些深邃和幽暗。无箫大师瞧瞧汪先生，汪先生沉默着，一脸模糊的笑，亦步亦趋追随蒋先生的脚步。无箫大师又猜测，可能蒋先生不苟言笑，汪先生也无从多嘴了。三个人转眼聚到了东方的印谱前，朱色的印谱给人增添了一抹辉煌。东方刚近不惑之年，治印却是入了境界，高古脱俗，神性静远，自有他的眼光和世界。如果拿造诣说，不低于慕怀清的人物画，至少无箫大师私底下这么认为。蒋先生的一双眼睛锁在了印谱上，有个几分钟的静止，慢慢地，他的身体有些不安静了，某个部位好像有了不易察觉的动响，轻微的，有细微的地方断裂了，断得不彻底，有丝丝缕缕粘连着。蒋先生走近半步，又退后一步，目光仍旧不离印谱。半月？蒋先生端详良久，似怀疑又像确定，像确定又似乎怀疑。这是东方的自号。蒋先生的犹疑让无箫大师品悟出某种暗示，也许他并不那么深不可测。东方自号半月，别人以为他是自谦，无箫大师却有他自己的看法，东方在暗恋如虹，半月不就是如虹么，这一层暧昧他从未向任何人道破。有意思。蒋先生这才说了三个字。哪天让东方大师给您治方印？汪先生试探着问。不必了。蒋先生摆摆手，表情似有不屑。

过了东方的印谱，蒋先生的脚步恢复到了刚入画廊时的速度，瞧着不快，眨眼又走出去老远。虽然东方暗恋如虹，如虹的几幅工笔却没能拽住蒋先生的脚步，蒋先生不过左右摆了两下脑袋就滑溜过去了。无箫大师有些替如虹叫屈，如虹自幼习工笔，曾进京深造，得到过名师指点，专画红豆杉。她的家境向来阔绰，交往的也非一般寻常人物，无意间造就了她高傲的性格。画到深处，这种高傲变成了孤傲，全部掩藏到了红豆杉的枝叶背后。可每次进入画廊的观众大多都是被枝叶的繁华和红豆的璀璨所吸引，至于她的孤傲，不知给谁留下过多少记忆。

无箫大师替如虹惋惜时蒋先生早撇下他们钻进了画廊深处。蒋先生似乎熟门熟道，不需要无箫大师的牵引了。剩下的半个画廊画作有些杂陈，从异地流入本城的资历尚浅的一些作品，都晾挂在这儿。它们必然留不住蒋先生的脚步。无箫大师和汪先生追进去时，蒋先生已然进入了画廊底部的茶室。茶室的布置很简洁，一张根雕茶几，几把精巧的藤椅，一只齐腰高的茶柜。茶室四壁被字画占领，慕怀清的一幅《竹林七贤》占据了北面一壁，另外三壁都是无箫大师以为价值不菲的画作。无箫大师的两幅山水忝列其中，分别藏在南墙的东西两角。蒋先生正背向画廊，立在西墙的中间位置。也许他在茶室转了半个圈，也许他就直奔西墙了。无箫大师瞥了一眼南墙，很希望蒋先生能够光顾那两个角落，谁知他一动不动，好像钉在了西墙跟前。无箫大师内心咯噔了一下，蒋先生正对着《半山烟煴图》，那是邻省一位画家的作品，准确说，是无箫大师复制邻省一位画家的作品。无箫大师斗胆将它亮出来，就是考验买家的眼力。以他自己的眼光，已经真假莫辨了。五分钟过去了，十分钟过去了，蒋先生第一次在一幅画作前待了这么长时间。好不容易见他挪动了一步，可他的目光仍然收不回来，好像让画作粘住了，又将他的身体拽了回去。什么价格？汪先生朝无箫大师耳语了一句……汪先生喜欢就拿去吧。无箫大师的额头爆出了汗珠，想说什么又不敢说出嘴，悄悄嘀咕了这么一句。那哪成？说个价吧。汪先生着急了，声音不觉提高了许多，并没有惊着蒋先生。就六万元吧。无箫大师拗不过汪先生，只得报出了一个价格，拿那位画家的知名度，这个价格稍稍偏低。来，刷卡吧。汪先生掏出一张银行卡，摁在了无箫大师的掌心。无箫大师的手掌像被蜂蜇了一下，不过仍旧将银行卡死死攥住了。

二

无箫大师是个知恩图报的人，在内心始终对汪先生感激不尽。如果没有汪先生的鼎力支持，就没有半隐斋，也没有无箫大师的今天。他现在的生活并非有享受不尽的荣华富贵，可在小城也是有头有脸，有房有车，如鱼得水。寂静时，无箫大师就会心生愧疚，愧对现在的生活，愧对汪先生。他似乎没替汪先生做过什么重大的事情。他做过他女儿两年的老师。他教汪先生的女儿画画，素描、水彩、工笔，还上过几堂油画课。汪先生的女儿文字课的成绩不理想，眼看同大学无缘，汪先生就想来个旁门左道，让他女儿上艺术学校。汪先生有两个儿子，可女儿就一个，疼爱女儿就多一些。汪先生认为画画不过旁门左道，有大道绝对不走左道，他女儿大道行不通了，才走左道碰碰运气。左道总比无道多几分幻想和希望。无箫大师之前并不接受汪先生的理论，在内心砸过他许多白眼，最终让汪先生的金钱俘虏了。汪先生付出了比别人高出三倍的工资，这样白痴的钱不赚白不赚，你不赚也给别的白痴捡走了。汪先生的女儿后来考上了北方的一所艺术学校，文化课刚刚达线，艺术分却是高出分数线许多。汪先生感恩戴德，给了无箫大师一张五位数的银行卡，还陪着他在新马泰畅游了一圈。汪先生的女儿大学毕业后去了欧洲，去攻洋画，每次在画廊闲聊汪先生总要将他女儿的洋画赞叹一番，给听者开开眼界。他的声音洪亮，中气十足，给他女儿长了足够的脸面，可他女儿就是不肯寄画作回来，她怕小城的土包子玷污了她的西洋艺术。这后面的话汪先生并没有说，是无箫大师的自我猜测，自我贬损，也是他在内心取悦汪先生。

无箫大师给汪先生做过的第二件事情就是教他习书法。汪先生才读了小学四年级，连自己的名字都写得歪歪扭扭，像鸟类踩出来的爪印。无箫大师设计了一套签名，让汪先生照葫芦画瓢。之后又教汪先生习书法，天道酬勤，就四个字，魏碑，横书竖写，不同的场合就用不同的格式。还能拆开来，单书：道，一个字道尽了多少世事。汪先生是政协委员，小城那年组织政协委员书法大赛，就凭这四个字汪先生拿了一个金奖。评委都是本城书画界的权威，慕怀清是评委，无箫大师也是评委。

无箫大师回头看，不论做汪先生女儿的家教，还是指导汪先生练习书法，都是很有价值的事情。他甚至暗地里盼望过，汪先生的两个儿子也跪拜在他的门下，做他的弟子。可汪先生的儿子们没给他机会，兄弟俩都上了大本，一个学习酿造葡萄酒，另一个选择了土木工程。儿子们的出色表现并没有阻挡汪先生报恩，他是一个比无箫大师更懂得知恩图报的人。公司有个副总的空缺，不知无箫大师肯不肯赏脸？有一天汪先生极力邀请无箫大师加盟他的公司。无箫大师婉言谢绝了，那会儿他对绘画有着某种狂热的幻想。那个位置给您留着，什么时候高兴了您就来坐坐。汪先生很是惋惜，又像是赌气。偶然的一次聊天，不知谁感叹这偌大的一座城竟然没有一家画廊。说者无意，听者有心，汪先生就将画廊的事记在心底了。后来汪先生几次三番提出让无箫大师开设画廊，场地由他提供。考虑再三，无箫大师最终答应了，一半被汪先生说动了心，一半是他自己有想法。汪先生开了一家准四星级宾馆，是小城唯一豪华的去处。他将一楼西向的一半无偿提供给无箫大师开设画廊，而且装修的费用全部由他承担。无箫大师唯恐辜负了汪先生，将绝大部分思想都放到了画廊上。他先改变了自己的外在形象，没长胡子就留起了长发，在脑后扎个马尾巴，有时也编成麻花辫。加上一身花花绿绿的衣衫，画廊主人的艺术气质就完完整整烘托出来了。有人拿他的麻花辫说过话，无箫大师笑笑，唬人的，当不得真。

无箫大师给画廊取名半隐斋，请慕怀清题了匾，挂在画廊入口处。这名字有其内在的微妙，无箫大师一半成了商人，一半还藏身字画中。慕老，如果没有您的大作支撑半隐斋就得关门大吉了，请慕老一定成全学生。无箫大师携了一盒茶叶，两本册页，登门向慕怀清求助。慕怀清已是耄耋之年，返老还童，性情倒变得爽朗了。这是瞧得起我糟老头，不就是几张破纸，拿去吧。慕怀清当即给了不少画作，又补充说，从今往后叫索画的都上半隐斋去，老头子正好图个清静。慕怀清说话算话，直到死，私下里没再卖出过一幅画，都由半隐斋代劳了。慕怀清的画作入了半隐斋，事情就成功了一大半。余下的几人，东方、如虹、陶然，无箫大师同样以礼相待，亲自上门求索。有了慕老做榜样，这些人就不好推脱，都将作品委托给了半隐斋。东方有过矜持，但见如虹也应允了，便亲自送了两幅装裱了的印谱过来。小城书画界的另些人物，无箫大师面子上都恭敬着，在画廊上给他们留个位置。毕竟人物画没人超过慕怀清，治印没人胜过东方，工笔画无人能及如虹，书法出陶然之右者不见其人。就算他们有些委屈，也是理所当然该承受的，谁叫艺不如人呢。有了字画，画廊就蓬荜增辉了。无箫大师在画廊背后预留了一块空间，摆了画桌，准备了笔墨纸砚，给来访的大师们挥毫泼墨。

开张那天，无箫大师本想让汪先生给画廊剪彩，汪先生却推辞了。剪彩的重担就落在了慕老的肩上，慕老欣然从命了。汪先生也没闲着，唤了一帮朋友来凑热闹，展出的字画有一半都预购了。汪先生就收藏了慕老的两幅画作，一幅舞花灯的人物，另一幅剪纸图。半隐斋从此风生水起，那些想同汪先生套近乎又找不到门道的就上半隐斋，无箫大师也不藐视照样以茶相待，这些人也不空手，名酒名烟，常常将茶柜挤爆了。本城书画界的人物也喜欢半隐斋，既能观赏字画，又能现场切磋交流，还有好烟好茶侍候。这些人平常多半闲着，忽然发现了理想的去处，免不了会恭维汪先生和无箫大师，其中也不乏对无箫大师的嫉妒。

三

无箫大师让恐惧折磨了许多天。无论睁着眼还是闭着眼，蒋先生的那张黑脸就像一朵乌黑的云，不停地飘啊飘啊，飘走了，又飘回来了。它在无箫大师的内心盘旋着，一刻也不肯安静。无箫大师搬出本城一位高僧送他的《金刚经》，早读晚诵，原以为心境会就此平静，谁知刚刚掩上经卷，蒋先生的黑脸又像云朵一样飘了过来。他扔下经卷去了画廊，在画室里翻找出一本魏碑唐诗字帖来临写，写了没几个字，手就哆嗦了，连手背都沾染了墨迹。泡茶时，本是清香绵长的一款野生绿茶竟然让他冲泡出了淡淡的苦味。

无箫大师明白内心的焦虑还在《半山烟煴图》上。他在某次画展上见到过原作，当时并不是被它的绘画艺术所吸引，而是预感他能将它临摹下来，并且同原作不差丝毫，真假难辨。这个发现着实让他兴奋了，虽然主办方不允许拍照，他仍旧趁工作人员不注意偷偷拍了几张照片。回到小城，他在电脑上对着照片分析画作，不出半个月就摹仿了两幅画作，第一幅有些细微的瑕疵，第二幅足够以假乱真了。他不愁这画卖不出去，甚至能卖到一个理想的价格。不过他没有预料到这画会卖给汪先生，刚开始卖仿画时他给自己立下规矩，卖给谁都可以，就是不能卖给汪先生。他违反了自己制定的规矩，佛说因果报应，欲知前世因，今生受者是，这一生受的罪就是前世作的恶，他不知这报应会是什么。那一天，他想着不将画卖给汪先生，又唯恐汪先生猜疑，那画是汪先生朋友看中的，汪先生相信他朋友的眼力，也是投其所好，如果那画不卖给汪先生，汪先生肯定会以为无箫大师舍不得，会给无箫大师更高的价码，十万不点头就二十万，六万不接受就六十万，直到无箫大师答应为止。这是汪先生做事的风格，拿钱说话比任何话语都有重量。无箫大师让汪先生的话语压弯了脊梁，不堪重负，何况一幅仿画。无箫大师很想直截了当告诉汪先生，那是一幅仿画，可话到嘴边又咽了回去。这个真相他不敢说出来，如果说出来，万一汪先生感冒了，画廊就得挪地方了。这个损失就惨重了。而且假如本城的人都知道他拿仿画当原创作品卖，半隐斋不管挪到哪儿，还会有谁相信它？无箫大师只有将秘密藏着，可又担心怕有一天会让汪先生识破。如果让汪先生发现了，或者他的朋友看出了破绽，将颜色丢给汪先生，那结局不敢想象。在说与不说之间，无箫大师找不到答案，后来又心存侥幸，汪先生没有看出破绽，汪先生的朋友也没有发现秘密，那就什么事也没有。他完全是杞人忧天。如果真的露了马脚，他有理由说自己眼拙，学艺不精，连幅仿画都识不破，大不了将画退回来，或者换过一幅画给汪先生。事已至此，也没有别的更好的解决办法，无箫大师将赌注押在了汪先生的朋友蒋先生身上。有一次，汪先生来画廊闲坐，因刚谈成一个项目，汪先生的兴致正浓，品茶论画，半天都不寂寞。汪先生，那幅《半山烟煴图》如何？无箫大师逮住汪先生停顿的间隙，假装不经意一问。很好啊，他很喜欢。汪先生愣怔了一下，很快就明白了无箫大师说的是哪幅画。无箫大师支着耳朵，想听汪先生继续说下去，汪先生却不说《半山烟煴图》，也不说蒋先生，而是回到了之前的话题上。

无箫大师恐惧蒋先生，蒋先生真就来了。蒋先生穿了件夹克衫，戴了副大墨镜，遮去了大半张脸，手上提了一只类似琴盒的长箱子。早上，无箫大师刚入茶室还没来得及喘口气，就听见有脚步声进了画廊。待他转过身，蒋先生就站在了茶室中央。无箫大师觉得来人稍稍有些眼熟，像见过又像没见过，便做了个手势，请蒋先生入座。蒋先生弓下腰，将箱子压在茶几空着的一角，直起腰，将两只手绞在一起，揉了揉手腕，又将手背在身后，绕着茶室走了一周，这才在藤椅上坐下了。无箫大师摁了自动开关给水壶添水，一双眼睛也不闲着，追着蒋先生的背影走了一圈。这会儿正是画廊人稀的时候，只有水落进水壶咕噜咕噜的响声。大师别忙，请帮忙看幅画。来人边说边抱起了箱子，打开，是两只画筒，一只暗红，一只黑漆带金。捞出暗红的画筒，拧开盖子，倒出一卷画。无箫大师正用镊子夹了茶杯，赶忙放下了，帮着将画展开，就是那幅仿画《半山烟煴图》！画轴的背面有粒豆大的印章，是个半字，是东方的篆刻，从半隐斋流出去的作品都有这么一个印章。无箫大师握着画轴的手不由自主颤抖了，瞧瞧蒋先生已摘下墨镜，嘴角挂着一抹似笑非笑的表情。这是无箫大师第一次见着蒋先生脸上的生动，有些真假不辨，仿佛蒋先生严肃的黑脸是一张面具，很多人都戴着这种面具的。无箫大师，这画如何？我想听听大师的高见。蒋先生死死盯着无箫大师的眼睛，他的声音有稍许的沙哑。淡墨如梦雾，石如云动。无箫大师佯装镇定。无箫大师好眼力，这画的确有些许北宋画家李成的味道，可是还嫩稚了一些。蒋先生夸奖了无箫大师，又盯着问，这是画家的原作？无箫大师掷出了一个毋庸置疑的眼神，将内心的惶恐转化成了些许愤怒。他在警告蒋先生不应该怀疑作品的真实。蒋先生却不在意他的愤怒，甚至还给了他一抹嘲讽的微笑。请无箫大师看看另一幅画。蒋先生将《半山烟煴图》卷了起来，从箱子里捞出那只黑漆带金的画筒，拧开，取出一卷画交到无箫大师手上。将画作展开，竟然又是一幅《半山烟煴图》！无箫大师抬眼蒋先生，蒋先生仍旧似笑非笑。无箫大师将目光收回到画作上，细细察看、品味，掌上的这幅画作就是他在画展上看到的那幅《半山烟煴图》。无箫大师背部有冷汗渗出，沿着脊背屈曲蛇行，衣衫都拧得出水了。

茶室里突然无声了。镇静，镇静。无箫大师提醒自己，不能自己乱了阵脚。蒋先生不会无缘无故拿出两幅《半山烟煴图》，肯定有他的企图。请。无箫大师洗了茶具，给蒋先生泡了茶。蒋先生没动茶杯，脸上恢复了往常的严肃。无箫大师摸不着了方向，不知蒋先生肚子内的肠子怎么弯弯曲曲。唉，这画我真舍不得还给汪先生。蒋先生抱起了那只暗红的画筒，自言自语。不可……先生，请问贵姓？无箫大师险些从藤椅上蹦了起来，虽然勉强压制了冲动，可依旧失手将一只茶杯碰翻了。本姓蒋。蒋先生回答。无箫大师这才知道蒋先生姓蒋。蒋先生，能不能将画转让给我？这画廊的画任由您挑选。无箫大师一脸的苦笑，我眼力拙，看走眼了。不可……这画丝毫不比原作逊色，我挺喜欢的，大师可不能夺人所爱。我很希望无箫大师给我引荐引荐，是哪位大师有如此精妙的手笔。蒋先生的话听着非常恳切，可嘴角的那抹笑由嘲讽变成了不易察觉的狡黠。无箫大师沉默了良久，才红着脸回答，让蒋先生见笑了，是我无聊时偶尔涂鸦。失敬了，是我眼拙，没有认见大师的手笔。我有几幅极为喜欢的画作，大师能否帮忙临摹几幅，大师的手笔我是真心喜欢，请大师千万别推辞。蒋先生一脸肃然。无箫大师没有感觉蒋先生的崇敬，反倒听出了威胁的意思，只有点头应下了。大师的作品我一定好好收藏。蒋先生将暗红的画筒收进箱子，戴上墨镜，头也不回走出了画廊。

四

半隐斋开张时，无箫大师的内心有些怅然若失，空落落的，好像丢失了什么东西。究竟丢失了什么，他弄不清楚，内心的那个空间原本被什么占领着，他自己也不知道，反正丢了极有重量的东西，不然不会轻飘飘的，像有个纸鸢在飞舞。他有些憎恨汪先生，如果不是汪先生资助他开画廊，他就不会成为一个商人。不做商人，他就是个纯粹的画家。可他又感谢汪先生，如果不是汪先生，他不知自己该如何逃离书画界。无箫大师画过山水，画过人物，画过写意，也画过工笔，画来画去，怎么也脱不了俗。拿别人背地里的话说，基本功很不错，就是不见精神，也没有自己的绘画语言。有些人对他更不屑，什么大师，就是个画匠，做个画家，嗤。别人评价他的画作都懒得用嘴说话了。无箫大师努力过，挣扎过，就缺头悬梁锥刺股。他想用作品来证明自己的实力，推翻别人对他的否定，可越画越不成器，越画越不成样子。不说城外的世界，就拿本城来说话，慕怀清是一座高不可攀的山，无箫大师只能在他的山脚下徘徊。东方的年纪虽轻，治印却吸取了本城郊区一处摩崖石刻的精髓，加上自己的体悟，在篆刻界已是别具一格。慕名请他治印的，全国各地的都不在少数，其中不乏名家。如虹的工笔画短短几年时间入选了两次国展，加之独有的红豆杉题材，让她出尽了风头。就连陶然的草书，也在不知不觉间获得了一次全国书法赛事的提名奖。甚至那些后来者都开始怀疑无箫大师了，嘴上不说，背后指指戳戳，平庸，真真正正的平庸。无箫大师陷进了泥沼之中，越挣扎陷落得越深，他的双腿让看不见的淤泥捆绑了，每迈动一步却导致更深地陷落。他距离本城的那些大师越来越远，他绝望了，灭顶之灾不过是时间的问题。

汪先生就在这种时候扔给无箫大师一根救命稻草。无箫大师犹豫再三，才将稻草捞在了手上。他不能坚持了，如果固执下去，只会给本城的书画界增加一个可悲又并不怎么可笑的笑料。无箫大师不忍看到自己沦落到那种地步。有了半隐斋，他的视野豁然开朗了，他的眼前是一个全新的世界。半隐斋的主人，在商界他是出色的画家，在书画界他是成功的商人。这是他没有料想到的变化。他在汪先生和慕怀清他们之间进退自如，有了广阔的活动空间。他是他们中间的一座桥梁，慕怀清他们的画作通过这座桥梁流到了汪先生他们手上，汪先生他们的银子又从桥上流进了慕怀清他们的口袋。谁能从这座桥上通过，谁不能从这座桥上通过，都由无箫大师说了算。无箫大师主宰不了本城的书画界，主宰不了本城的商业界，可他主宰了书画界和商业界的这个中间地带。我的地盘我做主，他套用了一句广告词来笑谑自己。有了这块地盘，本城书画界的那些大师们对他的态度完全逆转了，无箫大师的作品不是惊世骇俗的巨制，也是无法复制的艺术精品，满城的恭维之声让他都有些呕吐了。就连如虹瞧着他的眼神似乎也多了某些色彩，她的孤傲在无箫大师跟前像是软化了，稀薄了。花花绿绿的钞票流水一样淹过去，谁能保证自己不湿身，谁又能保证自己不被淹没。哈哈，以为他们不食人间烟火，傲然于世，原来他们也长有媚骨的，无箫大师在内心放肆地笑了。

这种兴奋并没有维持多久，无箫大师就让另一种失落攫住了。表面上他主宰着书画界和商业界的中间地带，其实什么收获也没有。商业界通过他这座桥梁将那些无可复制的画作揽入了怀中，书画界借助他这双手将艺术转换成了物质，留给无箫大师的不过几声一文不值的虚名。他成了他们交换的工具，是他们的遮羞布。他们的恭维是对他的麻醉和催眠，让他在这种兴奋的状态中心甘情愿为他们架桥铺路，任由他们奔突践踏。无箫大师在沮丧中增添了对汪先生的恼恨，如果不是汪先生，他就不会充当这样一个角色。他得找到一种办法来惩治他们。他也想过，他是不是为自己的贪婪在寻找借口，毕竟半隐斋替慕怀清卖画都是无偿的，如虹他们的字画也仅收取了百分之十五的手续费。无箫大师左思右想，都无法从沮丧中解脱出来，后来还是慕怀清成全了他。慕老的寿限到了，半隐斋开张不到一年，他就离开了人世。本城的人都知道慕怀清的作品全权委托给了半隐斋，半隐斋究竟收藏了慕老多少画作，只有慕老和无箫大师才有数。如果想求取慕老的画作，就只有上半隐斋了。可是不管半隐斋收藏了多少慕老的画作，卖出一幅就少一幅，终究有干净的一天。无箫大师就从这个时候开始暗中临摹慕老的画作，一幅一幅，以假替真。他扪心自问，也许没有创造的才能，模仿却是天才。有时他将仿画和原作摆在一块儿，如果不做记号，连他自己都无法分辨。从那时起，半隐斋卖出的慕怀清的作品都不是原创，而是无箫大师的仿画。谁也无法质疑，鉴定慕老的画作无箫大师才是权威。而慕老的原创都静悄悄地躺在无箫大师的库房中。

仿画的成功，让无箫大师拓出了一块崭新的天地。他要让慕怀清他们成为半隐斋的摆设，支撑门面的花架子。可他又不能不有所顾虑，对于如虹和陶然他们，现在还不是时候。万一让别人发觉了，对半隐斋的声誉就是崩溃性的打击。无箫大师承受不起这种覆灭的灾难。他将目光瞄准了外埠的书画界，从他们当中找寻理想的对象。从易而难，步步为营，步步深入。无箫大师模仿的技术不断提高，而且获得了很丰厚的回报。《半山烟煴图》就是其中一例，只不过这一例让他打破了自己立下的规矩，将仿画卖给了汪先生，还招来了棘手的蒋先生。

五

无箫大师想，他怨不得汪先生，汪先生没有强迫他开设画廊，更没有逼迫他模仿他人的画作。是他自己想逃避书画界才躲进半隐斋，现在又想逃离半隐斋躲避蒋先生。是他自己不停地在奔逃，谁也没有驱赶他。逃来逃去，他又能逃到哪儿去？还不是在本城这块巴掌宽的地方。无箫大师不得不腾出一半心思来对付蒋先生的差使，替他模仿画作。每隔一段时间，蒋先生都会送过来一幅价值不菲的作品，同时将无箫大师完成的仿画及仿画的原作带走。蒋先生对他临摹的手艺很是赞赏，给他开支了不菲的工资。蒋先生仍旧是一张严肃的黑脸，哪怕是赞赏的时候也见不到更多丰富的表情。无箫大师猜测，蒋先生到底是什么人？他哪来这么多昂贵的画作？他让他模仿这些画作又是出于什么目的？像无箫大师一样拿去变卖还是有别的用途？无箫大师始终让这些问题纠结着，却又无法解答。如果蒋先生不停地将画送过来，他就得不停地画下去，蒋先生不停止，他就别想清静。有时他又觉得，是汪先生、慕怀清，包括如虹他们，是他们共同策划了一个阴谋，让无箫大师成了希腊神话中的西西弗斯，他们都在暗地里监视着他，驱赶着他，让他永远推动蒋先生这块石头。他有了悲哀的绝望，他从商业界和书画界共用的工具，堕落成了蒋先生一个人的工具，秘密的工具。作为工具的归宿，只有工具毁坏了，再也提不起画笔了，使用的主人才会撒手，才会将他丢弃。一年半载后，有一天，他突然恶狠狠地想，蒋先生有一天突然死去，在送画的路上发生车祸，或者死于别的意外事故，失足落水，坠楼身亡，总之蒋先生不存在了。那样他就解脱了，不受蒋先生控制画笔了。

无箫大师这么恶毒地期望着，突然有一次，蒋先生拿走了完工的仿画，却没有带来新的作品。无箫大师就更迫切地祈祷蒋先生不要出现了。有一段时间，他就处在蒋先生消失的自由和担心蒋先生突然回来的恐惧中。他在这种隐秘的折磨中慢慢放松了警惕，对于蒋先生的记忆只剩下一张模糊的黑脸，再回忆就是一团阴暗的黑色了。再往后，无箫大师彻底忘记了这个人物。后来的一天，一帮人在茶室喝茶，有汪先生的朋友，有如虹、陶然他们，有新加入的面孔，有人说到新近省城发生的一件事情，有个官员被查处了，在他家里搜查到大量的字画，价值几千万，经过专家鉴定居然全是仿画，一幅真迹也没有。这些仿画拿到市面上去拍卖，二百五十元一幅估计也没人要。一个官员附庸风雅到了如此程度，有人慨叹，兼上了嘲讽。又有人说，真迹肯定叫官员藏匿了，这些人别的本事没有，地下工作狡猾狡猾的。无箫大师的内心被扔进了一块石头，咕咚一声响，水花都泼溅了。蒋先生的那张黑脸从水花中浮了出来，正无比严肃地注视着他。那个官员难道就是蒋先生，他暗自猜测。

有一天，汪先生将无箫大师请到自己的茶室品茶，有人送了一盒20世纪70年代的普洱茶给汪先生，汪先生没忘让无箫大师享受口福。三泡水冲过，汪先生突然问道，那幅《半山烟煴图》果真是真迹吗？无箫大师吃了一惊，有些猝不及防，可依旧没露出丝毫破绽。绝对是真迹，我敢用人格担保。无箫大师言词灼灼。话说得激动，说过他就有些后悔了，怎么同人格扯上关系了呢，一幅仿画关乎人格什么事，屁事都没有。汪先生并没察觉他的激动和悔意，他好像沉浸在他自己的思索中。蒋先生真是个高人啊，一百多幅字画，几千万，就这么逃脱了。说这话时，汪先生下意识去端茶杯，结果将杯子碰翻了，茶杯“叭“的一声跌在地上。尖锐的响声将无箫大师吓了一大跳，一块碎瓷片弹到了他的脚下，正锋利地盯着他。

从汪先生的茶室出来，无箫大师感觉身上黏黏乎乎的，冷汗湿了一身。无箫大师佯装镇定上了车，将车直接开回了自己的别墅。他从仓库里翻找出那一堆仿画，就着一只洗手盆，将画逐张逐张燃着了。这样的纸张很上火，火苗在盆中摇曳着，扭动着，很像一个女人在跳舞。那女人跳着跳着，慢慢就魂飞魄散了，扬起来的灰烬黑蝴蝶一样在屋子里飘荡着，怎么都不肯落地。

刀　疤

英雄的身体什么样儿，没见过？那得空去瞧瞧九曲巷的七刀。

七刀是九曲巷的英雄，他凭了一双手和一具五尺长的躯干，二十三岁便做了义宁州城的大哥，州城里九井十八巷的小弟小妹都狗儿样听命于他。七刀住在九曲巷的深处，第九曲的底部。七刀每天必到州城里转上一圈，上午九点出发，午夜两点回来，风雨无阻，天天如此。出巷的时候，七刀身边常追着四个人，走在左边的是九刀和左嘴，走在右边的是菜牛和白狐狸，七刀裸了上身走在中间。九刀和菜牛本来紧挨着七刀的，偏又空出了一截距离，七刀虽说个子不高，但大哥的作派却让这三两脚猫步的空隙托了出来。

七刀的身体是有意裸着的，因为那里满是刀疤。一块刀疤就是一块英雄的戳记。这是七刀的前任大哥五刀说的。七刀的身上一共有着三十七块英雄的戳记。那些戳记遍布他身体的各个部位，后脑勺、前胸后背、肚皮上、胳膊上，甚至大腿根部都有，不过刀疤密集的还是前胸后背，二十三处，差不多占了刀疤总数的三分之二。刀疤的形状是不规则的，像是懵懂孩童的信手涂鸦，想什么样有什么样，想什么印版有什么印版，绝少有模样雷同的。有的像狗齿撕扯过，虽说结了痂，仍旧凸起两个对称的圆形瘢痕，后面是狗齿划过的线形痕迹，像流星的尾巴一样拖得老长。有的像猫爪子挠过，又像女人的尖指甲刨过，一溜排着几条弯弯曲曲的线条，有如萤火虫在丝瓜上咬出的曲线，又如无数的蚯蚓扭扭曲曲地爬过。有的像水塘底干涸的裂缝，下了一场小雨，裂缝是痊愈了，可有了模糊不清的疤痕，像一抹淤泥一样潦草地积在那里。还有的像女人的妊娠斑，凹陷着鸡肠子形状的灰白；还有的像女人的唇印子，涂了洗脱不掉的污秽的浊红。最扎眼的是七刀背部的那条刀疤，它从腰部出发，一路徐徐而上，横穿了整个脊背，最后止在了七刀的肩头。那条刀疤是暗红的，拇指宽，六十多厘米长，像一根女人用过的经血带子，染了经血，懒得洗净了，便随手弃在了七刀的脊背上。

这根经血带子样的刀疤是七刀最荣耀的一条刀疤，因为它是替前任大哥五刀背上的。虽然七刀替五刀挡了这愤怒的一刀，可五刀最终还是死在了对手的刀下。这一刀是七刀挨上的第七刀，也是要命的一刀，它本来是冲着五刀去的，可没想七刀自个找死垫到了刀下，对方犹豫了，这一犹豫手头上的力量就弱了许多，没往死里砍，七刀的伤势因此轻了许多，七刀才捡得了性命。其实，不仅仅是第七刀，七刀身上的那六块刀疤，就有五块是替五刀挨的。那剩下的一块刀疤，才是真正属于七刀自己的，那是七刀在小学时同高年级的一个男生干架，用的是铅笔刀，还不怎么熟练，不小心将自己割伤了。那伤疤留在了左手的手背上，一根淡淡的细线，不仔细看根本不会发现。七刀记得，那一次他们争抢的是一块石头，一块带图案的石头，那图案很像一只蝎子，一只张牙舞爪的蝎子，最后因为七刀流了血，石头就归七刀所有了。那块石头至今藏在七刀床头的抽屉里，用一块红布包裹着。一个人的时候，七刀常拿出来把玩一阵子。

七刀在医院躺了三个月，出院后几乎没费什么周折就做了义宁州城的大哥。五刀死了，群龙不可一日无首，九井十八巷的小头目聚在义宁州河的荒滩上，推举新的大哥。这些小头目都是一帮狠角，谁都想做大哥，大伙儿七嘴八舌的，谁也说服不了谁，谁也不服谁，差点就发生了混战。争过来议过去，最后学了绿林好汉的样决定文斗，所谓文斗，一是比谁身上的刀疤多刀疤靓，二是比谁进宫的次数多时间长。哥们把犯了事蹲监戏谑为进宫。比过来比过去，七刀身上那根经血带子就成了刀疤里的旗帜，谁的刀伤也靓不过它。而且七刀已是八进宫了，前后加起来，七刀在宫里待了五年之久，这个时间虽然不是最多的，可七刀进宫的意义不一样。七刀进宫并不全是因为他自己，其中有六次是替大哥五刀辛苦的，七刀将五刀犯的事儿揽在了自个身上，五刀就逍遥了。在这一点上，九井十八巷的哥们打心眼里佩服七刀。比到最后，还是进行了武斗，单挑，七刀同小头目一一过了招，说好是点到为止，七刀却用刀背砸伤了好几个弟兄。受伤的人心里怨着，可觑一眼那根经血带子，有话也只能往肚子里咽了。

做了大哥，七刀的生活便有了翻天覆地的变化。以前的日子再怎么荣耀，自己再怎么卖命，可最后还得听五刀的。现在，七刀每天去义宁州城转上一圈，这儿走走，那儿看看，证明这一天义宁州城的大哥仍是七刀，就有人将厚厚薄薄大大小小的一沓票子毕恭毕敬送到大哥手上。有的是手下的小弟小妹孝敬的，有的是需要七刀他们摆平一些棘手的事情。一般的琐碎事儿，七刀并不出马，只在一旁冷眼观看。真碰上难缠的主，他才裸了胳膊，亲自上阵，七刀身上的伤疤大部分都是后来烙上去的。正是因为有了这些麻烦事，有了这些刀疤，七刀才成为小弟小妹眼中真正的英雄。

英雄的背后是美人，七刀也不例外。走在右边的白狐狸就是七刀的美人。除了白狐狸，七刀手下的小妹那么多，明着来，或暗地里喜欢七刀的也不少。她们能否得到大哥的宠爱，那就要看七刀的心情了。因此争风吃醋的事儿时有发生。今天是这两个为了七刀在拼酒，明天是另两个为了七刀撕破了脸。这些花絮不但没损害七刀的名誉，反而让英雄得到了更多的仰慕和崇拜，甚至嫉妒。

七刀心里非常清醒，这一切都是因了刀疤才有的。刀疤没了，七刀现在拥有的一切也就没了。七刀因此非常珍爱自己身上的每一处刀疤，几乎每一天都要护理一次那些刀疤。七刀喜欢泡在公共浴场，那里人多，热闹。最重要的是七刀可以完全赤裸了自己，那些刀疤就欢腾了，像一群勇士一样在阳光下活蹦乱跳。七刀像一条鲨鱼一样在浴场蹿了一圈，很多人都看见了七刀满身的刀疤，很多人都噤了声，刚才还喧喧嚷嚷的浴场突然像坟场一样寂寂静静了。七刀很喜欢这样的感觉，美中不足的是这种场景不能维持太久，马上就变化了。很多人潦草地擦了几把身子，匆匆忙忙上了岸，匆匆忙忙穿了衣服，又匆匆忙忙地，像被人追赶着一样离开了。转第二圈的时候浴场的人已走了大半，只剩下一小撮被七刀圈在浴场的中央，像鲨鱼嘴边的一道美食一样，瑟瑟缩缩地挤成一团。后来，他们终于逮住机会，从七刀的圈子里逃脱了，像一群受了惊吓的鱼儿一样眨眼就无影无踪了。整个浴场彻底安静了。七刀叹了口气，上了岸。七刀喝了一杯酒，让白狐狸捶了一会儿背，又懒洋洋地在躺椅上迷糊了一会儿，然后才直起身。七刀仔仔细细地涂了一身沐浴露，轻轻柔柔地将所有的刀疤摩挲一遍，绝不放过任何一个细微的角落，脊背上够不着的地方就让白狐狸帮忙。七刀重新下了水，他要让水洗去刀疤上的污垢和沐浴露，像打磨一件精美的饰物一样，这个过程是漫长的，也是值得等待的。直到日头西斜，七刀才慢腾腾地从水里爬起来，那时候，七刀的身体红光笼罩，水滴像珍珠一样晶莹闪亮，特别是那些刀疤，就像英雄的勋章一样，散发着落日一样红彤彤的光芒。

七刀对于刀疤的热爱还可以从另一件事情上得到印证。曾有一次，缠绵过后，白狐狸抚摸着七刀脊背上的那条刀疤说，刀子，要是在这里刺一条青龙，那该有多威风呵。白狐狸的话音未落，七刀猛地转过身，一掌击在了白狐狸的手背上，那儿立刻现出了几根红指印。七刀说，你嫌老子的刀疤丑陋，那还跟在我屁股后面转什么，赶紧走人呀，又没人强留你。白狐狸抱了衣服，噙着眼泪，几乎是半裸着身子离开了。就因为这，七刀三个月没亲近白狐狸一次。从那以后，再也没谁敢在七刀面前谈及刺青的事。

七刀不仅自己不在刀疤上刺青，而且看不得别人在刀疤上刺青。原来有个跟着九刀干的小弟，在一次斗殴中伤了手臂，留下了一块刀疤。小弟嫌刀疤碍眼，就在上面刺了一条蛇，一条盘着身子昂着头的小青蛇。七刀见了，脸转眼就阴了，给小弟撂下了一句话，要么走人，要么将蛇剜掉。后来是九刀左嘴他们求了情，小弟拿了尖刀，连皮带肉挖掉了那条小青蛇，事情才算有个了结。

刀疤是英雄的勋章。这是前任大哥五刀临死前对七刀说的。七刀一直记得，五刀说这话时一手还按着胸前喷血的刀口，双眼炯炯发光，不过很快就暗淡了下去，最后无限惋惜地合上了。七刀想，有一天他也会像五刀那么死去，手按新鲜的刀口，在九刀菜牛或者左嘴的面前闭上双眼。七刀也会这么对九刀菜牛或左嘴说，刀疤有什么丑陋呢，一个身体上没刀疤的人压根就不是一个英雄好汉。七刀想象中的死是那么悲壮，那么让人感动和向往。刀疤是一个大哥的灵魂，身体可以没了，但不能没有灵魂。

五刀不只是启发了七刀对死的想象，他还教会了七刀对刀疤的记忆。对于身上的每一块刀疤，五刀都记得非常清楚，一块刀疤就是一个惊险的故事。喝酒的时候，闲聊的时候，五刀就会给七刀他们讲解刀疤下潜藏的故事。有些是七刀他们知道的，因为他们亲眼看见了那块刀疤的诞生。有些却是陌生的，充满疑虑的，可经过五刀三番五次的讲述，一个个变得熟识起来，那么清晰，历历在目，就像老朋友一样丝毫不值得怀疑。现在，七刀也像五刀一样，一旦涉及自己身上的刀疤，他的话语就会滔滔不绝，无休无止。而且七刀的讲述比五刀更系统，更全面，更有层次感。就像一位资深的教授站在讲台上，他的讲教生动，引人入胜。

七刀的讲述从第一块刀疤开始，也就是他在小学时同高年级的同学争抢石头的那一次，然后是第二块刀疤、第三块刀疤，根据发生时间的先后顺序一直往后追溯，直到第三十七块刀疤结束。七刀不只熟络每块刀疤的部位、形状和颜色，而且对它诞生的时间、参与的人物都记忆犹新，尤其是故事情节，往往曲折迂回，波澜起伏，险象环生。比如，第三块刀疤，三角形的，像个印章一样刻在额头上，它诞生的那年七刀十八岁，是五刀的小弟。那时候，七刀是初生牛犊不怕虎，总是冲在最前面，被对方用一根三角铁在额头上戳了一下，就戳出了那枚印章。第十六块刀疤，真的是一块烙铁烙的，像个巨大的蝌蚪一样在胸部上摇头摆尾。这只蝌蚪出世的时候七刀二十七岁，那一次七刀答应替人讨一笔账，几个小弟去了三四次都无功而返，不得已七刀只有亲自出马，那人是个铁匠，在铁炉巷开了个铁匠铺，七刀三句话没说完就被铁匠用一块烧红的镰刀铁在胸口烙了一下，“吱”的一声响，一股浊烟蹿了起来，整个空气里都是烤肉的香味。最后账是收回了，七刀的胸口却多了个巨形蝌蚪。

第二十一块刀疤是个粉红的插曲，七刀一般都会忽略，但也不会有意避开它。七刀身上没有需要回避的刀疤。那块刀疤，准确说是一点刀疤，它藏在腋窝里，七刀不抬胳膊根本没法看见。然而英雄身上藏不了秘密，英雄身上的刀疤是英雄个人的，也是大家的。七刀原本也没说，有个眼尖的小弟一眼就窥见了那个淡红的圆点，七刀知道无法再隐瞒了，几乎是含羞带涩地说出了其中的秘密。原来州城里有个贩卖古董的男人，赚了钱，在城郊建了幢别墅，养了个小女人。七刀去过那里两次，本来是冲着钱去的，谁知钱没捞着，却交上了桃花运，同那小女人好上了。那别墅周围立着一人多高的铁栅栏，七刀每次都是翻越铁栅栏进去的，有一次出来的时候手没把牢，让一根竖着的矛头扎了一下，正扎在腋窝里。小弟们是见过那女人的，一个个嫉妒得眼睛都绿了，只能叹自个儿没那福分。后来，小弟们编了个套想让七刀往里钻，他们说，那女人的盘子很靓，条子很妖，蛋子也很翘，美中不足的就是奶子，一个大一个小。大哥，是左边的奶子大呢，还是右边的奶子大？七刀一点也不傻，一听就知是个套，嘿嘿一笑，说，你摸一摸不就一清二楚了，还需要来问我么。说完用手在那小弟头上敲了一把，小弟们跟着呵呵地笑。只有花狐狸铁青了脸，一句话也说不出来，像道影子样顺着墙脚走了。

第二十八块刀疤是七刀三十岁那年添加上去的。那一刀是阴险的，从大腿上往上穿插，刀尖快抵达大腿根部，如果再往上一点点，七刀裆里那玩意儿就要废了。那家伙是瞄着七刀这大哥的位置来的。愤怒的七刀狠命地还击了对手，他的刀直插入了对方的腹部。后来对手在医院里住了两个月，才保全了性命。虽然九刀菜牛左嘴们一再证实是对方先动手，七刀是出于自卫，但七刀伤好后仍去宫里待了三个月才出来。另外还有一个小弟替代七刀，在宫里蹲了一年多。那一刀给七刀留下了一个月牙形的刀疤，上面还结了一线暗红的疤痕，有点像女人印上去的唇线。

第三十七块刀疤是七刀自己亲手刻上去的。那一年，七刀碰到了一生中的狠角，手下几个小弟都被那狠角砍伤了，就连九刀菜牛和左嘴也挨了刀子。对方还口吐狂言，说，要是七刀去了，照样修理他。七刀不能再犹豫了，他从一个小弟手中抢过一把刀子，径奔拖尸巷去了。那狠角是拖尸巷一个拖尸工的儿子，小时候就野得很，长大了谁也不怕，常常一个人单打独斗，同谁也不结伴，是一个三进宫的老主顾了。那狠角是一对蛇眼，却射出红的光芒，阴冷得有些热烈。两个人对峙了好半天，谁也没出手。后来，七刀命小弟们燃了一堆火，烈焰腾腾的时候，七刀将刀片插进了火堆里。再抽出来，刀身红彤彤的，比蛇信子还艳。瞥一眼那狠角，眼睛里已有了丝丝缕缕的怯意。七刀的刀子并没有向对方砍去，而是一弯腰扎在了自个的大腿上，七刀趔趄了一下，向后退了一步，马上又站定了。七刀冷冷地笑着，向那狠角投去轻蔑的一瞥，手中的刀子已变青了，还冒着丝丝缕缕的青烟。那狠角的脸刹那就白了，没了一丝血色，手中的尖刀"当啷"一声掉在了地上。那狠角伤得了别人，却不敢伤自己。那一刀幸好扎偏了，没伤着骨头，只给七刀留下半截筷子长的瘤痕，用手摩挲，粗粗粝粝的，在大腿内侧凸了一道横杠。

九刀菜牛他们曾和七刀做过一个游戏，有意考验了七刀一回。他们让七刀赤裸了身子，闭上眼睛，不准偷看自己的身体。九刀他们说出一个部位，七刀就回答那个地方有什么刀疤，它的颜色、形状，以及潜藏幕后的故事。或者九刀他们说出一块刀疤，七刀就回答它长在身体的什么位置。这是一场赌博，也是一次针对英雄的阴险挑衅，一种不信任。然而，从一开始就注定了九刀他们的失败，七刀不仅准确无误地回答了九刀他们每一个人的提问，甚至还插上了一些花絮，九刀他们的挑衅变成了英雄温习功课的笑谑。英雄的记忆是不容置疑的。事后，九刀他们每个人自己掏钱干了一瓶烈酒，还被罚一个月不准亲近女人。

七刀的演讲无疑是成功的。现在，对于七刀身上的刀疤，小弟小妹们无一不知，无一不晓。七刀的身体成了英雄的丰碑，各式各样的刀疤真实记录了大哥的丰功伟绩。它为七刀招来了更多崇拜的目光，小妹们注视七刀的模样格外可爱了，眼含桃花，朵朵怒放。那段最热烈的时间，七刀几乎都不敢接受那种烈焰腾腾的目光，英雄毕竟只有一个身体呵。七刀真想不明白，爹娘为什么不多生他几副躯干。

不过，七刀的演讲也不完全是一帆风顺的，它遭遇过曲折，也出现过意外。特别是七刀反反复复、不厌其烦的讲述之后，九刀他们这帮听众乏味了，他们的态度不像以前那么热烈了，甚至背地里还露出了鄙夷的神色。三十七块刀疤，三十七个老掉牙的故事，还能勾起谁倾听的欲望呢。同样的场合，同样的听众，同样的主题，七刀自己也不好意思再讲下去了。而且，七刀的身体也很不争气，长出第三十七块刀疤后就停顿了，再也没能制造出新的刀疤。虽然有好几次，七刀主动出击，像做小弟那样莽莽撞撞，一个人冲在最前面，但对方被七刀的气势镇住了，很快妥协了，不要说还手，简直就是束手就擒，弄得七刀索然无味。有一次，七刀将自个手头上的刀子扔给了对方，说，你帮我个忙，刺我一刀，我就放你一马，什么事也不过问了。没想到对方不但不敢接他的刀子，反而“扑通”一声跪下了，乞求七刀饶过他。七刀气不过，吐了那人一脸唾沫，那人竟然也不擦拭，还一个劲地求饶。七刀企求一块新刀疤的梦想就这么破裂了。三十七，令人窒息的三十七，似乎成了七刀的一个定数，一种宿命。

有一段时间，七刀怀疑自己的身体是不是出了问题。七刀哪儿也没去，他将自己封锁在房间里，就连白狐狸也被拒之门外。七刀想重新审视一遍自己的身体。他将身上的衣服脱得一衫不剩，像条死泥鳅一样赤溜溜的，僵硬在镜子前。镜子里的那条泥鳅的确有点丑陋，灰不溜秋的，没了一块完整的皮肤，就连额头上脸颊上都满是疤痕。不过，七刀没有沮丧，他想，如果没有这些刀疤，那七刀还是七刀么，七刀还是义宁州城的大哥么。七刀还得感谢这些刀疤哩。

七刀仔细检阅了身上的每一块刀疤。整个漫长的演讲过程，七刀根本抽不出时间来抚慰它们。七刀心里有些愧疚，觉得冷落它们了，它们可是七刀最忠实的朋友呵。刀疤们似乎很理解七刀的苦心，从不同七刀争夺荣誉，它们默默担当起演讲教材的重任，并无半句怨言。它们是真正的幕后英雄，无名英雄。七刀的手指从刀疤上滑过去的时候就差眼泪没流出来。刀疤们似乎很容易满足，七刀的手指刚刚拂过，它们就一块块地鲜活起来，像一群海底动物一样，摆出各式各样的姿态。颜色也亮堂了许多，黑的更黑，紫的更紫，红的呢就像鸡冠花一样，有了雄赳赳的气势。它们是一群不同凡响的刀疤。经过英雄的亲手擦拭，它们像勋章一样光芒四射。

刀疤的光芒是令人愉悦的。七刀感觉自己快要被这眩晕的光芒迷醉了。七刀看到了一个手持钢刀、奋力搏杀的英雄。他赤裸着身体，浑身挂满黄金的勋章。每跑动一步，勋章的光芒就折射出一片炫目的光海。七刀屏住呼吸，立在光海的岸边。他的身体微微颤抖着，加速了光海的变幻，粼粼刀光火焰一样燃烧了起来。这种光芒是七刀熟悉的，在公共浴场，在夕阳的照耀下，七刀经常注目到这样的光芒。而现在，七刀重新审视这种光芒的时候，突然发觉有一股陌生的光芒混杂其间，它像刀尖一样扎痛了他的眼睛。它的形状，它的颜色，它散发的部位，都是七刀未曾留意的。它就像一把从黑暗中射出来的冷刀子。有一刻，七刀的身体僵硬了，他的脑子一片空白。他不知如何面对那个从黑暗中蹿出来的土匪。

原来七刀在自己腹部丹田的位置发现了一块刀疤。七刀是第一次看到这块刀疤。它懒洋洋地躺在肚脐底下，一副无所谓的姿态。就像一个懒汉，袒胸露肚的，四仰八叉的，横在那儿，生怕别人不知道他是一个懒汉。它的颜色是灰白的，有点像女人的妊娠斑。不过肯定不是妊娠斑，而是一块货真价实的刀疤。七刀很有些恼火，它怎么连招呼也不吱一声，就睡到了他的肚皮上呢，要知道这可是英雄的肚皮，不是谁想躺上去就随便可以躺上去的。可七刀恼火也没用，它早躺在那里了，或许已经做了一个美梦。七刀真想一巴掌将它拍下去，但它已陷身七刀的皮肤里，同七刀的身体融为一个整体了，七刀巴掌的力量再大对它也是无可奈何。这讨厌的刀疤给七刀出了一道难题，七刀不知该怎么破解它。七刀在脑海里仔仔细细地搜索了一遍，没找到任何同它有关的信息。这是一块不明不白的刀疤。它算第三十八块呢，还是第二十八块，第十八块？七刀想。七刀非常清楚，关于它的来历自己是说不清道不明了。如果此时面对小弟小妹们，那情况就相当糟糕了。英雄的身体上怎能有来历不明的物什呢。它有可能就是英雄的一个污点，一个致命的污点。七刀之所以以前没有讲述它，完全因为它是卑劣的，是见不得阳光的，是一段七刀极力想掩盖的可耻的历史。别人也许会这么想。别人肯定会这么想，即使嘴上不说，心里说不定早像一壶开水一样翻腾开了。七刀就曾嘲笑过一个小弟。七刀不只是对自个身上的每块刀疤如数家珍，而且他还要求小弟小妹们同他一样，对自己身上的每块刀疤，发生在自己身上的每个故事，都能烂熟于心。那个被七刀嘲笑的小弟就有一块刀疤说不清楚，遮遮掩掩地想蒙混过关。七刀说，肯定是叫娘们的×啃的吧。七刀的话引发了一浪又一浪疯狂的笑。就因为这，那个小弟一直抬不起头来，别人也没拿正眼瞧过他。后来，他抑抑郁郁地，死在一次械斗中。

别人也许不敢这么嘲笑七刀，但这块刀疤绝对是一枚炸弹，是一粒老鼠屎。它会坏了七刀一锅白米饭，它会炸毁七刀一世的英名。到那时，七刀不要说做大哥，就是别人的唾沫也能淹死他。七刀被他假想的后果吓出了一身冷汗。七刀仿佛看到九刀一脸的不屑，白狐狸满眼的鄙夷。那块刀疤却一点也不理解七刀危险的处境，它依然懒洋洋地躺在那里，好像还在幸灾乐祸地笑着。

七刀一个人在房里待了三天三夜。他暗下决心，一定得想办法解除这刀疤的武装，绝不能让它爆响了。七刀绝不能毁在它的手里。七刀首先想到的是编一个故事，编一个很能迷惑人的故事，将刀疤伪装起来。这念头在脑海里刚刚闪现，他立马就否决了。七刀经历的那些故事早成了铁定的事实，针扎不进水泼不入，英雄的故事就是真理，如果是编造的，再高明的编造大师，别人一听就知道是假的，是水分，是杜撰的。特别是那些小弟小妹，一个个都是难缠的主，眼毒得狠，很多事情都瞒不过他们的眼睛。七刀想的第二个办法是刺青，在刀疤上刺一只蝎子，或者一条蜈蚣。很多人都喜欢在小腹上刺青，除了亲近自己身体的人，别人谁也看不见。然而，七刀原来是那么痛恨刺青，对刺青不屑一顾，甚至差点因此废了一个小弟。现在七刀要在自己的小腹上刺上一只蝎子，七刀还能自圆其说么。别人不戳着他的脊梁骨骂他才怪呢。

七刀后来选择的是暂时离开义宁州城一段日子。就像一个演员要离开他心爱的舞台一样，七刀心里很难受，像有无数的小刀子在心里头搅动。然而七刀的难受没地方诉说，哪怕是同白狐狸说说也不行，那女人的嘴不一定就牢靠。哪天惹毛了她，肯定会将事情抖搂出来。七刀预感，如果自己不出去走一走，不处理好那块刀疤，哪天真就暴露了，就会一览无遗地赤裸在小弟小妹眼前。七刀不希望自己陷入那种难堪的境地。七刀依然想做义宁州城的大哥，即使不做大哥了，七刀至少也是义宁州城的英雄，是小弟小妹眼中永远的英雄。

七刀是第四天早上走的。七刀走得静悄悄的，同谁也没招呼，只给九刀、菜牛、左嘴他们留了个字条，说是大哥有事去南方一趟。七刀去的是南方一座新城，据说那座城市的美容业很发达，连人造美女都有了。而且从广告上看，人造美女同现实生活中的美女没什么两样，甚至更亮丽，更性感。看到人造美女的广告，七刀更坚定了自己心里头的想法。他要去医院，他要美容掉那块刀疤。连人造美女都可以，美容掉一块刀疤应该不是什么难事。七刀想。

七刀根据广告牌上的地址找到了那家美容医院。那是一所疗养院改造的，藏在一个边远的角落里。地方偏僻，医院却是热闹的，小小一个停车场挤满了小车。真没想到这世界上竟然有那么多人需要美容。不过进出医院的都是些女人，像七刀这样的男人少之又少，间或有也是领了女人来的。七刀有些慨叹，自己怎么同娘们扯在一起了。接待七刀的也是一个娘们，白脸，白大褂，一身的白。七刀向她说明了来意。好半天，娘们医生才慢悠悠地接了话，说，这么多的刀疤，这么大面积的美容，没两三个月做不了，你要有思想准备，手术费可是不少哦。七刀一听心里就急了，七刀不是在乎钱，而是娘们医生误解了他的意思。七刀说，不，我只做一个地方，一块刀疤。七刀说完就直起身拽了拽衣服，像个娘们一样忸忸怩怩地露出了自己的肚皮。那娘们医生听了七刀的话，眼睛睁得老大，好像七刀眨眼就变成了一个怪物。

三天后，七刀就躺在了手术台上。主刀的就是接待七刀的那个娘们医生，不到一小时，她就将他肚皮上的那块刀疤剜了下来。七刀在医院躺了一星期，刀口却怎么也愈合不了，后来竟然感染了，化了脓。接下来又是打针吃药，最后刀口结了痂，却留下了一个更明显的刀疤。伤好后，医院准备重新给七刀安排手术，七刀说，不必了，就这样好。院方以为七刀要打官司索赔，事情还没开始倒先妥协了，说，只要七刀不追究，所有的手术费用全部退还七刀。七刀拿了钱便离开了医院。离开之前，七刀找到那个给他动手术的娘们医生，娘们医生以为他来找她麻烦，正想溜，七刀却什么也没做，只朝人家说了声谢谢，弄得那个娘们懵懂了老半天，等她清醒过来早不见七刀影子了。

从南方回来后，七刀又裸了上身在义宁州城的大街上摇摇摆摆了，他的演讲也随之掀开了崭新的一页。演讲的顺序同以前有所不同，不是从第一块刀疤开始，而是倒过来从第三十八块刀疤起步，那块刀疤紧贴在他的肚皮上，像个一字一样横着，颜色是新鲜的粉红。在所有的刀疤里，这个刀疤算是漂亮的，不过刀疤后的故事比刀疤本身更精彩，更吸引人。下面就是七刀亲口讲出来的故事——前些日子，我去南方看望一个朋友，朋友在一家五星级酒店设宴为我接风洗尘。从酒店出来已是半夜，朋友拉我去一个销魂的去处，那里的娘们个个美若天仙。我说你吹牛吧，也不看看在谁面前。就在去的路上，还真见着了一个娘们，绝对是你们今生今世没见过的。这会儿有小弟插话，那娘们比白狐狸还靓？比别墅里的女人还妖？啧啧，你们都见过什么呀，那是凤凰，白狐狸她们不过是鸡，是土掉牙的鸡。那女人挎了一只包，一摇一摆，扭着她的小屁股，同我们擦肩而过。我们故意放慢了脚步，落在了她的后面。嘿嘿，那会儿真想在她的屁股上揪一把。就这么不紧不慢地走了一截路。后来，在一座立交桥下，突然蹿出一个人，抢了女人的包撒腿就跑，那女人好半天都没回过神来。我一见就知是有人干活了，三步并作两步，赶快追了过去，将那人堵在了栏杆边。那人走投无路，乖乖地将包交给了我。我没提防那人手里有刀，接包的时候那人另一只手朝我腰里扫了过来，我本能地朝后退了一步，包是拿回来了，肚子上却让那家伙划了一刀。说到这儿，七刀亮出了他肚子上的刀疤，喏，就是这儿，是第三十八块刀疤。

又有小弟问，大哥，你同那娘们就没发生点什么。七刀瞪了小弟一眼，说，就你知道得多。说老实话，要不是那么一个漂亮的娘们，我才懒得管这些闲事呢，毕竟我们勉强还算得上是同行。后来，那娘们千恩万谢的，说是要将我见义勇为的事告诉报社呢，让记者来采访我，还给我留了电话。我说不必了。你就没打过那女人的电话？那女人就没约你干点别的？那小弟闪了闪眼。由着你们去想吧，反正我说了你们也不信。七刀嘿嘿一笑，卖了一个关子，转到了另外一个故事。

野　　钓

一

老曲走了半个多月，才发现一片河湾。它藏在一条土路的尽头，被一个小小的土包子挡住了。爬上小土包，一弯并不怎么宽敞的水面就裸露在眼前。土包的下半身是岩石，水流绕过时还有些急，听得见汩汩的水声，但真正进入河湾后就平静了，一丝波纹也没有。水面上有两只野鸭，一前一后追逐着，搅起一片片热烈的水纹。河湾的后面是一片林子，有鸟在枝叶间飞来蹿去，它们的歌唱都盖过水声了。河湾的另一面是一堵山，山上是一片葱茏的绿色。

老曲立刻被这片水域迷住了，心里喊出了一片低低的欢呼，但他并不急于走下土包，而是拿眼巡视着，想找寻一个稳妥的落脚点。河岸边满是荆棘和乱草，根本没有立足之地。幸运的是，在河湾的一角浮着一片礁石，露出水面半尺多，这是在秋天，水浅了，它才有机会探出头，喘口气。礁石的面积并不宽，不过两张办公桌的宽度，但足够安置他的行囊了。走下土包的时候，老曲才发现脚下的草丛不知被谁踩出了一条窄窄的草巷，扭扭曲曲，绕过几处棘丛，就到了那块礁石面前。礁石的另一边，那片林子的下面，还藏着另一条河，平平缓缓的水流，不时有树叶漂出来。

礁石上蒙了一层淤泥，不过早被阳光晒枯了，泛着白，干树皮一样左一瓣右一瓣炸裂着，没一块是完整的。泥层上还有一些细微的黄点，那是散落的米糠。看来这不是一块处女地了。老曲的心沉了沉，之前的兴奋淡了许多，吐过一口气，用脚扫出一个干净的角落，将装满渔具的袋子从肩头上卸了下来。再抹一把汗，打开袋子，将鱼竿网兜饵料一股脑儿抖了出来。之后，他迫不及待扬起了鱼竿，因为他已经闻到一股浓郁的鱼腥味了，而且不时有鱼泡从水底冒出来，在水面上绽出一朵朵漂亮的水花。

这一年的秋天不同于往年，过了中秋节天气依然不见凉。对老曲来说，这个秋天是戏剧性的，几件重要的事情不到一个月就完成了。他先是在中秋节的前三天过了五十四岁的生日，女儿不在家，女人照旧给他下了一碗长寿面，再炒上荤荤素素的几个菜，一盅老酒，不够二两。知天命后，每年的生日都是这么过来的，一丝变化也没有。一个星期后，他参加了一个后备干部培训班，这是他第十三次参加类似的培训活动。按照惯例，他对这次培训不抱任何幻想了，只不过是陪衬。他从民办教师开始，到乡中学校长，再到县教育局人事股的副股长，而后就停留在这个位置，这一停就是十多年。让他意想不到的是，培训刚结束他的任职通知书就下来了，人事股股长，后面还带上了一个括号，享受副科级待遇。十年的媳妇终于熬成婆婆了，那天晚上他吩咐女人弄了几个菜，好酒好肉庆祝一回，喝到最后竟然握着女人的手咿咿呀呀唱上了。“穿林海跨雪原气冲霄汉，抒豪情寄壮志面对群山。”反反复复，他也就会这么两句，走腔跑调的，只能关在自个屋子里乐一乐。仅乐了三五天，上面又一纸文件下来了，1955 年 6 月 31 日前出生的，一刀切全部退居二线，给年轻的后来者让路。拿这个年限一比画，他还多干了一年，真应该感谢上苍，临退线时还塞给他一个馅饼。

老曲就这么一个急刹车闲了下来。时间突然过剩了，日子一天比一天长。老曲蜷缩在家睡了三天三夜，一次性将三十年来欠下的觉全都睡了回来。梦醒之余，却不知该上哪儿去，从客厅到门口，又从门口回到客厅，来来回回走了十几趟，这脚步总是迈不出自个的门槛。能上哪儿去呢。他还不是一个真正的老头，背不驼耳不聋，头顶没秃胡子没白，没灾没病，身体健壮得像头牛。他总不能像那些老公公老太太，整天抱着一支门球杆，到老年活动中心的场地上晒晒太阳。或者聚在公园的亭子里，拉拉二胡，唱唱曲，同一群半老徐娘说说笑笑吹吹打打。老曲丢不下这个面子。他也不能像另外一些人，前脚没出单位的门槛，后脚早插入了某个熟人的公司，有脸面的混个名义上的副总，一般的就守着办公室接接电话，再次的就是门卫或保管员了。这个他也做不了，一方面他不需要那几两碎银，另一方面也不想接受别人的施舍。

思来想去，他只有去钓鱼了。钓鱼这活儿没有长幼贵贱之分，老曲情有独钟，几十年来没有舍弃的就剩钓鱼这点事。他生活在一个临河的小县城，三面环水，有的是去处。先是在近处转悠，柳树丛、桥底下，或是临河的栈道上，可走到哪儿都是鱼竿，挤挤挨挨的，人比鱼多。而且还得应付熟人的招呼。曲股长，有空钓鱼呢。老曲，有收获么。他不敢不答应，不答应怕人说他装大，可是答应下来又免不了唇来舌往，一时半刻静不了。喧喧嚷嚷一阵后，不要说鱼，连虾都吓跑了。这近处是没法待了。再出门时，老曲推了自行车，专拣没人的地方走。等他下了车，朝河岸边靠去时，那个石坎下又突然冒出一顶草帽来。这么找找停停，停停找找，能去的地方都转遍了，才找到这个河湾。

老曲就在河湾里静了下来。这一天，他收获了五条二寸长的鲫鱼，还有一条半尺长的红鲤。

二

有了收获，老曲就来了兴致，接下来的几天他早早推了自行车，直奔河湾而去。还带了水和面包，午饭将就着在河边吃。直到日落西山，才恋恋不舍地离去。

换了别人也许不会这么投入，要知道老曲在钓鱼上是吃过大亏的人。调进人事股后，有一段时间总有一些乡镇中学请他们股室的人去钓鱼。说白了，其实是变着法子送些鱼儿给他们。那么小的一个鱼塘，两三天都没投饵料了，就是不上鱼饵，扔一个光秃秃的鱼钩下去，也能钓上鱼来。老曲他们往往都是满载而归。久而久之，下乡钓鱼就成了一种习惯。老曲本来就喜欢钓鱼，后来下乡他干脆带上鱼竿，走哪都要甩上几竿，弄一身鱼腥回来。有一年，另一个单位的人下乡钓鱼，返回的路上车子撞了人，一死一伤，事情闹得沸沸扬扬。事后县里发了一个文件，禁止侵害性钓鱼，正好让老曲赶上了，受了处分不说，还免去了副股长的职务。过后，他并没有因此收敛，隔三岔五，总要偷偷拣个偏僻的角落，止一下手痒。甚至他还设想过，等退了休，一定去承包一片鱼塘，养些鱼自个慢慢钓。

找到这片河湾之后，老曲承包鱼塘的想法就抛到九霄云外了。他算计着，就拿这片河湾当作他自家的鱼塘，先钓鲫鱼，后钓草鱼，再鲤鱼鲶鱼，还有翘白黄丫头什么的。也不打算撒饵料来打窝，因为他不想一次将鱼钓个干净。春钓黄昏夏钓早，秋钓雨后冬钓草。他想慢慢儿钓，想什么时候钓就什么时候钓，没有人能阻止他。可事实上这河湾并不是他家的鱼塘，他的想法只是一厢情愿，单相思罢了。三天后，他再去河湾时，礁石上多了一个人。那人戴了一顶破草帽，抱着一根竹竿，像一只鱼鹰一样一动不动蹲在礁石的中央。那儿正是老曲这几天站立的位置。

老曲在小土包上待了好一阵子，最后还是走进了河湾里。好不容易才找到这么一小块地方，他不想轻易放弃。不管用什么法子，一定要将那人挤走。他暗地里拿定了主意。

可那人对老曲的想法一点也没有察觉。老曲跳上礁石时他只侧了侧身子，向旁边挪了挪，让出了半尺宽的空间。再往他身边靠，他就不动了，侧了脸，溜了老曲一眼。那是一张陌生的脸，浊黄浊黄的，像是糊上了厚厚的一层黄泥。老曲还想有动作，黄脸却不再理会了，回了脸，注意力全落在水面的那串浮标上。老曲碰了软钉子，只得在一旁蹲了下来。

礁石上有些狼藉。酒糟、麦麸，还有一些分辨不清的颗粒，散落得到处都是，看样子黄脸刚刚打窝了。狗日的，钓鱼就钓鱼，打什么窝。黄脸的那一把酒糟像是撒在了老曲的心窝上，烧得他直冒烟，却又不能骂出声，一张脸憋得通红。一定要赶在鱼汛之前搅了他的窝，要不然就得另寻地方。老曲静了静，让发热的脑袋迅速冷却下来。很快，他就找到了一个法子，他要仿效当年八路军对付小鬼子的办法，运用麻雀战来骚扰他，让他坐不是站也不是，最终乖乖地夹着尾巴滚蛋。只要能将黄脸赶走，他可以牺牲一天的时间，哪怕是连一条小猫鱼都没钓上，也甘心。

老曲的第一招就是借舒展鱼竿的机会，对准黄脸的屁股狠狠戳了一下，黄脸猝不及防，身子猛然前倾，手中的鱼竿脱手而出，飞入了水中央。如果不是及时伸出一只手来支撑身体，说不定黄脸也像鱼竿一样，早跌出礁石成落汤鸡了。要的就是这种效果，老曲差点笑出声来，不过他不敢喜形于色。对不起，对不起，我没有注意到。他假装自己失了手，赶上一步扶住了黄脸的身子。那时候黄脸已站稳身子，正一脸愠色向着他。可面对老曲一脸歉疚的笑，黄脸的愠怒也就无从发作，只有抖落老曲的手，俯身打捞他的鱼竿去了。

幸好鱼竿漂得不远，黄脸从岸边捡了一根树枝，拨弄了好一阵子，才将鱼竿捞上来。换过鱼饵，重新将鱼钩投入水中，黄脸又静静地在礁石蹲了下来。经过这一番折腾，鱼儿好像都被吓跑了，水面上久久没有动静。黄脸似乎失去了耐心，一会儿直起身，一会儿又蹲下身。不时还扭过头来瞧瞧老曲，生怕他弄出别的举动来。老曲得了便宜，不再吭声了，两只眼全罩在自个的浮标上。

老曲的得意并没有维持多久，很快就被黄脸的扬竿声打断了，一条半尺长的鲤鱼从水面上飞了起来，划出一根漂亮的弧线，“啪”的一声落在了礁石上。老曲坐不住了，那条鲤鱼就像是一块石头，直接砸进了他的心里，水花四溅了。他环顾了一眼四周，想找个机会再骚扰一下黄脸。可礁石上除了他们的渔具外，就只剩下一根树枝了，总不能用树枝捅他一下吧。老曲的骚扰不能变成明晃晃的挑衅，只能伪装成无意的磕磕碰碰。就在他犹豫的瞬间，黄脸上饵下钓扬竿，又一条鲤鱼飞上了岸。情急之下，老曲想不到更稳妥的法子，趁着换鱼饵的机会靠上了黄脸，明知故问，你用的是什么饵料？鱼饵呗。黄脸像是察觉了老曲的不怀好意，粗声粗气地回答，同时抓起装鱼饵的袋子，扔到了礁石的右侧，老曲如果想过去，就只有蹚水了。老曲讨了没趣，却又不死心，退回来的时候一眼瞥见了黄脸的鱼兜。他假装察看鱼儿，将鱼兜从水里提了起来，手腕暗暗使了一把劲，将系着鱼兜的铁钎往上一拔，铁钎就松动了。只要鱼儿在鱼兜里稍有动弹，鱼兜就会滑进水里。但老曲的阴谋并未得逞，他刚退回来，黄脸立马上了前，握住铁钎，用了一把力，半支铁钎都没入了石隙里。老曲的脸腾地红了，像是被谁掴了一掌。

解除骚扰之后，黄脸更加得心应手了，提竿的频率越来越快，眼前一片鱼光闪亮。而老曲呢，像是被鱼钩钩住了，只要黄脸稍有动作，就钩心扯肺地痛。老曲直起身，舒出一口气，想将鱼钩吐出来，可结果是徒劳的。有一刻，老曲恨不得从背后撞他一下，将黄脸从视线中彻底清除掉。他甚至跨出了一步，贴近了黄脸，但最后还是折了回来。他已经束手无策了。

后来，是黄脸提醒了他，或者说是黄脸给了他机会。一条有些重量的鱼上钩了，黄脸没法直接将它飞上岸，只能遛鱼了。他用的是竹鱼竿，梢部承受不了过多的力量，左一拉右一摆，因此很吃力。跑呀跑呀，你这傻蛋，给老子争点气。老曲暗暗为鱼鼓劲。只要鱼竿断了，黄脸就得乖乖滚蛋，再死皮赖脸也是白搭。不过老曲的鼓励没有起到什么作用。那黄脸是个遛鱼的老手，鱼在水下左冲右突，鱼竿弯得像支弓，眼看就要断了，可一眨眼那鱼又让他带着转了一个圈。老曲心里一片暗淡，看样子那鱼是争不下这口气了，关键时刻还得他亲自出马，助它一臂之力。他握紧鱼竿，趁着黄脸往左边遛鱼的时机，将鱼竿往右边一摆，他的渔线就同黄脸的渔线缠上了，绞在了一块。老曲接着往上提竿，假意要挣脱渔线的缠绕，鱼却受不了这往上拉的痛苦，它在下面一挣扎，黄脸的渔线就断了，只剩下半截线头挂在鱼竿上。

三

河湾里又回到了前两日的平静。黄脸恨恨地走了，只留下老曲守在礁石上。“穿林海跨雪原气冲霄汉，抒豪情寄壮志面对群山。”这偌大的河湾又属于他一个人了，老曲有着压抑不住的高兴，他甚至冲着黄脸的背影唱上了一曲。他将钓饵直接抛在黄脸打的窝里，眨眼间一条半斤重的红鲤就飞上了礁石。有了收获之后，他就挪离了鱼窝，不能一次将鱼儿钓个干净，否则就要挪窝了。

不过，老曲心里隐隐有些担忧，黄脸肯定不甘心这么离去的，说不定哪天他又出现在礁石上。得想一个法子，即便他来了，也让他无处下钓，空手而归。老曲到林子里捡了一些树枝，抛在礁石右边的水域。为了让树枝沉入水底，他给它们绑上了石头。他还背来了一顶小帐篷，以前野钓时用过的，将它驻扎在礁石上。现在是秋天，水位一天比一天低，他不担心水会淹了礁石。弄妥这一切，他就安心在帐篷前坐下了。

事后证明，老曲的措施是有效的。之后黄脸来过两三回，不但颗粒无收，而且还扯断了好几根钓线。再往后，黄脸彻底从河湾消失了。

接下来的几天，老曲真正享受到了一种自由自在的平静。河湾完完全全成了他一个人的，谁也进不来。他的吃喝拉撒都在河湾里，他还在帐篷里睡过一个晚上。河湾里静悄悄的，后面的树林也是静寂一片。那个晚上因此睡得特别踏实特别安稳，只是半夜里起来方便的时候忘记了自己睡在河湾里，如果不是满河的月色提醒了他，差一点就失足跌进了水里。

可这种平静仅维持了几天工夫，很快被一对男女搅乱了。他不知道他们在那个小土包上坐了多久。当他感觉有人走近河湾时，一抬眼，就发现他们坐在那儿，一棵小树前的草丛中。刚开始以为是一个人，因为他看到的是一个侧面。后来他从男人下巴下的空隙穿过去，才注意到有一个人靠在男人的肩膀上。他从头发的长度以及颜色来判断，那是一个女人。可惜距离远了一点，没法看仔细女人的脸。按理说，他们距离这么远，并不妨碍他什么，他不应该有什么感觉，也犯不着惦记他们。但老曲的心情怎么也静不了，总觉得他们是在偷窥他，说不定他们随时都会下到河湾里。

特别让人不能容忍的是，好不容易有一条鱼飞上岸，土包上立刻传来女人尖声细气的声音，看，一条鱼。老曲被声音刺了一下，手一哆嗦，差点将鱼扔回了河里。老曲恼了，朝小土包上瞪了一眼，可能是隔得太远了，他们并没有察觉他的眼神，反而伸长脖子朝河湾里张望着。第二条鱼上来的时候，那女人又叫了一声，又一条鱼。听声音比他要兴奋多了，好像鱼是她钓上来的。我们下去看吧。女人在央求男人。就在这儿看吧，我们别去妨碍别人。男人的回答让他稍微放松了一些警惕。

小土包上又静了下来。整个河湾也是寂静一片。老曲以为他们走远了，朝小土包上溜了一眼，男人和女人并没有走，依然在那儿坐着，只不过他们变换了姿势，能够看见的是男人的背影和他的后脑勺，女人则完完全全被男人遮掩了。他们是恋人？夫妻？还是偷情者？老曲心里有了恍惚，很久以前他和他的老伴是不是也像他们一样，在某个山坡上坐过。他实在是记不起了。

那一天的后来，老曲一直恍恍惚惚的，中间提竿时还跑了一条鱼，之后又差点将钓钩抛到右边的水域。而土包上的两个人要比他镇静得多，他抱着鱼竿不动时，他们就忙活他们的，只要他有点动静，那女的马上从男人怀里挣出来，说，鱼上来了。好像他们是受了谁的委派，特意来监视他，怕他贪污了鱼。到最后，老曲无法再坚持了，只得草草收了竿，帐篷也没拆，就匆匆离去了。

第二天，男人和女人没有来，但老曲从帐篷里嗅出了一股女人的香味。临收工时他想将帐篷拆掉，可又担心黄脸，怕被他钻了空子。犹豫了老半天，觉得还是不能拆，不能因小失大。

第三天，老曲安静了一天。

第四天是最顺手的一天，上午老曲就有了不菲的收获，一条鲶鱼，一条鲤鱼，还有几条黄丫头。中午吃过面包后，他还在帐篷里小憩了一会，鱼是钓不完的，用不着那么急。帐篷里还残留了一些女人的香气，但已经相当淡了。只有风偶尔从某个角落吹进来，才能闻到一丝若有若无的气味。这些日子黄脸再也没有来过，老曲有些后悔那天没有拆掉帐篷，是他将一个作案的场地拱手交给了他们。

小憩过后，老曲慢慢悠悠出了帐篷。河湾里仍旧一片宁静，阳光也温暖着，这是一个少见的好日子。他在礁石上站直身子，长伸了一个懒腰。就是这个懒腰，让他觉察了身子痒痒的，全然没了刚才在帐篷里的舒坦。一种被窥视的感觉又攫住了他。他环顾一下四周，水面上风平浪静，树林里有了些许灿烂的黄叶。这并没有什么异样。再转向小土包，那两个人，男人和女人，他们又跳入了他的眼帘。看来他们也像老曲一样找到了一块乐土。

老曲蹲下身，在河里掬了一捧水，洗了一把脸，想让自己冷静下来。他们并没有什么特别的举动，像第一天见着时那样安静地坐在草丛中。老曲的手脚也从容了，上饵抛钓，然后盯紧浮标。只有双眼困倦的时候，他才扭扭脖子，漫不经心地朝四围瞧瞧看看，缓解一下疲乏。第一次转过头去时，他注意到两颗脑袋正凑在一块，好像在轻声说着什么；第二次，刚开始他没有看见他们，以为他们走了，后来才发现他们仰卧在草丛中，只有些许衣角露在外面；第三次他们紧紧抱在一起，像树一样站着。他们在亲吻，两张嘴死死粘在一块儿，吻得无所顾忌。从他们旁若无人的姿势看，他们根本无视老曲的存在，这河湾似乎成了他们的天堂。事情也好像掉转了方向，不是他们在窥视老曲，而是他在窥视他们。

鱼咬钩了。

后来是女人的一声尖叫，才唤醒了老曲。浮标都被拽入水下了。慌乱中老曲提了提竿，鱼竿死沉死沉的，像是个大家伙咬了钩。不能直接飞上岸了，只能贴着水面横着拉竿，牵着鱼儿转起了圈子。那家伙却是野性十足，在水底下横冲直撞，有几次不是拉得快，它就冲入右边的水域了。但终究它的力量有限，游动的速度渐渐慢了下来。老曲试着将它往岸边拉，它还不肯就范，只有继续陪着它兜圈子。

他怎么老是画圈圈？土包上的女人看不懂老曲的手势，问男人。

他在遛鱼呢。男人说。

遛鱼？女人不解。

嗯，肯定是一条大鱼。男人说。

之后又是沉寂。他们都在窥视他。老曲想。这是不争的事实，就算他闭上眼也能知道。这么一想，老曲的手势就像被什么滞住了，怎么也走不流畅。好在鱼已经乏力，鱼肚都露出水面了。是一条尺多长的鲤鱼。

老曲拽着它，慢慢朝岸边牵引。

真是一条大鱼呀。又是女人尖细的叫声。声音后面紧跟着女人的足音，一步一步，直奔老曲立足的礁石而来。女人跳上礁石的时候，老曲正用网兜抄了鱼，准备倒入系在水边的鱼袋里。也许是看鱼的心情太急切，女人跳上礁石后没来得及收住脚步，直冲冲朝他撞了过去。老曲的屁股上感受温软一击的时候，手中的鱼脱手飞了出去，“扑通”一声掉进了水里。幸好女人的冲劲并不是很足，他才不至于被撞落水。煮熟的鸭子飞了，内心的愤怒可想而知，待他回过头，看到的却是一张惊慌失措的脸，细眉细眼细嘴唇，失了血一样的苍白。他的愤怒也就找不到出口了。

四

老曲是认死这个河湾了。他不能让他们，两个偷窥者破坏了他的美好心情。如果他们胆敢再来，他一定要采取严厉的措施，将他们赶出去，就像赶走黄脸一样。至于采取怎样的措施，他还没有想好。等他们来了，绝对有办法对付他们。他对自己深信不疑。

接下来的几天，他几乎是在等待中度过，他们却再也没有出现。老曲隐隐有些失望。不过这样更好，丢了一条鱼，得到的却是整个河湾。

后来的一天，小土包上出现了两个身影，一个男人和一个女人，不过不是先前来过的那对男女。而且他们同原来的那两个有些不同，对老曲和河湾里的风景不是很感兴趣，在小土包上坐了一会儿之后，他们就走下了小土包，径直走进了河湾后的林子里。他们进去后不久，他就听到了一声女人的尖叫，比之前那个女人的声音还要尖锐。河湾里的平静完全被扎碎了。老曲的身子也像被声音刺着了一样，猛然收缩了。这样恐怖的声音，会不会出了人命？他放下鱼竿，从礁石上跳上岸，循声钻进了树林。

可老曲并没有走出多远，很快就从声音里听出了别的什么。那尖锐的声音里还夹杂着快活和放荡。他的心情一下子坏到了极点，就像铅坠一样沉入了水的深处。他从地上摸起一块石头，瞄准声音的方向使劲扔了出去。石头穿行的速度飞快，撞击在树叶上发出一连串的嗖嗖声，之后是一段漫长的空白，最后才落到林子深处的某个地方，砸出一声沉闷的回响。响声过后，那个女人的尖叫声也消失了。林子里突然静了下来，似乎什么也不曾发生。河湾里真正迎来了一场久违的平静。

三天过去了，河湾里没来过旁人。

五天过去了，也没有陌生人来到。

一个星期过去了，河湾里只有老曲一个人。

慢慢地，老曲的心情松懈了下来，这片水域终于属于他一个人了。无论他下钓、扬竿或是遛鱼，都没有人来打扰他了。只有鸟雀不安分，有时会落到帐篷上，叽叽喳喳，同他说着话。水面上，那两只野鸭在离他稍远一些的地方游来游去，划出一些耐看的曲线。他的兴致像是被它们带动了，竟然将珍藏多年的那根“美鹰牌”鱼竿也拿了出来。他的女人曾戏谑他，说那是他过去风流的见证。其实这话是冤枉了他，他不是一个花心的男人。鱼竿是他的一个学生送给他的，让他无法否认的是，那是一个女学生，后来去了美国留学，之后就留在那里工作。鱼竿是她回国探亲时带给他的礼物，她知道他喜欢钓鱼。

老曲还邀请他的女人到河湾里吃水煮鱼。女人勉强答应了，可到了河湾没待上半天，受不了这份寂了，一个人噘着嘴走了。女人快五十岁了，还像一个小孩子一样喜欢热闹。他拿她没一点办法。

老曲有了更多的时间面对水和水下的鱼，他甚至能同鱼说上话。鱼的话是一连串的气泡：鲤鱼泡是成串的，然后聚成团；草鱼吐的泡小，聚成拳头大的片；鲫鱼、鳊鱼是单泡上冒，鲢鱼泡是黄豆大小密密麻麻一大片。认识了鱼泡，他就可以选择不同的饵料，决定浮钓还是钓底。河湾是平缓的，水却有深度，上游冲上来的树叶、断草，还有其他的有机物都在这里沉积。食物多，鱼就丰富，常有意想不到的收获。女人回去后的第二天，他就遛起了一条重达八斤的鲤鱼。

后来的一天，老曲偶然在河湾里发现了一串气泡，鸡蛋大的气泡，一个接一个往上冒。他还看到了距离气泡不远的地方，有一个像是鱼尾搅起的漩涡，它无声地卷动着，往水中央旋转而去，好半天才消散。之后在另一角落，他又看到了一次漩涡，还有鱼泡。这水底下是不是有个大家伙，真正的大家伙。也许它在等着他。他猜测着。要知道他的钓龄这么长，还从来没有钓到过一个值得骄傲的大家伙呢。

老曲琢磨着，要不要用海竿呢，也许真是一个大家伙呢。他备有一根海竿，但从来没用过。海竿嘛，上了鱼饵，找个地方插着，等铃响了再去扬竿取鱼，根本享受不到垂钓的乐趣。所以这一次他也不打算用海竿。他判断那有可能是一条特大的鲤鱼，就用颗粒饲料烤地瓜外加虾粉和了钓饵。但一天下来，上钩的都是些半斤八两的小鲤鱼，他想象的大家伙不见露脸。之后他又坚持了两天，结果仍是一些小鱼。几天后，他变换了一种鱼饵，或许是草鱼呢。又是几天过去，他收获的是几条不过半斤重的草鱼。这中间，他又看到了多次气泡，一个个往上冒，还有漩涡，每次的位置都不同。

老曲想，也许是自己判断错了，有可能是橄鱼呢。为此，他又更换了一种鱼饵，结果仍是一无所获。后来他还用过活鱼活虾做钓饵，用活虾时钓上了几条黄丫头，用泥鳅时一条老奸巨猾的鲶鱼上了钩。他还特地去一户养了秋蚕的人家，要了几条蚕。几条秋蚕换来的是一条斤把重的草鱼。能用的法子都用过了，他没招了，一条想象中的鱼将他逼入了死角。这一定是一个狡猾的家伙。到最后，他别出心裁在鱼钩上挂了一溜猪肝。可就是这溜猪肝，让他有了意想不到的收获。

想象中的大家伙是一个上午上钩的。它一点也没迟疑，一口就咬住了钓钩，将浮标拽入了水底。它将他的钓饵当成了一顿美餐。等老曲醒过神，钓竿都弯成一张弓了。而它没有停留，还在往右边的水域钻。他费了好大的劲才将它掉过头，它又不动了，直往水底下潜去。那没见面的家伙力量特别大，身体也特别沉，有几次他担心钓线就要断了。他怀疑它不是一条鱼，而是一个石头，或者树杈什么的。可它很快又否定了他的疑虑，它又逆着流水的方向，往上游潜行了。他不得不努力将它掉过头，让它往岸边游。可它真往岸边直冲的时候，他又紧张了，只能让它再改变一次方向，往右边转去。

大半天时间，老曲都在同水底下的那个家伙兜着圈子，连中午饭都没能吃得上。它同他耗上了。忍一忍吧，说什么也不能输在一条鱼的手上，你玩吧，老子奉陪到底。他对饿着的肚子说。直到半下午，那家伙才失去了反抗的力量，任由他往岸边拽，但速度很慢很慢。他看到一个脸盆大的脊背浮出水面，像块木头一样慢慢浮了过来。近了岸，他才看清楚那是一只甲鱼，脊背比他站立的礁石还要黑，边缘结了青苔。他抄起网兜，想将它捞上岸，可网兜的口径太小，只能兜住它的屁股。他的一只手抓住它的一条腿，使劲往岸上拖，才将它弄上岸。它已经累得够呛的了，趴在礁石上一动不动，两只眼却死死盯着他。

老曲也傻眼了，这么沉的一个笨家伙不知该怎么弄回去，鱼袋子太小了，根本装不下。用手抱回去，好像有点太那个了。费了老半天，上钩的却是这么一个棘手的家伙。到最后，他想到了一个法子，将甲鱼放在自行车的后座架上，仰过来，用绳子绑了它的四条腿，固定牢了。他才放心跨上了自行车，往回骑了。

老曲的家在县城东门的一条巷子里，位置有些偏僻。回去的时候必须穿过两三条街，还有一处菜市场。经过菜市场的时候，他的自行车被买菜的人群堵住了，进不是退也不是。有人看见他自行车后的甲鱼了。最先发现的是一个女人，天，那是什么呀。她的一声惊叫引来了无数的目光，老曲的自行车很快被人围住了。啧啧，甲鱼。有人在惊叹。我都活这么一大把年纪了，还是第一次见到这么大的甲鱼。人群里一个老者也在感叹。怕有上百岁吧？旁边的人问。千年王八万年龟，怕真有上百年了。有人耐不住好奇，拿手在它的肚子上摸索。让一让，让一让。后来又一个声音挤了进来，是个胖子，两只眼睛却像甲鱼一样细小。甲鱼，卖不卖？胖子问。老曲没应声，他没想过卖与不卖。给你五百。胖子开始掏钱了。老曲依旧没作声。一千。胖子见没有回音以为给的价钱不够。老曲还是没有想妥。那就两千，这是最高的价钱了。胖子似乎下了狠心，将皮夹子都摸了出来。老曲这才摇了摇头，决定不卖。不就是个王八吗？你以为捡到了一个金元宝。胖子白了老曲一眼，嘟噜着退出了人群。

就是胖子的这一眼，让老曲上了火，他一摆自行车，追着胖子冲出了人群。可等他出到包围圈外，胖子早走没了影。

回到家，女人也让甲鱼吓了一大跳，以为老曲抱回去一个怪物。这家伙实在是太笨重了，家里没有合适的地方可以放。老曲抱了一个累赘回来。后来是女人出了个主意，将它扔到了水缸里。

晚上，老曲家的门被人敲开了。来的是县电视台和县报社的几个记者，听说老曲用自行车拖回来一只特大的甲鱼，采访来了。他们先是对着水缸又拍又照，后来又让老曲将甲鱼从水缸里捞出来，让他抱着照了一张合影。之后是一个女记者问话，问他在什么地方钓到甲鱼的，用什么办法钓的，钓了多长时间。还问他有没有什么典型的细节。老曲大张着嘴，不知道该怎么说。你怎么钓的就怎么说。女记者启发他。他就如实回答了。到最后，那个女记者说，这么大的甲鱼实属罕见，其真实身份还有待农业部门的专家鉴定。

新闻播出之后，上老曲家的人就络绎不绝了。县农业局派了两个人过来，却没看出个所以然，只要求老曲要照顾好甲鱼，不能宰也不能卖。之后同事同学朋友熟人街坊邻居，什么人都来了。有几次老曲刚推了自行车出门，就被人堵了回来，说是要上他家看看他的宝贝。连续两个星期，老曲都得不到空闲。他去不了河湾，可他的帐篷还扎在礁石上呢。后来他被缠得没了办法，干脆将房子从里面反锁，任谁来敲门也不开。慢慢地，来的人就少了。一天夜里，老曲找了一只蛇皮袋将甲鱼装了，偷偷背出了门。他又回到了河湾的那片礁石上。此时的河湾静悄悄的，一点声音也没有。他将甲鱼从袋子里抱出来，月光下那家伙仍是笨头笨脑的，一副呆相。

你个倒霉的家伙，上什么钩，你给我滚吧。说话间，老曲将甲鱼举过头顶，狠狠地砸进了河湾。河湾里顿时响起了一片清脆的水声。

穿白衬衫的抹香鲸

豹皮樟担任教练之前，欢迎的队伍早已相当齐整，要说瑕疵，就是队员们彼此间的配合还不够默契，个别人的动作还不够完美。在马尾松的表哥到来之前，欢迎的队伍有足够的时间排练，豹皮樟毛遂自荐担任了他们的教练。他将他们集中到林场堆放木材的场地上，那儿总有地方空着。

豹皮樟说："从今天开始排练，谁也不能请假，更不能缺席，谁缺席谁就是咱们林场的敌人！"

他跳上一个矮木墩，像他父亲那样吼着嗓子，挥舞着手臂，说话的方式同他父亲如出一辙。所有的孩子一声不吭，注意力全都集中到了木墩上。欢迎马尾松表哥的仪式是极为严肃而神圣的，没有谁认为他在开玩笑。

他仿效他父亲做了一根鞭子，每次训练时都带着它，仿佛随时要把它派上用场。

"一二一。"

"左右左。"

"向右边摆动。"

"动作要大一点，倒向右边，倒向右边！栗子，你长着耳朵没有！？"

豹皮樟气急败坏，朝叫栗子的男孩扬起了鞭子，就要劈头盖脸抽过去。栗子受到鞭子的威胁，努力向右边倾斜身子。他们都清楚，豹皮樟的性格是有遗传的，他父亲不折不扣执行马尾松父亲的旨意，从来不会歪曲，哪怕一根头发丝粗细的偏离也不会有。豹皮樟训练时的参照对象是马尾松，马尾松走步时习惯朝右边摆动身体，幅度还不小。体育老师都很宽容他，不去纠正马尾松走步时的姿势，豹皮樟更没有理由要求他改变多年来养成的习惯。

林场的孩子不多，就二十来个。几个女孩子想参与，马尾松不答应。剩下十几个男孩子，每个孩子都必须从鞭子下走一遍，走一遍不满意，就走第二遍，第三遍，豹皮樟满意了才会放手。

“甜槠，你的步子小一点，别迈那么宽。”

“白蜘蛛，你别他娘的像个蜘蛛，走正步，不是爬，不是爬，知道不！？”

孩子一个个走过了鞭子，没走过的队伍越来越短。那走过了鞭子的，不允许离开训练场地，而是被动或主动留下来围观。那些被鞭子恐吓出来的诸种丑态，就像一种黏性极强的胶水，牢牢地粘住了他们的脚步。这种时候要赶走他们都不容易，甚至他们在暗暗期待着发生点什么。

“棕榈，抬起头，眼睛看着我。”

“大果，把手摆动起来。”

“……”

没走过的队伍更短了，就剩两个人：水蛇和抹香鲸。

训练开始之前，豹皮樟就让水蛇给大家示范过，水蛇的一举手一投足，就像马尾松的孪生兄弟，分不出彼此。水蛇就是马尾松的影子，或者替身。果真，水蛇在众目睽睽之下毫无悬念地走过了鞭子，甚至在走步的同时朝大家得意地咧着嘴。

往后，所有的目光都锁定了抹香鲸。

那时候，他们都不明白抹香鲸是种什么稀奇古怪的植物，是树还是草，是藤萝还是荆棘。他们的外号都是林场里的那些伐木工或放排工喊出来的，唯独抹香鲸例外，他的名字最早出自于抹香鲸的父亲之口。

抹香鲸的父亲是个瘦高个，脸瘦削而苍白，鼻梁上架着眼镜。他们一家人是在一个夏天的黄昏挑着简陋的铺盖卷儿来到林场的。抹香鲸的父亲虽然个子高，力气却不如一个女人，伐不了木，也放不了排，给他安排个怎样的工作，马尾松的父亲伤透了脑筋。无所事事一个星期后，抹香鲸的父亲得到马尾松的父亲允许，开始在林场有限的墙壁上涂涂写写。墙壁的高处够不着，抹香鲸的父亲就会搬来桌椅垫脚，或者架起梯子。抹香鲸的父亲爬上桌椅，或者上了梯子，拿东西不方便时就会朝身后的男孩叫喊："抹香鲸，拿支毛笔给我。"或者说："抹香鲸，颜料盒，颜料盒在哪儿呢？"

林场的孩子都听到了，那个同他父亲一样瘦瘦高高的男孩叫抹香鲸。

抹香鲸比他们高出半个脑袋，穿着白衬衫。

"你，走过来！"豹皮樟拿鞭子命令他说。

抹香鲸没有立即走过来，而是犹豫了一下，瞧了瞧豹皮樟手中的鞭子。鞭子不只鞭打过他们当中某个人的大腿，有可能还鞭打过地面，鞭梢沾上了可疑的赃物。抹香鲸脱去白衬衫，将它叠齐整了，放在一根干净的杉木上。杉木剥去粗皮的时间可能不长，树身仍洁白着。

"抹香鲸，你磨蹭什么，还不快点儿！"

豹皮樟抖动鞭子，鞭子摩擦空气发出嗖嗖的呼啸声。

抹香鲸只穿了个背心，踩着他们刚刚留下的足迹朝豹皮樟走过去。

"抹香鲸，肩膀放低点，身体摆向右边。"豹皮樟冲抹香鲸喊叫。

抹香鲸好像没听见豹皮樟的喊叫，既不放低肩膀，身体也不向右边摆动。他昂首挺胸，迈动长腿，一步步朝他们走了过来。豹皮樟还没来得及叫喊第二遍，抹香鲸已经站到了那条线路的尽头。

"抹香鲸，倒回去，重走一遍！"豹皮樟恼羞成怒，扬起了鞭子，但因为隔着距离，鞭子没有抽中抹香鲸，而是落在了地上。

几个孩子跟着嚷嚷："抹香鲸，倒回去！抹香鲸，倒回去！"

抹香鲸在围剿他的喧嚣声中回到了起点。

"这一次你最好放老实点，否则打断你的腿！"豹皮樟拖着鞭子，跑到了同抹香鲸平行的位置。

抹香鲸无辜地朝豹皮樟微微笑了笑。

"开始！"豹皮樟喊起了口号，"左，右，左。"

"抹香鲸，身体摆向右边，肩膀要压低一些。"

抹香鲸咕噜说："体育老师都不是这么教的。"

他别扭地朝右边歪了歪肩膀，但很快恢复了之前的姿势。他的腿长，步子宽，同豹皮樟不在一个步调上。豹皮樟不得不小跑着才能赶上他。

"抹香鲸，你把步子放小一点！"豹皮樟将鞭子在半空中甩了一个回合，鞭梢距离抹香鲸的脑袋就差那么一点点。

抹香鲸并没有因此放慢脚步，相反有加快的迹象。这无疑在挑衅，豹皮樟忍耐不住，鞭子朝抹香鲸的腿部斜扫过去。抹香鲸早有预防，随便一抬腿，就躲过了呼啸而来的鞭子。豹皮樟被激怒了，左一鞭，右一鞭，招招奔向抹香鲸的大腿。抹香鲸左闪右避，鞭子全落在了空处。围观的孩子发出连串的哄笑声，在林场除了马尾松外，没有哪个孩子敢这么戏弄豹皮樟。豹皮樟发狂了，嗷叫一声，鞭子劈头盖脸抽向了抹香鲸。不管谁挨着这一鞭，不皮开肉绽才怪呢。抹香鲸面无惧色，躲闪的空隙，寻个机会一把揪住了鞭子。豹皮樟的个头小，力气也小，抽不回鞭子，一张脸涨得通红。

"抹香鲸！"马尾松在松木堆上大叫。

围观的孩子闻声收住哄笑，都拿眼睛盯住抹香鲸，抹香鲸才撒了手。

豹皮樟无处发泄愤怒，转头一鞭子抽向了抹香鲸的白衬衫，那洁白的衬衫上立刻留下了一条肮脏的鞭痕。

马尾松的表哥要来林场参观的消息是马尾松的父亲带回来的。每隔一段时间，马尾松的父亲就会进城向马尾松的表舅汇报林场的工作。间隔时间的长短并不固定，有时几个月，有时才几天。据说马尾松的表舅领导着数十个林场，他们所在的林场只是其中之一。马尾松的父亲每次进城都会捎带一些林场的山货，说是让马尾松的表舅尝尝鲜。马尾松的父亲带进城的有野猪肉、野麂肉、野兔、山鸡、蛇，以及木耳、蘑菇，还有竹参、竹蛋。有时还会带上几根山鸡尾毛、一把山果、几支豪猪箭。也带过竹编的小昆虫，比如蝉、蝴蝶和蜻蜓什么的。有个伐木工老会编这些，闲来无事时就编些小玩意儿消磨时光。

马尾松后来才知道，那些小玩意儿，包括山鸡尾毛、山果和豪猪箭，都是送给马尾松表哥的礼物。马尾松的表舅家有个男孩，比马尾松要长一两岁。马尾松曾经缠着父亲带他进城去见表哥，父亲嘴上答应着，却始终不兑现。马尾松从父亲带进城的那些东西猜想，表哥的喜好同林场的孩子差不多，至于其中的差别，就很难想象。

几次纠缠失败后，马尾松不再对父亲抱有幻想，也渐渐淡忘了城里的表哥。马尾松的父亲最近一次进城是在几天前，一大早从林场出发，第二天黄昏时才回到林场。马尾松的父亲是在饭桌上将马尾松的表哥要来参观的消息告诉马尾松的。

马尾松的父亲说："你陪着你表哥好好玩玩，不能欺负他，不能让他受委屈，要带他到最好玩的地方去玩，不能让他摔着碰着，要是发生什么事，小心你的耳朵。"

马尾松的父亲经常拿耳朵威胁马尾松，每次犯了错，都会拎住他的耳朵惩罚他。马尾松的父亲惩罚孩子的办法好像在林场推广了，马尾松他们的耳朵比别处孩子的耳朵要长那么一点点。那一点点就是被他们的父亲拎出来的。

马尾松兴奋得一晚上都没有睡着，父亲的郑重其事预示着表哥即将来到林场。第二天一大早，马尾松就将表哥要来的消息告诉了豹皮樟，豹皮樟也同他一样，激动得打了个尿颤，险些尿了裤子。豹皮樟又将消息传播给了水蛇和其他孩子。孩子们都跟着激动起来，林场在山沟里，平常很难见到新鲜面孔，何况将要来参观的人是马尾松的表哥。他们聚在一块儿，你一言，我一语，给马尾松出主意。有三件事必须做足准备：第一，所有孩子列队欢迎马尾松的表哥，一个也不许少；第二，确定去哪些地点参观，参观什么内容；第三，给马尾松的表哥赠送什么礼物。

豹皮樟嚷嚷着，由他担任队列训练的教练，他的理由很简单，在学校他是体育委员，曾替代过体育老师指导同班同学做早操。灯台莲被允许代表所有孩子给马尾松的表哥送花，送花时要佩戴红领巾，花朵也由她采集。灯台莲是马尾松的妹妹，马尾松的表哥也是灯台莲的表哥。其他孩子见被豹皮樟和灯台莲夺了头功，都很着急，讨论后两个问题时一个个抢着发言，生怕自己被冷落了，被忽视了。

大果说："夏天到了，可以去河里游泳，去捉螃蟹，捞鱼虾，还可以看我爸爸他们捡死羊。"

大果的父亲是放排工，把搁浅在岸边的树木重新放回河里，行话就叫捡死羊。

"要是表哥不会游泳怎么办？出了危险怎么办？"马尾松反问。

大果被问住了，涨红着脸，默不作声退到了一边。

粗榧说："上山摘杨梅，捕蝉，捉小鸟。"

灯台莲插话说："捉小鸟太残忍了！"

马尾松盯了一眼灯台莲，灯台莲噘起嘴，吐了吐舌头。

栗子说："上山捡栗子，板栗子、尖栗子、毛栗子，都有。"

豹皮樟鄙夷说："春天哪来的栗子？"

栗子就噤声了。

商量到最后，他们才决定，马尾松的表哥如果夏天来，就上山采杨梅，摘山桃子，捕蝉，到山沟里捉石鸡。秋天来呢，就去捡栗子，摘猕猴桃，说不定还能逮到小松鼠。最有趣的该是春天，可以爬到山顶上去看杜鹃花，可以捡蘑菇，摘草莓，拔小竹笋，还能喝到蜂蜜。到了冬天就难办了，山沟里大雪封门，无处可去，顶多看看雪景。大山里的雪景同别处不同，足够时间长，也足够壮观。

白蜘蛛说："可以去捉山老鼠。"

白蜘蛛的父亲会捉山老鼠，逮到山老鼠就烤着吃，香喷喷的，马尾松的父亲就曾让他烤过两只山老鼠带进城去，也就那一次，之后马尾松的父亲没再带过山老鼠进城，估计马尾松的表舅不喜欢。

白蜘蛛的馊主意遭遇了马尾松的白眼球，白蜘蛛丢了脸面，悄无声息躲去了人背后。

赠送的礼物倒很容易找到，马尾松收藏的东西不少，山鸡的尾毛、一拃长的野麂角、两三寸长的野猪牙齿、木头手枪、木剑、弹弓、漂亮的马鞭，甚至有一张五六尺长的完整的蛇皮。其他人也有不少收藏，只要慷慨，谁都自觉把最好的东西拿出来，精挑细拣，绝对能找到适合的礼物。

后来大果说：“我让我爸爸给表哥做把二胡。”

大果的父亲会捕蛇，马尾松的蛇皮就是大果的父亲送给他的，据说那张蛇皮就能蒙上两把二胡。

粗榧说：“我让我爹给表哥做把竹笛。”

粗榧的父亲会吹笛子，吹的笛子都是他自己用小竹子做的，用竹膜做笛膜。不捡死羊的时候就吹笛子，有时是清早，有时是月夜，就会听到粗榧父亲吹响的笛声，婉转得走哪都听得见。

灯台莲又出主意说：“让老扎匠编只喜鹊。”

老扎匠就是那个拿竹篾编蝴蝶、蜻蜓的伐木工。

豹皮樟说：“干脆让他编条龙。”

说完他随即哈哈笑了，为他自己奇丽的想象而得意。

最后确定送给马尾松表哥的礼物为：七根山鸡尾毛、一把二胡、一根长笛、两只竹编的翠鸟、一个野猪牙齿做的胸坠、一根精致的马鞭、一对一拃长的野麂角、一枚用果核挖的口哨。如果能逮到活的小野兔，到时再让老扎匠编只兔笼，连笼带兔送给马尾松的表哥，肯定会招他喜欢。后来豹皮樟又贡献了一枚石蛋，石蛋比鸭蛋稍大，表面上长有好看的花纹。是个放排工在河里捡到的，偷偷送给了豹皮樟的父亲，豹皮樟的父亲没敢声张，豹皮樟就说自己捡的，还夸张说是龙蛋，一直藏着没敢拿出来。

抹香鲸接连几天都没出现，估计他的衬衫被弄脏后受到了他父母的责罚。有一次，豹皮樟远远看见抹香鲸穿着白衬衫走了过来，以为来找他们，谁知他却拐个弯走向了另一个方向。他对他们视若无睹，或者故意躲避他们。豹皮樟内心很焦急，却又不敢将焦急告诉马尾松，怕马尾松会瞧不起他。如果抹香鲸重新加入他们，豹皮樟不知该怎么对付他，特别是如果抹香鲸不配合排练，更是找不到惩治他的办法。若是打架，豹皮樟先就怯场了，抹香鲸比他高出半个脑袋，他不是抹香鲸的对手。

马尾松没有留意到豹皮樟的焦急，他的注意力全放在准备赠送表哥的礼物上。马尾松将他们准备的情况报告了他父亲，他父亲似乎很满意，还表扬了他。马尾松的父亲说：“这是对你最好的锻炼，将来你肯定能接替老爸的位置，当上林场的场长，不，应该比老爸更有出息，像你表舅那样，进城当林业局局长。”马尾松趁他父亲高兴时追问：“表哥什么时候来？”马尾松的父亲皱了皱眉头说：“会来的，你把该准备的事情都准备好，可不能怠慢了你的客人。”

马尾松听了父亲的话既高兴又紧张，怎样才不会怠慢了客人，林场就这么些孩子，就那么些玩的地方，要是会变戏法就好了，手那么随便掐弄几下，一个新鲜的花样就出来了，再掐弄几下，又一个新鲜的花样出来了。马尾松不会变戏法，林场的孩子也不会变戏法，就是林场那么多的伐木工和放排工，也找不出一个会变戏法的。

马尾松在内心叹口气，让孩子们先把礼物集中起来。豹皮樟的父亲亲手制作了一根马鞭，大果的父亲在赶做二胡，粗榧的父亲打磨了一根漂亮的长笛，还在竹林中弄到了厚厚一叠做笛膜的竹膜。老扎匠编织了两只翠鸟，果真栩栩如生，好像正展开翅膀在水面上捕鱼呢。轮到编龙时，老扎匠却犯难了，都说有龙，可龙是什么模样，没人见过。豹皮樟很后悔出了这馊主意，不但没给自己长脸，反而让他在马尾松跟前难堪。山沟里的村庄有舞龙灯的习惯，但那种龙灯身架巨大，九个人合力才能舞动它。况且那龙灯的龙并不好看，简陋得就剩几截竹篾制作的竹篓子。将那些竹篓子凑合在一起就组成了一条龙，将那样一条龙送给马尾松的表哥显然不妥，若是那样还不如不送。

马尾松正要将它从礼物的名单上划去，抹香鲸却无意中解除了豹皮樟的难堪。孤独几天后，抹香鲸又同他们混在了一起，山沟里太狭窄，也太寂静，如果不同他们一块儿玩，就没其他去处。抹香鲸并不知晓礼单上的那些东西都是送给马尾松表哥的，以为都是马尾松的东西。或许为了讨好马尾松，或者缓和同他们的关系，抹香鲸给了他们一幅图画，画面上是一条张牙舞爪的龙，仿佛正腾云驾雾从他们的头顶飞过。这图画比山村里的龙灯不知漂亮多少倍，真有这么一条龙，马尾松都舍不得送给他表哥了。那老扎匠也啧啧称奇，一个劲地夸赞抹香鲸心灵手巧，居然画得出这么精美的图画。

礼物收集齐整后，马尾松就专注于欢迎仪式的训练了。豹皮樟向马尾松建议，每个孩子轮流担任教练，谁也不能例外，包括抹香鲸。这是豹皮樟的父亲教给他的办法，训练中如果有谁不听话，每个轮流担任教练的孩子就可以拿鞭子惩罚谁。如果每次训练都不听话，那他就成了所有孩子的敌人，他们就会集中力量来对付他。豹皮樟对他父亲的办法将信将疑，但还是交出了那根作为惩罚工具的鞭子。

第一个接任教练的是白蜘蛛，他的个子小，步子也小，之前挨过豹皮樟的训斥，可能想着要把丢失的面子挣回来，鞭子在手，模样立马变得比以往凶狠百倍，奓着头发，龇牙咧嘴，像个小狼狗，每个从他鞭子下走过的孩子都战战兢兢，生怕哪儿出了差错。抹香鲸仍旧穿着白衬衫，可能不是挨过豹皮樟鞭子的那一件，衬衫不单洁白，还挺括。经过白蜘蛛的鞭子时，抹香鲸象征性地朝右侧歪了歪肩膀，有可能恐惧白衬衫会成为牺牲品。白蜘蛛也没多追究，豹皮樟都拿抹香鲸没奈何，他更没必要给自己招惹麻烦。

白蜘蛛风平浪静将鞭子交到了棕榈手上。棕榈是个羞怯的孩子，豹皮樟训练时就很紧张，换了他来做教练就更不知所措，鞭子都不知往哪儿放。他像个犯了错的孩子，谁也不敢看，只敢盯着自己的脚趾头。一轮走下来，哄笑不断，气氛轻松了不少。

栗子想同白蜘蛛一样振作，但孩子们似乎不把他放在眼里，加上棕榈的散漫，栗子当教练的效果比棕榈更差劲。豹皮樟就给粗榧丢眼色，要他赶快接过栗子的鞭子。

粗榧上场时，孩子们的情绪还没能从哄笑中走出来。有孩子受到了粗榧的责罚，大腿上不轻不重挨了一鞭子。抹香鲸大概被这种训练弄厌烦了，又恢复到了之前的情形，平时怎么走步，训练时仍旧怎么走步。

粗榧拿鞭子指着抹香鲸说：“你的右肩，倒向哪边？”

抹香鲸并不理睬他的警告，依然我行我素。

粗榧扬起鞭子，朝抹香鲸的后背抽过去，抹香鲸往前蹿一步，鞭子落在了空处。粗榧再挥一鞭子，抹香鲸连蹿几步，同粗榧拉开了距离。再要追赶时，抹香鲸已经逃得很远了，粗榧的个子同抹香鲸不相上下，跑起步来却比抹香鲸慢了许多。粗榧停下脚步，抹香鲸也停住了，还回头朝粗榧做了个嘲弄的鬼脸。粗榧面红耳赤，追下去不是，归队也不是，就傻傻地站在那里。

粗榧之后没人愿意接鞭子了，鞭子半推半就落在了水蛇手中。水蛇本就是马尾松的影子，抹香鲸的行为早就惹恼了他，可脸上并没有丝毫表现，甚至比谁都要轻松。水蛇挥舞着鞭子，做了一连串滑稽的动作，逗引得训练场上笑声不断。他在不知不觉间运动到了抹香鲸身边，抹香鲸还没来得及提防，大腿上早挨了一鞭子，鞭子去得毫不犹豫，似乎将他的大腿抽折了。抹香鲸痛苦得弯下腰抱住了右腿，鞭子却没有因此住手，接着抽中了他的右胳膊，还有一鞭落在了他的脊背上。他的白衬衫上留下了好几条突兀的印迹。

水蛇说："我叫你笑！我叫你不听指挥！"

鞭子继续往抹香鲸身上招呼。

抹香鲸接连挨了几鞭子，防卫乏力，挣扎着，逃出了鞭子的阴影。他的右腿受伤不轻，跑动起来一扭一拐，好像个瘸子。

水蛇并不追赶，拿鞭子戳着抹香鲸的背影说："你们瞧瞧，谁的姿势有他标准？对，摆向右边，听话，动作还可以大一点，很好，继续保持，别受不得表扬！"

抹香鲸走后，孩子们很是忐忑，担心抹香鲸的父亲会来报复。水蛇却不惧怕："是他搅乱了咱们排练，活该挨揍！"孩子们的担心似乎是多余的，抹香鲸的父亲并未来兴师问罪，有时撞见他们还会讨好地笑一笑，闭口不提抹香鲸挨揍的事。水蛇那一鞭子的确够抹香鲸受的，接连几天，都没见他出门，再见到他时腿伤似乎还没痊愈，走起路来摇摇晃晃，身体摆动得厉害。

豹皮樟适时收回了鞭子。排练照常进行，没有抹香鲸的参与，他们的动作整齐划一，如同一个模子里铸出来的。他们不能在马尾松的表哥跟前丢丑，不能让他小瞧他们。他们相信他们已经做得够好了。有一天，马尾松的父亲陪着一个从县城来的人在林场走动，碰巧撞见他们在排练。那个从县城来的人长“咦”了一声问：“那些孩子怎么了？是不是营养不良？”

马尾松的父亲赔着笑脸说：“他们在玩游戏呢。”

那个从县城来的人好像相信了马尾松父亲的解释，不再理会他们，在马尾松的父亲陪同下转到别的地方去了。

豹皮樟他们的训练平静得有几分单调，可谁也不敢掉以轻心，生怕会沦为又一个抹香鲸。抹香鲸没有归队是个遗憾，训练时少了波澜，孩子们好像也因此少了兴致。马尾松也担心，万一表哥来访时遇见抹香鲸，恰巧他又不在欢迎的队伍中，表哥会不会觉得抹香鲸对他不尊敬，会不会以为孩子们不听马尾松的话。马尾松将顾虑告诉了豹皮樟。

豹皮樟说：“会回来的，他不回来上哪儿去呢？”

豹皮樟有豹皮樟的道理。

几天过去后，抹香鲸的腿伤好全了，果然又回到了孩子们当中。训练依旧进行，但没有之前紧张了，动作也没有之前要求严格。更多时候，孩子们将训练当成了一个无聊的游戏，走着走着，就闹出了别的动静。谁能让孩子们对一件事情怀有持久的兴趣呢。马尾松的情绪也受到了影响，表哥来访的时间似乎遥遥无期。马尾松催问过好几次，他父亲每次都拿相同的话回答他：“会来的，应该快了。”

父亲的回答让马尾松莫名地紧张，如果表哥事先不通知他们，突然来到林场怎么办。总有那么一些人，谁也不通知，突然出现在林场。马尾松的父亲被这些突然出现的人搅弄得都有些神经衰弱了。马尾松觉得不能让训练松懈，否则就有可能因此怠慢他表哥。

豹皮樟的鞭子又开始挥舞了。他在收回鞭子前就想到了对付抹香鲸的办法，是水蛇的做法启发了他，如果让抹香鲸的右腿受点伤，就不愁他的动作不标准了。最好是长久一点的伤害，如果几天又痊愈了，抹香鲸不再合作就难办了。豹皮樟将想法告诉了水蛇，水蛇眨巴了几下眼睛，毫无顾虑答应了。水蛇的表情有几分兴奋，他的眼睛闪闪放光。水蛇将豹皮樟的想法扩散给另外几个孩子，粗榧怕马尾松小瞧了自己，立马表示赞同，何况之前还被抹香鲸嘲弄过。大果有些犹豫，但最后迫于他们几个的压力也答应了。

他们挪动了训练场地，从堆放木材的空旷地带挪到了几堆木材之间，那里空间窄小，还避人耳目，一般情况下很少会有人光顾，更不要说抹香鲸的父亲。豹皮樟故作轻松，问了抹香鲸一个愚蠢的问题：“抹香鲸长有几条腿？”

抹香鲸嗤了一下鼻子，没有回答他。他不知道他的高傲让孩子们很是反感。也许就是因为这个原因，他没少吃苦头，最终付出了惨痛的代价。

他们刚刚转入一堆树木背后，水蛇就率先发难了，扑上去死死箍住了抹香鲸的腰，抹香鲸抖动身体想把他甩出去，甩了几次都没成功。粗榧和大果见状赶忙跳过去，一左一右扭住了抹香鲸的胳膊。甜槠冲上去揪住了抹香鲸的头发。白蜘蛛拧住了抹香鲸的一只耳朵。栗子也想钻进去，无奈接近不了抹香鲸的身体。豹皮樟也被粗榧他们挡住了，扬起鞭子，却找不到下手的地方。棕榈涨红了脸，眼神慌乱，不知朝向哪儿。水蛇声嘶力竭地叫喊：“豹皮樟，你他妈的脓包啊，还不动手！？”

抹香鲸被水蛇的叫喊刺激了，挣扎得越发厉害。几个人纠扭成一个球体，朝附近的一堆树段子撞过去。另几个孩子见缝插针，你一手我一脚，球体更圆滚了。就在这混乱中，不知怎么触动了那堆树段子，轰隆隆一阵乱响，树段子瞬间垮塌了。孩子们四散而逃，可是抹香鲸被埋在了孩子堆中的最底部，逃离迟缓了一步，一根树段子砸中了他的额头，将他砸趴下了。之后，他再也没有机会挣扎，翻滚的树段子立刻把他连同白衬衫一块儿吞没了。

马尾松的表哥终究没有来。

马尾松的父亲也没有解释马尾松的表哥为什么没到林场来。

孩子们训练的队伍走着走着就散了。马尾松收集的那些礼物坏的坏，烂的烂，都成了垃圾。

后来，林场也解散了。孩子们各奔东西。

许多年过去之后，他们搞了一次聚会，是水蛇发起的，差不多所有孩子都来了，缺席的极个别。他们聚在一块儿喝酒聊天，追忆往事，也谈论这些年的风风雨雨，各自的幸与不幸。林场的生活给他们留下了非常深刻的记忆，掏鸟蛋、捕蝉、到河里捉鱼捞虾、冬天里诱杀山老鼠、艳丽的雄山鸡尾毛、鲜红的野草莓、脆嫩的小竹笋、肥美的蘑菇、杨梅又酸又甜、猕猴桃鲜美多汁……一切都那么清晰，像打下的烙印，抹都抹不掉。他们在林场的空地上走动，那些老房子多少还在，有些被拆除了，留下的被修葺一新。房客都是陌生的脸孔，马尾松的父亲去世了，豹皮樟的父亲搬进了县城，余下的人家由于种种原因，都从山沟里迁了出去。这更给了他们物是人非的慨叹。他们谈论大果的父亲制作二胡，粗榧的父亲打磨长笛，还谈到了会编蝴蝶、蜻蜓的老扎匠，以及别的伐木工和放排工。

有些墙壁上还残留着抹香鲸父亲的字迹，笔势飞动，奔放流畅。

甜槠问："抹香鲸的父亲是个语文老师吧？"

白蜘蛛纠正说："不对，好像是大学中文系的教授。"

话题慢慢转移到了抹香鲸身上，他们都选择了沉默。好长一段时间，只有他们橐橐行走的足音打破静寂。

后来是水蛇主动挑起了话题："还记得那根鞭子吗？"

水蛇后来当了兵，在部队训练时没少挨骂，没少挨罚，才把走步的姿势矫正过来。其实其他孩子也经历了水蛇类似的过程，都做了很大努力去矫正各自的姿势。

棕榈说："当然记得，我还挨过你一鞭子呢，小腿上瘀紫好大一团，几个星期才消退。"

栗子跟着说："我是第一个挨你鞭子的人。"

水蛇又问："还记得鞭子是什么做的吗？"

豹皮樟说："好像是细竹根。"

水蛇再问："为什么要用细竹根做鞭子？"

豹皮樟摇摇头，有些迷惑。

大果问："为什么呢？"

白蜘蛛鹦鹉学舌："为什么呢？"

水蛇说："细竹根很有韧性，不容易折断，而且长有密集的竹节，每个竹节外围都有精致的突起，那些突起就像精美的雕刻。"

“长在水边岩石上的细竹根最好。”水蛇补充说。

甜槠说：“你就胡诌吧。”

水蛇越过甜槠的嘲讽，对其他人说：“走吧，我们还欠抹香鲸一回教练呢。”

他们记起了为迎接马尾松表哥的到来而准备的排练，的确，每个孩子都曾担任过教练，唯独抹香鲸没有。抹香鲸被树段子砸中后，就埋葬在林场宿舍附近的山坡上。那里地势相对平坦，阳光充足。他们找到抹香鲸的坟墓时，坟墓成了一个草堆，坟沟里还长了一棵杉树，杉树超过人高了，杉树的针叶青翠得闪光。

水蛇是第一个从抹香鲸坟墓前正步走过的人。他抬头挺胸，腰板笔直，一举一动保留着军人的威武。第二个走过的是白蜘蛛，腆着啤酒肚，步子不疾不缓，身体不歪不扭，这似乎是他离开林场后的生活写照，从容不迫，轻松自如。之后是豹皮樟、甜槠、大果、粗榧、棕榈、栗子……他们都身板笔直，步履端正，全然没有了过去的影子。他们都很认真，丝毫不敢随意，仿佛抹香鲸就穿着白衬衫举着鞭子站在他们旁边，或者他们要向抹香鲸证明什么……落在最后面的是马尾松，如果放在以往，那该是抹香鲸站立的位置。

马尾松可能没想到会有这么一出，迟疑了好长一会儿，才挪动脚步。他的姿势没有变化，每走动一步，身体就会朝右边倾斜。他们似乎才发现他是一个瘸子，有些人惊讶地张开了嘴。他们彼此交换了一下怀疑的目光，才确认了造成他身体歪扭的原因，他的双腿似乎并不等长，右腿好像比左腿短了那么一小截。他们谁也没有说出这个原因，就静静地等候在坟墓的另一侧，瞅着马尾松一扭一拐走过来，马尾松的身体摆动得并不厉害，向右边倾斜的幅度也不大，好像在极力控制着。马尾松走到坟墓前方正中的位置，突然有了意外的举动——他面对坟墓站定，向萋萋荒草深深弯下了腰。

一只肥胖的蝗虫因此受到惊吓，从草丛中蹦起来，划过一道弧线，落入了不远处的草丛中。

花儿和信使

跳。

黑豆跳下了石坎。

跳。

菜团子跳下了石坎。

跳。

再一个跳下了石坎。

花栗子在石坎边缘站立了许久，作势要跳下去。

你不许。

叫驴子在石坎下急了，却又不敢大声叫嚷，噘着嘴，不让花栗子跳下去。叫驴子还不罢休，顺手从地上抓起一块石头来威胁花栗子。花栗子的身体摇晃了几下，稳住了。

跳。

叫驴子鼓励惘若跳下去。

惘若说，不跳，我不做小偷。

叫驴子说，你不做小偷就吃不到枣子。

惘若说，我不吃偷来的枣子，也不吃青枣子。我要等枣花大婶请我吃红枣子。

叫驴子说，枣子都泛白了，快熟了，甜得很。

惘若说，我才不受你的骗，上你的当。

叫驴子说，那你在上面等着，我摘了枣子给你吃。

但惘若不等待青枣子，头也不回走了。

枣花大婶的后院是块场地，场地左右两边是一人多高的围墙，后边是个石坎。围墙上苫着干枯的稻草，稻草雨淋日晒都泛了黑。围墙下靠墙堆放着劈柴，刚码放的新柴散发着树木的清香，时间久了，柴也泛黑了，有一股腐朽的气息。场地的一角架着一扇石磨，另一角是口水井，中央是棵枣树。枣树虬枝盘旋，遮蔽了大半个场地。枣花开时，香气从院墙上溢出来，大半个村子都闻得到。四邻八村的蜜蜂都赶着飞往枣花大婶的后院，去享受枣花盛宴。枣树是同枣花大婶一块儿嫁到水门村来的，许多年过去，枣树长得比她的主人还要繁茂。枣花的清香勾起了村里人的想象，枣花大婶的枣子又要丰收了。

枣树挂了果，枣花大婶就看得紧了。通往后院的槅门从早到晚关着，不轻易许人进去。后院不放长竹竿，也不放扁担和戗棍。不放高凳子，更不放木梯子。院墙的稻草上放了狗骨刺。石坎抹了三合土，光滑滑的，难站脚。石坎之上用石楠树围起了篱笆，石楠树上的长刺让人生畏。有两年，枣树下还系了狗，狗虽不凶相，可吠声骇人。脚步声响在院墙外，院子里早就叫嚷开了。

惘若走了，叫驴子恍了一下神，很快就恢复了。他像个猫，噌噌几下爬上了树。菜团子也想爬上去，爬了几下，结果像个泥团子似的跌回了原地。枣树太高，泛红的枣子都在半空里。叫驴子想爬到更高处，但都够不着，就支使黑豆，去寻根竹竿来。黑豆的溜溜在院子里转着圈，就是寻不见竹竿，也不见别的可用来打枣子的木棍。叫驴子后悔没带根竹棍来，可后悔也晚了，只能在低处捋些个半青不白的枣子。

院子里慌乱时，花栗子将一根石楠树的枝丫扔进了院子，然后像个鹞鹰那样张开双臂飞下了石坎。花栗子擎起石楠树枝，扑棱几下，枣子像下雨，啪啦啪啦，青青白白的一大片。黑豆一个狗扑屎，菜团子也滚了过来。叫驴子见状赶忙从树上跳下来，一头扎进了人堆里。枣子还没拾净，哨兵就气喘吁吁来报告，快跑，枣花大婶回来了。众人就嗡地散了，都往石坎下逃。石坎太滑，上不去，有人急得要哭了。叫驴子就托着个矮的屁股，让他们一个个先逃，独独留下花栗子。花栗子托起叫驴子，叫驴子回到石坎上一溜烟跑没了影。花栗子抠了几下石坎，三合土太滑没能抠住，再抠，指甲缝里都抠出血了，才抠住石坎。幸好快一步，险些就被枣花大婶捉住脚踝了。

花栗子，你个火把鬼。枣花大婶大骂。

叫驴子在来路上守着花栗子，花栗子却从另一个方向走了。叫驴子命令黑豆和菜团子将枣子扔成一小堆，先拣出几颗个大的，泛白的，余下的每人数颗，平均分配。

叫驴子揣着枣子去找悯若，却找不见她。叫驴子找遍了村子，才在水门河边的草滩上找到她。悯若蹲在草地上正看着什么，听见脚步声也不抬头。叫驴子走过去，才发现她的眼皮子下有一簇米粒大小的白花，认不得是什么花。先前还没开花，我刚走到这儿它们就全都开了。悯若的脸上是迷惑的微笑。她是愉悦的。哪有那么神奇的事情，许是早就开花了，你没发现。叫驴子说。是我到它跟前才开花的。悯若噘起了嘴。叫驴子见她不高兴了，慌忙将几颗白枣从口袋里掏了出来，给你枣。悯若将双手藏在背后。叫驴子说，你看，都是白枣子，挺甜的呢。我说了我不吃偷来的枣子。悯若说。叫驴子将枣强行塞在她的手心。悯若扬起手，将枣掷向了河里。

叫驴子愣怔了一下，朝河奔过去，捞回了两颗白枣，没捞着的几颗被河水带走了。

悯若吹牛，她去哪儿，哪儿的花就开了。悯若站在稻田的边缘，稻子就含胎，抽穗，扬花了。悯若去花生地转一圈，花生就绽放出无数小黄花，刨开泥土，就有甜甜脆脆的水花生。悯若在地坎下走一遭，草莓就红嘟嘟的，比小嘴儿还鲜艳。叫驴子不信，娘也不信，可爹相信，那孩子，有些神奇。爹不只相信，还鼓励说，找空让她来家里玩。

娘抗议说，谁都可以，就他俩不行，花栗子和悯若，一个也不许上咱家来。

为啥不能？

那俩，都是来索债的。

谁欠了他们的债？

村里人都欠了。

什么债啊？

生死债。

娘的话不可相信，因为她是水门村的女人。水门村的女人对孩子不待见，没事就来一句，讨债鬼。裤子划破了，咒骂，讨债鬼。谁哭鼻子了，揩干了鼻涕还要挨骂，讨债鬼。谁抢了谁的陀螺，讨债鬼。谁抢了谁的木头手枪，讨债鬼。谁偷了谁家的红薯，讨债鬼。讨债鬼是她们的口头禅。仔细琢磨一下，她们的话没意思，娘的话也没意思。

那个，惘若，可以来咱家。爹坚持己见，说，花栗子就别来了。

都添三张嘴了，万一应验，再添一张嘴，养得活啊你？娘朝爹翻白眼。

没见饿死谁。爹的话硬朗得噎死人。

你有本事别让我娘儿几个遭罪，你不是没长眼睛，看看这过的什么日子，吃没吃的，穿没穿的，就差没去做叫花子。娘一脸委屈和鄙夷。

爹遭了抢白，叼着烟斗出去了。

爹和娘拌了嘴，爹的儿娘的女就有可能要遭罪了。花栗子和惘若没这份罪受，花栗子没爹没娘，惘若也没爹没娘。花栗子没爹没娘是娘死了，不知爹是谁；惘若的爹和娘可能还活着，就是不知他们是谁。

惘若在水门村的第一个家是谷大婶家。惘若是晚上出现在谷大婶家屋檐下的。那晚上狗叫了三四回，每一回都没有什么动静，要么狗们肚子饿了，要么觉得夜太长，吠几声给自己解个闷。可狗们一叫，村里的耳朵都支起来了，在黑暗里仔细聆听着，会不会有门响，会不会有羊叫鸡叫牛叫。若不警个醒，招了贼，损失就大了。天快亮时，谷大婶家忽然响起了鞭炮声，村里人都以为谷大婶的儿媳妇又生了，想一想不对，她儿媳妇一个月前才生过，哪能又生啊。鞭炮声也就十几二十响，一眨眼的动静，往后就没响动了。谷大婶的男人一激灵跳了起来，也不穿衣，扯开门，就往门外跑。有个模糊的人影往村口的方向快速移动着，揉揉眼睛就不见了。丢了啥？丢了啥？谷大婶跟着追出门。丢个卵毛。谷大婶的男人瓮声瓮气说。待要关门继续睡觉，屋檐下却咿呀几声，像是人哭又不像人哭。循着声音找去，晾衣的竹竿上多了一只竹篮，声音是从竹篮里传出来的。将竹篮拎回屋，划根火柴，点亮煤油灯，才发现篮子里是个皱皮皱嘴的小人儿，被一团黑不溜秋的棉花包裹着。

你们都没见过，哪有人形呀，就是只没长毛的小老鼠。谷大婶每次说到悯若都把她比作小老鼠。

谷大婶养了小老鼠一个星期，就将她送到村后庙里的神台上去了。小老鼠吸干了她儿媳妇的奶水，她刚出生的第三个孙子因此饿得哇哇叫。她不能再养她了，不然她第三个孙子就要饿坏了。神台上空荡荡的，除了一只插着断香的泥香炉和泥香炉下的一圈香灰，啥都没有了。要有的话，可能就几粒老鼠屎，也是细细瘦瘦的。悯若在神台上睡得香，醒来之后就咿咿呀呀哭，哭着哭着，就没了声音。叫驴子的娘打猪草回来，在庙前歇脚，见神台上有个棉花捆，就想着要把它拿回去，不能铺棉袄，做双棉鞋也行。踮着脚将棉花捆弄到手，却将她吓了一跳，竟然是个小人儿。一瞬间她就明白了，棉花捆中的小人儿肯定是谷大婶放的。造孽呀，造孽呀。叫驴子的娘将小人儿抱在怀里，不知该咋办，想放回神台上不忍心，抱回去送还谷大婶吧又不敢。思想了半天，还是决定抱回家去。她想得美呢，是个女孩儿，养大了可以当儿媳妇，还省了娶亲的花销。叫驴子才三个月大，叫驴子的娘有奶水，不够的话找村里的婆娘讨几口，估计不成问题。

往后的日子，叫驴子的娘一手抱着叫驴子，一手抱着小老鼠，奶了叫驴子再奶小老鼠，奶水不够了就抱着小老鼠往正奶孩子的人家蹭。长到五六岁，悯若就不乐意了，村里人不叫她悯若，要么叫她小老鼠，要么叫她小媳妇，叫小老鼠没什么，叫小媳妇就不愿意了。只要有人叫了小媳妇，她就不回叫驴子家，一个人跑到庙里睡到神台上去。可能她黑灯瞎火睡惯了，不怕鬼更不怕神。再往后，吃饭也不愿意去叫驴子家，东家吃一顿，西家混个饱。到头来，悯若不是谷大婶的孙女儿，也不是叫驴子娘的儿媳妇，成了大伙儿的囡囡。

悯若不是谁家都去，村后头破絮家，一个老头加一个儿子光棍她不去，村东头上福家，同几个儿子分了家，独独留下上福和上福女人，上福的耳背了，上福女人患了白内障，她也不去。她老是往有小媳妇的人家跑，做小媳妇们的尾巴。她喜欢看小媳妇们的肚子鼓起来，又瘪下去。喜欢看小媳妇们捧出乳房，往刚从身上掉下来的小人儿嘴里塞。悯若的神奇是那些小媳妇传出来的。小媳妇来时我的肚子还瘪瘪的，才多久，就有了这个小壶崽。她们不知是炫耀她们自己会生娃还是夸奖悯若吉祥。

小媳妇们替婆家养了人，婆家就把她们当宝贝样宠着，水果罐头、茶壳饼、麦芽糖，什么好吃的都往小媳妇的怀里塞。悯若跟着受惠了，小媳妇们有吃的，就有她吃的。

哪儿有吃的就往哪儿钻，有奶的就是娘。叫驴子的娘败坏说。

可是小媳们不听她胡说，仍旧把悯若奉为送子观音。

过几天，悯若没有等到枣花大婶来请她吃红枣，花栗子却受到了枣花大婶的惩罚。那一天，摘完猕猴桃下山，碰巧遇见了枣花大婶，原本狭窄的道路被枣花大婶的柴捆占去了大半边，小伙伴们一个个从柴捆前侧身而过，黑豆过去了，菜团子过去了，叫驴子也过去了，花栗子落在了最后。花栗子怕是早忘记了偷枣子的事，冷不防被枣花大婶揪住了耳朵，嘴都咧得像道刀口子。你个鬼伢崽，还偷我的枣子不？说，还偷不？枣花大婶用另一个只手揪住花栗子的腮帮子，花栗子的嘴咧歪了，像个老鼠洞，可就是没法说话。小伙伴们都远远站着，不敢靠近，叫驴子歪着头在笑。你不说话是吧？看我怎么收拾你。枣花大婶不扯耳朵了，两只手同时揪住了花栗子的腮帮子，先前花栗子也许是倔强着不愿说话，可后来想说话也没法说了，只能任由枣花大婶揪着。

花栗子，说呀，不偷枣子了，咱不偷枣子了。悯若干着急。

花栗子的脚踮起来了，还是一声不哼。

悯若转脸恳求枣花大婶说，婶啊，您放了花栗子吧，没人敢偷您的枣子了，谁偷您的枣子谁就变哑巴。

还是小观音懂事。枣花大婶这才放了花栗子的腮帮子，又推了一把花栗子说，鬼伢崽，你得谢谢小观音菩萨，下次再敢偷枣子我打断你的腿。

花栗子得了救，没命似的逃走了，可又不逃远，收住脚回头来气恼枣花大婶，我要偷光你家的枣子，还要偷你家的人，偷你儿媳妇水莲。

你个野杂种，雷打火烧的，看我不撕烂你的屄嘴。枣花大婶被激怒了，像只鹅样划着双手，蹦跳着追赶花栗子。追了几十步，花栗子早不见人影了，只好停下脚，双手叉着腰，边咒骂边喘着粗气。

枣花大婶的枣子没指望了，小伙伴们只有将注意力转移到别的事物上。红薯地有了裂缝，扒开裂缝，就能挖到硕鼠似的红薯。红薯脆嫩，清甜，可老是吃红薯也够腻歪，鼓了一肚子气，半夜里还闹肚子，像有只小兽在肚子里踢腾。

马上有好吃的了。就在小伙伴们没有去处之时，花栗子诡异地说。

哪儿有吃的？除非天上下屎。叫驴子对花栗子的话全是不屑。

过几天就知道了。花栗子不在意叫驴子的鄙夷，一脸骄傲的神秘。

果真，没过三天，村北的有水老汉不知患了什么病，在床上躺了三个月，本来都出门晒太阳了，他儿媳妇还给他熬了两碗粥，不想第二天下午就走了。走了老人村里就有热闹了，报丧的报丧，挑石灰的去挑石灰。道士很快进了村，唢呐悠悠扬扬吹起来了，锣鼓没日没夜敲着。这不是最重要的，最重要的是厨房忙碌了起来，磨豆腐的磨豆腐，做米果的做米果，厅堂里一摆一大桌。神桌上供奉着各式点心，红红绿绿的，哪一种都不稀奇，但哪一种都好吃。

派上活的来领活，没派上活的来吊丧。村里一个男哑巴，不管谁家有了丧事，都派他挑水。哑巴挑两只水桶在前面走，两条狗在后面追着他，哑巴被追不过，从口袋摸出一个肉团子，又放回去了，再一摸，摸出一块豆腐扔在地上。两条狗，一块豆腐，狗就掐起了架。

黑豆他娘在茶房泡茶，泡茶的佐料给黑豆装了一荷包。叫驴子他爹在挖穴，挖过穴就喝酒，叫驴子不喝酒，他爹就抓了一把干果给他。菜团子的爹坐礼房，礼房的吃食就更多，有酒还有烟。这种场合只有悯若是不来的。花栗子不会错失良机，径直钻进了厨房，厨房里正热火朝天，围着灶台转的都是婆娘。最辛苦的是烧火的婆娘，一个人看两只灶的火，撒泡尿的工夫都没有。烧火的婆娘敞着胸，汗水从额头上冒出来，流过脸，流过脖子，一直流到奶尖上，才一滴一滴往下滴落。烧火的婆娘正愁没人换手，见到花栗子像见到了救星，不管平日里咋样，这会儿逮住了就逮住了。花栗子只管烧火，吃的无须多操心，灶台上放着一只脸盆，不管煎的炸的烧的煮的，掌勺的婆娘都会往脸盆里舀上一勺，只要锅里有的，脸盆里就有。三天三夜的道场散去，花栗子也撑了个滚瓜肚圆。

丧事都过去了一个多月，花栗子还在吹牛，我说得没错，有吃的吧。

又说，有水老汉在场地上晒太阳，他的头顶上呼呼冒着白烟，还嚷着要喝粥，我就知道他要走了，这叫，这叫，回光返照。

花栗子的话不知怎么传到了大人们的耳朵，他们听了也是一怔，有水老汉不是命该绝，而是被花栗子给催命催死了。真是邪门了！

打那以后，花栗子就成了村里人嘴边的催命鬼，阎王爷的跑腿，老人们望而生畏的死亡信使。

晚秋的时候，悯若终于等来了枣花大婶的邀请。但在内心，悯若早已不太稀罕她的邀请，如果早些时日，放在青黄不接的时候，更让人高兴。这毕竟是个丰收的季节，不说家里养的，土里种的，单是山坡上的野味就足够诱惑人了。猕猴桃、八月灿、山梨子、金樱子，要什么有什么。秋夏相交的时候，猕猴桃摘回来还得想法子找糖来腌，这会儿却是剥了皮就能往嘴里塞，而且一汪的糖水，让人直咂嘴。八月灿的味道最让人留恋，吃了还想吃。

大人们也不像往日那么吝啬，只要嘴巴甜，总会有意外的收获。守在村口的路边，遇见嫂啊、婶啊、太婆啊，只要喊上几句，说不定她们就会解开提在手上的小包袱，给你抓一把干果子。或者从口袋里给你掏一把花生，有可能还有一两根麻花，甚至几颗糖果。

枣花大婶特意绕道到村口，从孩子们跟前走过。

婶啊。悯若的甜嘴巴最先张开。

婶啊。菜团子立马跟上了。

枣花大婶手里啥也没有，就从口袋里掏啊掏啊，掏出了几颗红枣，给每人散一颗。枣子红彤彤的，很蛊惑人的眼睛。

吃吧吃吧，甜着呢。枣花大婶眯着眼，一个劲地瞧着悯若。

悯若又喊了一声，婶好啊。

哎哎，婶好着呢，明儿个上婶家来吃枣子。枣花大婶眉开眼笑向着悯若说，就你一个人来，可不许带别人。

枣花大婶邀请悯若吃枣子是有原因的，她儿媳妇水莲嫁过来三四个年头了，肚子瘪瘪的，从来就没有隆起来过。这是她的心头病，水莲一天不怀上，她就一天不能抱上孙子。

婶啊，我一个人不去，要去大伙儿一块去。悯若说。

枣花大婶的脸变色了，像蒙了一层薄薄的枣子皮。她瞧瞧菜团子，又瞧瞧黑豆，再瞧瞧叫驴子，当发现花栗子也在其中时，她的眉头皱起来了，像是长了两个结巴。

都去吧，都去吧，婶的枣子多着呢。枣花大婶故作大方地说，转而又附在悯若的耳边嘀咕，那个催命鬼可不能去，给他吃的枣子早吃过头了。

第二天，悯若和叫驴子、菜团子、黑豆几个一同去了枣花大婶家。枣花大婶比预想的要热情得多，在水莲的卧房里摆了一张四方小桌，桌子上摆满了果盘，有红枣、花生、南瓜子，还有几个红壳饼，几根掰开了的麻花。

水莲也在屋子里陪着他们吃红枣。她长得并不好看，脸上麻麻点点的，头发枯黄像稻草，细胳膊细腿，身体扁扁的，肚子那块更是瘪得厉害，有可能肚子里没长有蛋袋呢。鸡生蛋有个蛋袋，女人也像鸡，肚子里该有个蛋袋，要不然孩子生下来之前藏哪儿。水莲也吃红枣，吃一颗向他们笑一下，笑的时候就露出了洁白的牙齿。

嫂子，啥时生下弟弟呢？悯若问水莲，不只问，还拿手在水莲的肚子上摸了一下。

就生，就生。水莲嘴里裹着枣子，话也说得不太清晰。

你一爪，我一手，很快小方桌上的果盘就扫荡干净了。再坐下去，小伙伴们都没有耐心了。找个理由，一窝蜂从枣花大婶家逃了出来。

这伙豆子鬼，真能吃。枣花大婶在他们身后嘀咕。

悯若偷偷藏了两颗枣子给花栗子，花栗子不要，还吐了一口唾沫说，我才不吃，说不定还招她的骂。

事情再一次被悯若说中了。来一年，水莲的肚子隆起来了，十月怀胎，一朝分娩，却是个女孩儿。水莲抬不起头，枣花大婶更没有好脸色。那些枣子都给狗吃了。枣花大婶憋闷时忍不住愤愤地说。

村里人没有冤枉花栗子，打他出生起就是个灾星。花栗子他娘本是后山马老汉的孙女，除了马老汉和他眼瞎的女人，家里就没有别人。马老汉养了一匹马，靠马帮人驮东西苟延着日子。花栗子他娘喜欢到村里来东串西串，不知怎么肚子突然就隆了起来。问是谁的种，她啥也不说，不知是真的稀里糊涂，还是有意替那人隐瞒着。这种未婚先孕的事在村里是遭人耻笑的，何况连肚子里的孩子的爹是谁都不知道。花栗子他娘怀上花栗子后极少在村里露面，孩子呱呱坠地后，竟然一头跳进了水门河里，尸体顺流而下，在距离村子三里地的猪婆潭才找到。花栗子长到四五岁，两位年迈的老人先后谢世了，留下他一个孤儿。

如果没有花栗子，花栗子他娘就不会投河自尽。

花栗子生来就不吉祥。

后来，果真印证了村里人的预感，花栗子是上天派下来的索命无常。他往谁家跑，谁家的老人就要注意了，说不定来个回光返照，不出三天老人的子孙们就得披麻戴孝。花栗子无处可去了，几乎家家都给他下了逐客令，不许他登门。谁家没有老人呢，即使没有老人，谁又愿意让个不吉祥的家伙溜到家里来。

也有心思叵测的人家。菜团子他爹虽然村里办红白喜事时坐礼房，但心眼儿一点也不端正。别人家不欢迎花栗子，他巴不得花栗子天天上他家去。菜团子他爷爷瘫痪在床有三四年了，虽然下不了床，人却是清醒的，村子里的事情躲不过他的耳朵。花栗子进了屋，菜团子爷爷先前就骂栏圈里的猪，你哼哼什么，你那点歪心眼谁不知道，有你肥的一天。骂过猪之后，他又诅咒闯进他屋子里的一只老母鸡，你钻进钻出瞧个什么稀奇，有你不下蛋的一天，哪天不下蛋了，就一刀宰了你。花栗子被菜团子他爹诱去了两趟，再也不敢贸然登他家门了。

花栗子更无处可去了。

但村里人无法消除对他的防备，明着不能去，暗地里谁又能掌握得了他的行踪。留着这么个不吉祥的人物在村里总不是件好事。该拿个主意了，不能再让他在村子里转悠下去，说不定哪天又有哪个倒霉的老人要受害了。有些人聚在一块儿嘀嘀咕咕，嘴巴上含糊其词，但内里都心知肚明，就是要为花栗子找个去处。花栗子不是姑娘家，不能把他嫁出去。有人就去另外的村子打听，看看有谁家愿意过继儿子，啥东西也不要，将孩子接过去就行了。问了几家，见了花栗子都不乐意了，这么大个人，养也养不亲了，过继了也是白养人。

该另拿一个主意了。最终点子不知是谁想出来的，让黑豆他爹去执行。黑豆他爹不情愿，就有人说给他记工分，一天记十个工分，啥也不用干，还白吃白玩。叫驴子的娘怂恿叫驴子的爹，这事就该你去，把那瘟神送走了，小媳妇就是你儿媳妇了。枣花大婶也絮叨她男人，别说有工分，没工分你也该去，看看后院那棵枣树，受他的祸害还少吗？就该让他吃点苦头。

黑豆他爹几个上路了，花栗子跟在他们身后。水门镇毗邻湖南和湖北，他们出了村径往武汉的方向走。黑豆他爹说要带花栗子去一个好玩的地方，那里不只有各种好吃的，还有好多好玩的，有三层楼高的大轮船，有夜里挂满灯笼的树，有会说话的鸟，会唱歌的鱼。花栗子受了诱惑，欢天喜地跟着去了。其他孩子都眼巴巴地，没有大人们的允许，谁也不敢跟着去。

过了三四天，黑豆他爹回来了，叫驴子的爹也回来了，枣花大婶的男人落在最后。三个男人哭丧着脸进了村，唯独不见了花栗子。后来才知道，花栗子一直跟得紧紧地，可走着走着，谁也没注意，再回头时忽然不见了。他们仨在路上来来去去找了三四天，怎么也找不见花栗子的人影。就这么走丢了。

村子里安静了不少。庄稼人的日子照旧有条不紊，该干啥干啥，没谁闲着。

过了半个月，花栗子才回来。那天黄昏，村口忽然哇的一声有人哭开了，跑去一看，只见花栗子蓬头垢面的，正抱着那棵白果树在痛哭，比死了爹娘还伤心。

花栗子是水门村的花栗子，走哪儿也丢不了。村里人有了感叹，对之前过分的行为嘴上不说，心里暗暗有了自责。这种自责容忍了花栗子继续待在村子里，但要想上人家的门，人家的脸色依旧难看，毕竟心里有阴影，一时半会抹不去。万一应验了呢，那就太对不起自家老人了。花栗子倒很乖觉，知道村里人对自己不待见，再也不轻易上人家去，多半时间都守在悯若睡过觉的破庙里。闲时没人到庙里去，除了悯若，也许因为同病相怜，经常跑去给花栗子送些吃的。那不见花栗子的半个月，她着急坏了，幸好谢天谢地，他又回来了。

日子像个醉汉，踉踉跄跄地过去。

花栗子不知不觉十五六岁了，虽然缺吃少穿，个头却是疯长，慢慢有了男人相。这么大个子的人，整日游手好闲，村里人看着不像回事。有人就寻思，该让花栗子干点什么，好歹对得起他死去的家人，也别让他再祸害村里人。

谷大婶的男人提议，让花栗子跟着学木匠。

谷大婶说，你不嫌晦气我还嫌晦气呢。

谷大婶的男人就不敢再多话了。

叫驴子的爹说，让花栗子去做道士。

大家伙都觉得有道理，问花栗子，花栗子说啥也不愿意。

菜团子的爹说，去学劁匠吧。

花栗子更不乐意。劁匠可不是什么好差使，拿村里人的话说是断子绝孙的职业。

有人就冒火了，气愤愤地说，这也不去，那也不去，你到底想干吗？

花栗子迫于压力，只得喏喏答应了。

花栗子做了几年劁匠，成人了。他做劁匠的师傅张罗着要给他说一门亲事，托媒人问了几处，都不成事。正愁着时，有人提醒说，眼前不就有个现成的吗？问，谁？答，小媳妇呀。说的是悯若。叫驴子的娘却不答应了，在内心她早将悯若当儿媳妇了。不管怎样，得征求悯若的意见，问悯若中意谁，悯若也不害羞，大大方方选择了花栗子。花栗子的师傅便办了两桌简陋的酒席，谷大婶和她男人坐了上席，权当是悯若娘家人。

婚后，悯若问花栗子，你怎么老是往走了人的地方跑？

花栗子被问得一愣，才说，哪是走了人呀，分明就是过节，欢天喜地地热闹。

悯若想是明白了，这人啊，生是节，死也是节。是节就不得不过。

村里人却隐隐有些不安，这样的两个人结合到一块儿，究意会怎样呢。先是留意悯若的肚子有没有大起来，悯若有了肚子，人们便有了新的担心，悯若到底会生下一个怎样的孩子。那段时间，娘的担忧比爹的担忧更厉害，娘说，我的右眼皮怎么跳个不停。吐了口水去抹眼皮，怎么也抹不平静，跳得越发欢快了。每逢这种时候，爹就闷了头抽烟，让烟雾把自己埋起来。

整个村子的人在忐忑中终于迎来了花栗子家的鞭炮声。悯若生产了，是个女婴。第二天，村里的姑嫂婶姨都去道贺，见了粉嘟嘟的一个小人儿，都高兴得不行。有婆娘问，叫啥名字呢？花栗子问悯若，叫啥名？悯若又回问花栗子，叫啥名？

花栗子想了想，说，叫吉祥吧。

悯若说，就吉祥。

玫瑰天堂的约会

费农乐医生有一个习惯的形成，同一次约会有关，这是含蓄的说法。暧昧一点呢，是同一次幽会有关。

费农乐医生同一个小他十岁的女人有过两次约会，第一次约会的地点在老树咖啡馆，他默念着茨威格的诗，一个人走在去咖啡馆的路上。茨威格说过，我如果不在家，一定是在咖啡馆；不在咖啡馆，那我就是在去咖啡馆的路上。这是他第一次单独同妻子之外的女人约会。后来，他离开了咖啡馆，却回不了家，费农乐医生将自家的钥匙丢了，他的妻子携了儿子去了千里外的老家，妻子在老家住了一星期，费农乐医生在医院的值班室里将就了一星期，身子都沤出了一股浓郁的西药味，还有体臭汗酸味香烟味。他的妻子朝他喷洒了好一阵茉莉花香的空气清新剂，直到他身上开始散发茉莉花的香味，才让他走进屋去。接下来的一个星期，费农乐医生被茉莉花的香味包裹得严严实实的，闻着香味的人都向他投来暧昧的眼光，弄得他一身的不舒服，好像他真的做了什么暧昧的事。

第二次约会的地点在红苹果西餐厅。这家餐厅距离他上班的医院较远，他借了同事的摩托车去，是巩俐做广告的那种。本来女人要开车过来接他，他委婉地谢绝了，他怕同事或者熟人撞见，一个人骑着摩托车，穿街过巷，想去就哪就去哪，要多自由有多自由。那一顿饭他们吃了五个小时。同女人说过再见后，他去开借来的摩托车，可左掏右摸，怎么也找不着车钥匙了。回到西餐厅，他们吃饭的地方早已打扫干净，他问侍应生，见到过一把车钥匙么。侍应生摇了摇头，替他绕着餐桌上上下下左左右右地找，仍然不见踪影。好在女人先走，没有看到他的狼狈相。后来，他请餐厅里的保安帮忙，才撬开摩托车上的锁，算是解了困。

前两次约会都是女人主动约他，这是第三次，这一次也不例外，地点在开发区的玫瑰天堂，玫瑰天堂里的玫瑰天堂。接到女人电话的时候，离下班还有十分钟，他正在替最后一个病人——一个头发花白的老人看病，费农乐医生的思绪突然被两只蝴蝶的手机铃声打断了。庞龙在唱，亲爱的，你慢慢飞。费农乐医生毫不犹豫地摁断了庞龙的歌声，之后，便听到了一个熟悉的女声，晚上七点，玫瑰天堂里的玫瑰天堂，不见不散。女人的嗓音像是一片羽毛拂在耳边，柔柔的，痒痒的。声音消失后费农乐医生还忍不住用手摸了摸耳朵，好像那片羽毛正粘在耳郭上。

玫瑰天堂很远，远到坐公交车都要一个多小时，遇上下班的高峰，那就不是一个多小时能到达了。从费农乐医生上班的地方出发，并不能直达玫瑰天堂，中途还要转一次车。现在是下午五点二十分，离下班还有十分钟，这十分钟费农乐医生要完成几件事：一是尽快给老人开出处方，这是门诊部，一个坐班医生的首要职责；二是收拾好办公室，给明天就诊的病人一个好印象；三是洗手，更衣，赶赴约会，必须在七点之前到达玫瑰天堂。他花了不到半分钟的时间整理自己的思绪，决定将第二件事暂且搁到一边，明天上班的时候做也不晚。而老人的病是无法推到明天看的，他必须立刻解决。老人说他心慌又心闷得很，手脚还发麻。他的心律失常了，这是费农乐医生的第一判断。老人抖抖索索地从衣袋里掏出一张纸，那是心电图的检测单，同费农乐医生的诊断没什么两样。费农乐医生替老人开了一些减慢心律的药，其中就有心得安，白色的片剂，一次两片，一天三次。老人接过处方又抖抖索索地走了。费农乐医生看到老人花白的头发慢慢转到了门的另一边，慢慢脱离了他的视线。一个孤独的老人。费农乐医生没有更多的时间来仔细琢磨老人，他将处方笺和笔塞回办公桌的抽屉里，之后直起身，晃了晃脑袋，甩了甩胳膊，扭了扭腰，坐了一天，他全身都酸痛了。

不过，费农乐医生没有更多的时间顾及自身的酸痛，都五点半了，他必须马上出发，否则就要迟到了，让那样一个女人眼巴巴地干等着他，于心不忍。他风急火燎地洗了手，脱下了那身白大褂，正要走出办公室的时候，那个头发花白的老人又抖抖索索地踅了回来，他的手上多了一只装药的袋子。老人问，这种药一次吃几片？费农乐医生回答说，一次吃两片，一天吃三次。老人似乎没听清，又往费农乐医生跟前靠近了一步。费农乐医生粗声地重复了一遍，一次吃两片，一天吃三次。我耳背，听不清。老人不好意思地朝费农乐医生笑了笑。费农乐医生只好附在老人耳边，再次大声说了一遍，老人才扭身走了。一个又老又聋的病人。费农乐医生冲老人的背影“喂”了一声，好像有什么话要问老人，可突然又记不起了，费农乐医生自嘲地摇了摇头，在心里笑了笑。老人似乎没听到他的声音，连头都没回，抖抖索索地离开了。

正是下班的高峰，站牌下挤满了等车的人。费农乐医生夹在人堆里上了车，经过投币箱的时候怎么也摸不出零钞了，连钢镚也没摸出一个。掏出钱包，只有信用卡和几张百元大钞卧在里面。捏一张钞票在手里，想一想，没舍得投进去，又从人堆里挤下了车。费农乐医生发现自己去挤公交车绝对是个错误，没有零钞不说，就是有了零钞也耽搁时间了，还不如打出租车快捷而且舒坦。费农乐医生感觉自己越来越疏忽大意了，像刚才那样好不容易挤上了公交车，却又摸不出零钞的事情越来越多了，比如出了门才发觉钥匙丢在家里的沙发上，去菜市场买菜钱包却藏在洗衣机的衣服里，阴天出门忘了带雨伞，带了雨伞又忘记拿回家。这是不是衰老的先兆呢？要知道费农乐医生今年才三十七岁呀，就这么丢三落四了，那以后的日子还怎么过？

费农乐医生从出租车里钻出来的时候是六点五十分，他长舒了一口气，终于提前十分钟到达了。女人是个很有时间观念的女人，前两次约会，她都是准时到达，不早也不晚，误差超不过半分钟。她好像是一路掐算着分钟和秒钟走过来的。费农乐医生自己也是一个十分守时的人，没有理由不喜欢这么一个女人。她给他的印象始终那么美好。费农乐医生挑不出令自己不满意的地方。如果真是要鸡蛋里挑骨头，那就是女人太完美了，就像一件精美的瓷器一样，完美得没有一丝瑕疵。无可挑剔也是一种错误吧。费农乐医生情愿不要她那么完美。

玫瑰天堂真可谓是玫瑰的天堂，它完完全全被玫瑰包围着。费农乐医生站在玫瑰天堂的入口处，他的眼前是大片大片的玫瑰花，红玫瑰、粉玫瑰、黄玫瑰、白玫瑰，姹紫嫣红的，就像一个个姹紫嫣红的女人，令他晕眩，令他目不暇接。一个穿着玫瑰天堂工作服的女孩走了过来，并献给他一枝玫瑰花。在她的引领下，费农乐医生穿过了玫瑰花丛，花丛中央是一个举着玫瑰花的裸女雕像，姿态妩媚，曲线玲珑，雕像背后就是玫瑰天堂的拱门。女孩问他，先生订座了么。费农乐医生回答说，玫瑰天堂。女孩的步子突然慢了，她微微侧过身，眼睛的余光在他身上咯噔咯噔地走了一遍。费农乐医生看出她的眼睛里有惊讶，好像还有别的什么，他也摸不透，这种女孩的眼光挺荤的，有着穿透不了的雾障。费农乐医生的表情也不露声色，见着了和没见着一个样，丝毫没有阴晴圆缺的变化。就像他面对的不是一个引路的女孩，而是一个求诊的病人，他的镇静写在他的脸上。

那个女孩将费农乐医生送到电梯门口止步了。费农乐医生一个人进了电梯，那个女孩在电梯外微微向他笑着，很专业的笑。电梯门快要合上的时候，费农乐医生的视线突然模糊了，缝隙里女孩的那张脸好像不是一张脸了，恍惚变成了一颗白花花的头颅，那个抖抖索索的老人的后脑勺。费农乐医生揉揉眼睛，电梯门迅速合上了，那颗白花花的头颅消失了，倒映在电梯门里的是一个手握玫瑰花的男人。他孤独地静立在电梯里，他的模样再次让他想起那个孤独的耳聋的老人。

电梯最终在玫瑰天堂的顶楼停住了。又一个手持玫瑰的女孩静候在电梯门口。费农乐医生从女孩手中接过玫瑰，然后跟随在她的身后穿过阒无一人的走廊。走廊是圆拱形的，两壁镶嵌了一朵朵玫瑰花一样的灯饰，软绵的地毯上绣满了红玫瑰，空气里是一种玫瑰花的香味。行走在粉红色的灯光里，就好像行走在玫瑰盛开的花园。费农乐医生的神情依旧恍恍惚惚。女孩最后在走廊尽头的圆形大厅前停住了脚步，她再也没往前走，而是做了一个手势，请费农乐医生进去。然后，那女孩回转身悄无声息地走了，只留下费农乐医生一个人站在圆形大厅里。

圆形大厅的地毯是淡绿色的，上面开满了巨大的玫瑰花。中间那簇玫瑰花的上面放了一张圆桌，桌上有一个精致的小瓷瓶，瓶里插了一支粉色玫瑰。还有一些盛了菜肴的碗碟，碗碟的中央是一个精美的纸盒子，圆形的，看不出里面盛装了什么。还有高脚的玻璃酒杯，一瓶红酒，一支贵妃醋。大半个圆形大厅都是玻璃墙，靠着玻璃墙的是一弯一个人高的金属烛台，烛台上巨烛绽放着玫瑰花一样的光。令人出乎意料的是，那个女人还没有到。前两次约会都是女人等待他，她一边喝着咖啡，一边散漫地盯着入口处。费农乐医生进来的时候，她立刻会扬起一只手，一只指头颀长的手，就像一支高高擎起的玫瑰。然后，他就朝着那支玫瑰走去，感觉周围那些食客的眼光正舔在他的身上，还有女人微笑的脸庞上。

也许女人让什么事情给耽搁了，或者忘记了晚上的约会呢。费农乐医生从衣袋里掏出手机，七点过五分，时间还很早。他想给谁打个电话。他从手机上摁了一串数字，临到摁拨出键的时候又止住了。费农乐医生发现那个号码似乎很久远了，那是一年前他带的一个医学院的实习生的号码呢。后来实习结束了，实习生还来过两次电话，再后来就杳无音信了。他对他已经毫无印象了，怎么突然摁出了他的号码呢。哦，对了，费农乐医生重新记起了同实习生在一起的某一天。那天也是一个老人，一个肾衰的病人，实习生竟然开了两支多巴胺。要知道肾衰的病人大多都有肾性高血压，多巴胺会升高血压，两支多巴胺那会葬送老人的性命。后来，费农乐医生严厉地将实习生批了一顿，直到他眼里积满了泪水他才罢休。

窗外已是灯火辉煌，这个城市璀璨的夜景尽收眼底。那个女人还没有来。费农乐医生的眼睛渐渐有些困倦了。他从玻璃墙前拧转身，想到那两把空着的椅子上坐一会儿。就在回转身的瞬间，费农乐医生意外地发现门的一侧立着一个巨大的纸箱，就像立式冰柜的外包装，那么突兀地出现在那里，同周围的一切明显不协调。那纸箱上面也摆着一束玫瑰花。走近纸箱后，费农乐医生从玫瑰花丛中发现了一个白色纸条，纸条上有两行娟秀的字迹：这是今天我送给你的最珍贵的礼物，也许你不喜欢，但请你打开它。落款是茜萍。

现在，费农乐医生等待的那个女人就是茜萍。他之所以能够认识她，完全是因为职业的原因。费农乐是医生，茜萍是病人，病人认识医生是再自然不过的事情了。可茜萍这个病人认识费农乐这个医生后事情就有了些变化。茜萍说，阿乐，我好喜欢你漫不经心的样子耶。茜萍是广东人，她的普通话让费农乐医生有点消化不良。而且茜萍说话的时候嘴巴习惯性地往上翘，好像是在向他飞吻，费农乐医生忍不住就有想用嘴唇迎上去的冲动。他看着白纸条上的落款茜萍，就好像她又翘着嘴巴站在他的面前，他的手很快伸向了那个巨大的纸箱。

费农乐医生将纸箱上的那束玫瑰花放到了地板上，然后双手捧住纸箱往上提，而纸箱实在是太高了一点，他不得不踮起脚尖，才将纸箱提起来，移到一边。被纸箱罩住的竟然是一个女人，同茜萍一个模样，穿了一身素洁的裙子，上面有淡淡的玫瑰花的图案。那女人一动不动地立着，好像是一个逼真的蜡像。费农乐医生怔住了。他发愣的时候女人却“扑哧”一声笑了。她的嘴又那么噘着，好像又在向他飞吻。费农乐医生的脸突然红了。茜萍这女人喜欢玩些出人意料的游戏，有些让人措手不及。费农乐医生一点也不了解她的背景，甚至她怎么来到这个城市，在这个城市做着什么，包括她的车，她身上的名牌服装，法国香水的味道，他都一无所知，也从来没有问过。他的好奇心藏在他的肚子里，一点也不外露。而他就这么同女人约会了，真有些稀里糊涂。

刚落座，茜萍的嘴就习惯性地往上一翘，说，阿乐，猜猜看，今天是什么日子？

费农乐医生摇摇头，一只手在胸口摸了一下，好像是要将女人嘴唇挑起来的冲动压回胸腔里。

猜猜看嘛。

茜萍的声音有些娇了。费农乐医生的嗓子跟着痒痒的，仔细想一想，确实不知道今天是什么日子，好像不是一个什么特殊的日子，没有什么伟人在这一天诞生，也没有谁在这一天死亡。他清楚的是这一天他接待了二十多个病人，准确的数字是二十六个，最后一个就是那个老人，一个孤独耳聋的老年病人。他替老人开了一瓶心得安，一次两片，一天三次。他抖抖索索的样子老在费农乐医生眼前晃动，好像在拦阻他和女人的约会。

你笨啦，这么容易的事情也猜不着，往自己身上想想看。茜萍的嘴唇又往上一翘，又是一个飞吻。她的嘴唇上有一层淡淡的红，很鲜润的红。茜萍用了口红，而他的妻子从来不用口红，她的嘴唇老是那种晦暗的颜色，费农乐医生猜不到茜萍的嘴唇上用了一种什么牌子的口红。

我投降好不好？你就别为难我了，直说吧。

费农乐医生的双手高高地举了起来，就像小时候向他的妹妹投降一样。他有过一个妹妹，要是妹妹还活着，也应该有茜萍一般大了。他的妹妹也有着茜萍一样的大眼睛，即使不说话，不笑，也是满眼调皮的样子。妹妹五岁的时候同一群孩子在田野上玩，她同邻家的一个小男孩钻进了稻草堆里，没想在里面睡着了。后来，不知哪个孩子将稻草堆燃着了，谁也没有想到里面会有两个孩子，他的妹妹同那个邻家的孩子被活活烧死了。一些孩子的疏忽就丢失了两条性命，生活就是这样残忍，一次小小的疏忽，也许就会造成终身的遗憾。费农乐医生的神情有些恍惚，又有些伤感。

阿乐，你又在漫不经心了。我就喜欢你这样子。茜萍的嘴唇又是一翘，眼睛却定格在费农乐医生的脸上，一动不动，很痴迷的样子。

今天究竟是什么日子？费农乐医生赶紧挪开了话题。

傻瓜，你的生日，三十七岁生日。茜萍的娇嗔而略显激动。

接下来，女人茜萍熟练地开启了红酒，斟满了两只高脚酒杯，又往酒杯里添了些贵妃醋。茜萍接着又打开了那个精美的纸盒，原来是一个生日蛋糕，上面有一串红色的英文字母，祝你生日快乐。茜萍将三十七支小蜡烛挤挤挨挨地插在蛋糕周围，然后划亮了火柴，点燃了那一圈蜡烛。许个愿吧。茜萍说。费农乐医生没动。你发什么愣呀。茜萍又向他扬起了她的嘴唇。

费农乐医生双手合十，放在胸前，真的许了一个愿。他在心里说，愿妹妹在天堂里永远快乐。这么多年以来，他第一次面对蛋糕和蜡烛，女人和红酒，在他自己的生日那天许愿。真的，唯愿妹妹在天堂里永远幸福，快快乐乐地同那个小男孩在一起，永不分开。费农乐医生的心里有了和眼睛里一样潮湿的感觉。后来，他吹灭了三十七只蜡烛，主动端起了酒杯，说，茜萍，谢谢你为我准备了这么一个隆重的生日，来，让我们干了这一杯。

其实，费农乐医生并不是一个漫不经心的男人。他做事一向严谨，一丝不苟。就像他开出的处方一样，字迹工整，一笔一画，有点像小学生的作业。这么一个严肃得有些刻板的男人，在茜萍眼里却是漫不经心，而且是她喜欢的漫不经心，他有点想不透，有点怀疑自己同女人在一起时是不是疏忽了一些细节，女人因此而产生了一些错觉呢。

切蛋糕的时候，费农乐医生谨慎多了，他握紧了那把餐刀，一刀就将蛋糕切成了两个半圆，那几乎是完全一样的两个半圆，然后是第二刀，第三刀，最后切出来的蛋糕形状，大小，几乎完全一样，像是从同一个模子铸出来的。虽然，后来他们只是象征性地吃了一小块蛋糕，但费农乐医生并没有觉得那是一个遗憾。

茜萍是个不胜酒力的女人，一杯红酒下去，她就面若桃花了，话也慢慢多了。说的是她的父亲，从做手袋起家，一步一个脚印，慢慢地扩大产业，后来就发展到了这个城市，这玫瑰天堂就是她父亲旗下的产业之一。三年前，茜萍跟随父亲来到这里，然后遇见了费农乐医生，一个漫不经心的男人，一个她喜欢的男人。话到这里，茜萍却没有继续往下说，她的嘴巴一翘，话锋一转，说，真要感谢那次感冒，要是没有它，怎能遇见你呢。那一天她要随同父亲去参加一个应酬，忘了加衣服，又喝了两杯红酒，晚上头就痛了，还有点烫。找了点药吃，不见效，第二天就去了医院，父亲有事没有陪她。按规定，茜萍这样的患者不是由费农乐医生接待的，可他也不能拒绝一些直接找上门的患者。茜萍就是这样，当她走过他的办公室的时候，她一眼瞥见了费农乐医生，茜萍就决定不再往前走了。仅仅是忘记了加件衣服，这样小小的疏忽就让她遇到了一个她喜欢的男人。可见有时候疏忽并不是一件什么坏事，有可能是件意想不到的好事呢。茜萍的嘴巴再次翘了起来，又是一个飞吻，还眨巴了一下眼睛，朝费农乐医生做了一个鬼脸。

费农乐医生也是一个酒量很小的人。浅酌慢饮，三两杯红酒下去，他的脸也红了，呼吸也粗重了。费农乐医生感觉自己的胸口憋闷得很，他想透一透气，可又不敢随便松开领带，同一个女人吃饭，弄松了领带多少有些衣衫不整的暧昧。酒还在一杯一杯往下喝，女人似乎一心想要往醉里去，可费农乐医生的胸口越来越憋闷了，他有点透不过气来，就像一个支气管哮喘患者。对，就是支气管哮喘，费农乐医生突然想到了他有什么话要问那个看病的老人。他要问那个老人是否有支气管哮喘病史。该死的心得安。它会收缩支气管，会压迫老人越来越沉重的呼吸，那样有可能就会要了老人的命。也许他没有支气管哮喘吧。费农乐医生在内心祈祷着，自己安慰自己。

费农乐医生终于坐不住了，他从座位上站了起来，对女人歉意地笑了笑，对不起，我要打个电话。他走向那一溜巨烛的旁边。他的第一个电话是打向办公室的，现在是下班时间，他的电话没人接听。他快快地挂上了电话，那种失落的恐慌一下子就攫住了他，就好像他喜欢的一个女人拒绝了他的约会。第二个电话是打向急诊室的，他问，有没有一个支气管哮喘的病人来就诊。那边接话的是一个女人，费农乐医生辨不出那是谁的声音，只听她在电话里说，没一个病人呢。反问，你是费农乐医生么。他没有理会女人的问话便把电话挂断了，他不知道下一个电话该打向哪里。也许老人没什么支气管哮喘吧，那是自己多想了。也许老人还没有服药，不，病人不可能不遵医嘱的。

费农乐医生回到了座位上。他端起酒杯，朝茜萍笑了笑，抿了一小口那种鲜红的液体。茜萍也端起了酒杯，不过，她没有喝，而是端着酒杯朝费农乐医生走了过来。阿乐，有什么要紧的事么。她的话里像有一层特别的关切。不，没什么事。费农乐医生重新站了起来，他迎着茜萍举起了酒杯。你的手机好靓呀，能借我看看么。茜萍的嘴又飞吻了起来。

费农乐医生将手机坦然地交给了眼前的女人，他的手机里没什么秘密，给谁看都没问题。手机里的他规规矩矩，一清二白。

其实，那是一款很普通的手机，根本没有什么特别的地方。果然，茜萍接过手机什么也没看，她将它握在手心，回到了对面的位子上。阿乐，你的手机我暂时替你保管了，今天是我们的二人世界，不许别人来捣乱，也不许你三心二意。茜萍狡黠地一笑，摁上了关机键，一串流畅的音乐过后，他的手机就像一个死去的生命一样，彻底安静了。

阿乐，我们干了这杯，跳个舞吧。茜萍将手机放在了那束玫瑰花下，然后一扬脖子，一杯红酒全倒进了翘着的嘴巴里。这个要命的女人。费农乐医生也一仰颈脖，将杯子里的酒一饮而尽。这真是一个要命的女人。他的头微微有些晕。

音乐是泰坦尼克号的主题曲《我心永恒》，席琳·迪翁的嗓音让费农乐医生有几分迷醉。夜夜在我梦中见到你感觉你，我的心仍为你悸动，穿越层层时空随着风入我梦，你的心从未曾不同。费农乐医生忍不住随着席琳·迪翁的歌声在内心轻唱着。费农乐医生曾和他的妻子一起看过这个影片，观看电影的时候他们的手紧紧地握在了一起，后来那个晚上他们又缠缠绵绵地亲热了一回。而现在，他和一个叫茜萍的女人的舞蹈就要在这相同的音乐里开始了。费农乐医生猜不到他们舞蹈过后会做什么，是不是也像他和他的妻子在一起时一样。茜萍的身子轻盈、灵动，就像一朵会跳舞的玫瑰。相反呢，费农乐医生就有些笨拙和僵硬了，有点像一只企鹅。不过，费农乐医生的身体保养得很好，没有企鹅的大腹便便。有那么一个瞬间，费农乐医生在内心也强烈地希望没有人来打扰他们，茜萍说得对，这是他们的二人世界，只能是费农乐医生和要命的女人茜萍。

一曲终了的时候，茜萍去了一趟洗手间，偌大的圆形大厅又只有费农乐医生一个人了。费农乐医生从玫瑰花下拿起了手机，飞快地开了机。他终于想到了第三个要拨打的电话，那就是114查询台。费农乐医生对着手机说，请帮我查一下赵一文的电话。那个心律失常的老人就叫赵一文。查询台很快回复了一个号码。费农乐医生拨通了那个号码，接话的是个男人，听嗓音不太像个老人。费农乐医生问，请问您是赵一文先生么。那边回答说，是。你今天下午去了医院就诊么。费农乐医生又问。你才去了医院就诊呢，神经病。那边“啪”的一声挂断了电话。

后来，费农乐医生又拨通了查询台的电话，这一回查询台又给了一个赵一文的电话，却不是刚才那个。费农乐医生很快又拨通了那个电话，电话里却是一个苍老的女声。请问这是赵一文先生家么。费农乐医生小心翼翼地问。女声回答说，是。请问赵一文先生下午去了医院就诊么。那边长声地叹了一口气，接下来是一片静寂。费农乐医生正要重复问话的时候那边开始说话了。那个苍老的女声说，赵一文先生不需要去医院了。费农乐医生心里咯噔了一下，像有什么突然碎了。那个女声顿了顿，又接着说，赵一文先生早在一年前就离开了人世，他让那该死的医生给耽误了。费农乐医生怔住了。

再后来，费农乐医生又拨通了查询台的电话，他提了问题后听到接线员在那边说，一共有三十三个赵一文，请问先生是要哪一个赵一文的电话呢。三十三个赵一文，哪个是那个孤独耳聋的老人呢。费农乐医生语塞了，只得放下了电话。费农乐医生想，我得找一支笔，把三十三个号码全部记下来。他的目光落在圆形餐桌上，那里有玫瑰花、生日蛋糕、红酒，还有他喜欢的菜肴，就是没有笔。

亲爱的，你又在三心二意了。费农乐医生的寻找突然被茜萍打断了，他抬起头，发现茜萍正倚靠在门柱上，一脸嗔怒地看着他。这女人。费农乐医生不由自主地笑了，他无法拒绝茜萍的热情。后来，茜萍几乎是一把将他的手机抢了去，塞到了她的坤包里。茜萍说，阿乐，你的手机我没收了。然后，她拧转身，像飞鸟一样扑进了费农乐医生的怀里。

接下来，他们继续了他们的舞蹈。又继续了他们的红酒。那个晚上，费农乐医生没有回去，他同茜萍一起留在了玫瑰天堂。一个晚上的缠绵。第二天上班的时候，茜萍开车将费农乐医生送到了医院门口，然后掉转车头，又返回了她的玫瑰天堂。那一天里，费农乐医生打了三十三个电话，有的停机了，有的挨了骂，总之没一个是他要找的赵一文。那个孤独耳聋的老人不知哪去了，再也没有在他面前出现过。也许他的病早好了。费农乐医生在心里头暗暗地想。

晚上回去后，费农乐医生洗了个澡，换下了那身同茜萍一起缱绻过的内衣。有关玫瑰天堂的约会将被洗衣机洗刷得干干净净，一丝痕迹也不会留下。然而，费农乐医生的妻子，一个幼儿教师，在洗衣机没有注水之前，细心地从费农乐医生的内衣上找到了一个淡淡的红印，不用说那一定是茜萍留下的。另外还有一根头发，亚麻色的长发。不用说，那也是茜萍留下的。他的妻子是一头黑发，从不染色。可费农乐医生的妻子什么话也没说，丈夫的一些疏忽妻子不说，那就什么事也没有了。后来，费农乐医生养成了一个习惯，喜欢问病人一些病情以外的话，比如家里的电话号码，或者病人的手机，然后记在处方笺上。遇上一些年轻漂亮的女病人，难免会遭遇一些尴尬，可费农乐医生一点也不在乎，总喜欢穷追到底，直到病人缴械投降。不过，医院里也没人听说他骚扰过谁。在同事和病人眼里，费农乐始终是个正派敬业的医生。

半窗红烛

当铺不大，巷子却因它才叫了当铺巷。在义宁州人的眼里，它不叫当铺巷似乎就再也没有别的名字可叫了。正如州城里的另外一条小巷，因了一个铁匠铺才叫了铁炉巷。当铺的门面虽小，威严却是天生的。九级花岗岩的台阶，一级比一级高，一级比一级阔，甚至比县衙前的那几级台阶还来得凶猛，来得彪悍。门口立了两个石狮子，块头不大，却是筋骨毕现，目光炯炯，不啸而怒，不眦而威。普通的汉子倘若落脚在台阶上，见了那石狮子，形体早就畏缩了三分。当铺的门面甩脱不开，那门口自然也跟着狭隘了，又一扇厚实盈尺的木门挡着，倘若横了门闩，纵有万钧的气力，恐怕也只是蚂蚁撼大树，自不量力。墙是夹层的，九寸宽的青砖两排并在一起，直砌到了墙顶。四围的风火墙极像了一只簸箕，高高翘耸着，将小巧的一个铺子贴在胸口上。谁也夺不走，铺子也挣不脱。

那落魄的市井之徒倘然猥猥琐琐进了当铺，便可见着一排黑红的柜台横亘在屋子中央，柜台比常人高了半个脑袋，上面栽满了铁栅栏，另一端固定在头顶的楼板上，因为长久的擦拭，铁栅栏泛着幽幽的冷光。柜台前面仅留着一条逼仄的通道，而后面的空间就空旷了，正对面靠墙的位置摆了一张八仙桌，桌子的四条腿以及腿间的挡板上都镂满了各式花纹，古朴而庄重。桌上放了一把银色的水烟筒，银白的光生动而冷峻。桌子的一边摆了一张椅，是太师椅，同桌子一样古朴。桌后的墙上挂了一幅画，画上是一只虎，虎卧在孤松下，闻不着凌云的虎啸，微闭的眼睛倒显出几分慈眉善目。那画并非什么名人的墨宝，乃是雅凤斋的画师奉了主人意愿，饮了半盏酒后的涂鸦之作。

当铺是义宁州城唯一的当铺，独占的买卖，它不像一般的店铺那样愁着营生，只要开了门，典当的生意便断不了。当铺的主人因此活得滋润、从容，如闲鱼戏水一样自在。当铺的伙计也跟着得了闲，日上三竿开门，日垂天边闭户，比普通店铺的伙计多歇了半天光景。这当铺传到赵半窗手里，也不知历经了几世几劫，反正赵半窗的日子生来就这么笃定、闲适。一张太师椅、一盏水烟筒、一杯碧螺春，赵半窗就那么端坐于柜台后，吸一口烟，品一杯茶，眯半会眼，四十五个春夏秋冬就那么打发了，只是鬓角不经意间被烟雾缭绕了几丝沧桑。赵半窗多半时间局仄在当铺内，那么不咸不淡地生活着。偶尔他也会趁着晨曦或黄昏，在当铺巷走上一个来回。当铺巷人见到的赵半窗总是一袭长衫，一页纸扇，满脸淡淡的笑容，不紧不慢的步子，镇定而又散淡，和蔼而又有种说不出的威严。

当铺的伙计是个老伙计，一般物件的鉴定估价只在股掌之间，有时甚至比赵半窗还拿捏得细微，用不着赵半窗花费什么心思。只在一些年代久远的字画上，老伙计才会犯些迷糊，也只有这时候，赵半窗才会瞄上一眼，吐几个字，铁下一个价格。话出了口，余下的事赵半窗就不再理会了，由着老伙计侍候。赵半窗有他赵半窗的规矩，该他说话的时候说话，不需他说话的时候一个字也不多说。祖辈的规矩多，到了赵半窗手头上规矩就少了，少了规矩但不等于没有了规矩。赵半窗有三条规矩老伙计是烂熟于心的，一是一钱不文之物不当，二是来历不明之物不当，三是活人不当。犯着此三条的，没有谁可以勉强赵半窗。除此三条，赵半窗什么生意都接，什么活儿都揽，还真没有一件活计砸着手的。

而这世界似乎总是矛盾着的，有了规矩，破坏规矩的人就会存在。赵半窗的规矩差点就坏在丘八身上。这丘八不是当铺巷的，可他老是往当铺巷跑，好像当铺巷里谁欠着他什么似的。事实上也没见丘八扰着谁，他来了当铺巷哪也不去，就往赵半窗的当铺里钻。不过丘八在当铺里也待不了多久，马上就出了铺子，一溜烟往州城的繁华处去了。丘八隔三岔五就会在当铺巷出现一次。明眼人一看就知道丘八是来当东西的。也许是丘八尝着了当东西的甜头，有一天竟然扛了一个死人来当。那死人是从州河里捞起来的，丘八和着州城里的几个所谓好汉抬了它放在当铺的台阶上。丘八拿手指着老伙计说，你去告诉赵爷，这死人值一百块银圆啦。那老伙计哆哆嗦嗦进了里屋，不过半盏茶的工夫，赵半窗就拧着眉头铁青着脸走了出来。丘八又说，赵爷要是不当了它，那就暂时寄存在当铺里，等我们寻着了买主再来取。赵半窗扫了一眼那几个好汉，那些人碰着了赵半窗的目光也不躲闪，脸上嘻嘻笑着，都是同一种表情。赵半窗说，这事好说，不就是一百块银圆么。我们来打个赌，要是你们赢了，就是一千块银圆我也给你们，要是你们输了，你们该把它抬哪就抬哪去。丘八听赵半窗说到赌，眼睛里早放出了光，说，赵爷爽快，爷们好的就是个赌，但不知赵爷怎么个赌法。赵半窗从腰眼里摸出一把刀子，像柳叶一样小巧的刀子，闪着幽幽的冷光。赵半窗将刀子给了丘八，将平常用的白银水烟筒顶在了头顶，说，你们几个轮流用刀子扎，扎落了水烟筒，你们就赢了，扎不落你们就输了。丘八握紧了刀子，说，赵爷，这可是你说的，刀子可不长眼睛。赵半窗说，扎吧。丘八的手却莫明其妙地抖了起来。旁边的那几个好汉见了丘八的犹豫，一个劲地催促，说，快点扎呀，你不扎让我们来扎。丘八的刀子抖抖颤颤地出了手，落在了赵半窗身后的门柱上。丘八脸红脖子粗地站到了一旁。后来那几个好汉轮流着扎了，有的刀子从赵半窗的头顶飞了出去，有的扎偏了仍插在门柱上，还有的直接落在了台阶上，“当”的一声响，反将自己惊出了一身冷汗。有一个胆儿特大，直望着赵半窗的脑袋扎了去，赵半窗一张嘴，竟然将刀子咬着了。赵半窗笑了笑，对呆若木鸡的好汉们说，你们输了，轮到我来扎你们了。赵半窗将水烟筒递给丘八，丘八的双手反扭在背后，怎么也不伸出来。赵半窗却不管这些，将水烟筒往丘八头顶上一搁，朝后退两步，捏了刀子就要扎。刚才还嚷嚷的几个好汉噤声了，一个个站往了旁侧里。丘八“笃”的一声跪下了，说，丘八有眼不识泰山，赵爷饶了我。赵半窗并不接话，扭身径往当铺去了。丘八同了那几个所谓的好汉抬了尸体，灰溜溜就要走。赵半窗在铺子里说，慢着，就这么走了。丘八他们又直愣愣地站住了。赵半窗捏了几块银圆出了屋，说，买一口薄木棺材，把人给葬了。余下的银圆是给你们的辛苦钱。丘八从赵半窗手中接过银圆，满脸赤色地走了。

丘八原是九曲巷的，他祖父凭着一身力气和胆识，成了州河船队的头儿，数十年风口浪尖的拼搏倒是挣下了一份不薄的家业。可轮到丘八，什么也不愿干，什么也干不成。如果只是坐吃山空，丘家原也可以支持些时日的，无奈丘八嗜赌，白天赌晚上也赌，桐油燃尽了就拿肥肉做油烛，赌过来赌过去，一份家当慢慢就散尽了。他父亲被噎得一口气接不上，蹬腿伸胳膊赴了鬼门关。丘八家里只剩下一个婆娘，少了拘管丘八越发放肆了。家里的银圆没了，丘八就开始当东西。那时候，丘八想当铺真是一家好铺子，不管拿了什么都可以换到锃亮的银圆。丘八就频繁出入当铺了。刚开始的时候，当铺巷人见丘八空着手来，又空着手去，后来值钱的东西没有了，就搬箱抬柜，抱瓶捧罐，什么物什都拿了来，走的时候仍是空了手走。

丘八来的头几回，都是老伙计接待的，赵半窗偶尔也见着一次，只像往常一样并不言语，见了和没见着是一个样。赵半窗对丘八根本没什么印象。典当是极不等值的，丘八难免有些不服气，可不服气又能怎样，爱当不当，老伙计对此是不屑一顾的，最后丘八只得屈从了。丘八心底里算计，反正马上要赢回来的，无非是费几个铜子的利息而已。然而，丘八的赌运实在不佳，那些活当的东西慢慢变成了死当，全改姓了赵。也许是丘八输红了眼，后来竟然掖了一尊小巧的金菩萨来当，那菩萨是立着的，袒胸露乳，好像手中撑了一根篙，老伙计觉得稀奇，就给了赵半窗。赵半窗接过手，仔细端详了一番，认得是义宁州河船帮敬奉的船神。这丘八该是船帮丘老大的后人了，赵半窗想。那一回，丘八拿到了两百块银圆。赵半窗也因此记下了丘八，一个瘦削而苍白的赌棍。

还有让赵半窗记忆犹新的是丘八的女人红烛。红烛之所以来到当铺，是因为要赎回丘八典当出去的东西。红烛往往在午后进入当铺巷，那时候阳光还很炙热，人们都龟缩在自个的巢窠里，街市上少有人走动。红烛一个人寂寂寥寥地行走在铺满小青石的街面上。她的眼睛始终盯住地面，只在快到当铺的时候，才会像蚕吐丝一样把目光朝四围绕一周。之后，红烛迅速上了台阶，背影随之淹没在门扉里。红烛的脚步是软绵无声的，她的到来并没有惊醒迷糊的老伙计。红烛必须轻轻地唤叫几声，老伙计才会从美梦中脱身而醒。然而，红烛的赎买是徒劳的，她箱角里的几个私房钱有如杯水车薪，甚至衍变成了对丘八的一种怂恿。很快，红烛的怀里只能摸出几个铜子了，而这几个铜子不过是她替人浆洗了三天衣物的工钱，连一件最廉价的典押物也赎不回了。寂静的阳光，寂静的午后，红烛怀揣了几个染了绿锈的铜钱，沿着来时的道路软绵无声地出了寂静的当铺巷。

红烛频繁进出当铺巷的时候，赵半窗正在院落里午休，偌大的院落里只有桂花树上一两只蝉在鸣叫，那条看家护院的狗也卧在树荫里，像他的主人一样悄无声息。赵半窗的睡梦是隐晦的，也是朦胧的，有过风花雪月，也有过实实在在的女人。可赵半窗并不是一个风花雪月的人，他的春花秋梦同他的婆娘有着莫大的关系。赵半窗的婆娘不聋不哑也不瞎，在当铺巷里还称得上是个美人。可这个美人随了赵半窗不到一年就瘫痪了，吃饭撒尿拉屎都在同一张床上。整整十五年，赵半窗没有一天不替美人擦洗身子，端屎倒尿。后来还不得不请了个老婆子帮忙料理。这样的女人赵半窗有理由休了她，也有理由另外找个女人，可赵半窗没有，赵半窗只是偶尔在梦里有过身份不明的女人，有过同身份不明的女人做着同美人一起做过的事。当然，那个身份不明的女人绝不可能是红烛，因为那时候赵半窗压根就没见过红烛。更不用说梦见红烛一个人落寞地走出当铺巷。

赵半窗之所以能够见着红烛，完全是因为一对翡翠镯子。那镯子扁平如韭菜叶，上面却刻了凤凰和鸣的花纹。老伙计从丘八手中接过镯子时轻轻碰了碰，那悦耳的乐音立刻萦绕在铁栅栏间。老伙计随之开出了三十块银圆的价码。他妈的，才值三十块。丘八的骂声从铁栅栏外泼了进来。也许是丘八的骂声惊着了，也许是和鸣的乐音唤醒了，赵半窗恍然如悟，说，把镯子拿过来让我瞅瞅。那对带着红烛体温的镯子经过老伙计的手很快就传到了赵半窗的手上。赵半窗迎着光线将镯子举过了头顶，他的头顶立刻现出了两道盈绿的光环。镯子被轻放在桌子上，赵半窗的眼睛看住了丘八，说，死当还是活当？丘八说，管它活当死当，哪样钱多哪样当。赵半窗说，死当八十块，活当嘛，就只有三十块了。老伙计睁大了眼睛，似乎不敢相信赵爷说出的话。那一次丘八拿走了八十块银圆。老伙计寻思着，赵爷是往水里扔了五十块银圆，连个响声也没有听着。

赵半窗是喜欢上那对翡翠镯子了。原想着给床上的女人戴了，可女人这么多年卧在床榻上，手腕不知不觉粗壮了，根本套不上去。女人脸上莫名地有了愧疚。女人是无福消受了，赵半窗叹口气，将那对镯子锁进了抽屉，将一份凄美的怅惘锁在了心里。

红烛再次出现在当铺巷纯粹是为了那对翡翠镯子。那对镯子是她娘给她的陪嫁物。后来，她娘死了，只剩下一份不尽的纪念套在手腕上。可这份纪念也没有维持多久，就被丘八强行撸了下来，典当的银圆又化作了骰子的抛物线，一起一落之间全没了踪迹。这一次，红烛并不是想赎回镯子，即使能赎回又有什么用呢，无非是丘八再一次将她强压在门槛上，再将镯子从她的手腕上撸下来，再典当出去，再去抛那的溜溜转动的骰子。红烛什么也不想赎买了，只想看一眼那曾属于自己的镯子。红烛靠着柜台小声问，那对镯子还在吗？老伙计明知故问，什么镯子。红烛说，就是丘八典当的翡翠镯子。你想赎回去？那是死当的，你想赎也赎不了。老伙计瞥了她一眼，转身从墙壁上取下了鸡毛掸子。那看一眼行吗，就看一眼。红烛的声音里满是乞求。那有什么可看的。红烛嘤嘤地哭了。你哭也没用哦，镯子不在我这儿，我想给你看也给不了。老伙计挥动鸡毛掸子在柜台上扫了一把，眼睛也像鸡毛掸子一样在柜台上扫了一把。红烛彻底蔫了，靠着柜台的身子像一株经受了风霜的野草一样直往下萎，一直萎到了柜台下的泥地上。老伙计不得不把赵半窗请了出来。

那一段时间，赵半窗常倚在桂花树下的躺椅上做梦。他的梦里有一双手，像柔荑一样柔若无骨的手。那双手赤裸裸地伸在他的眼前，好几次赵半窗都想捉住那双手，但结果都没能捉住，那双手突然从他眼前消失了。自从得了那对翡翠镯子，赵半窗几乎每天都是从睡梦中怅茫地醒来。醒来后，赵半窗免不了会把镯子拿出来不着边际地瞎想一番，那个戴过翡翠镯子的女人该是什么样子呢，是不是有着像柔荑一样柔若无骨的手，有着像十五年之前美人的模样。赵半窗的想象永远停留在一片虚幻之中，总也凝聚不了具体的形象。老伙计叫唤的时候，赵半窗睡得正酣，他又梦见了那双手，这一回他没有像过去那样想着要怎样才能捉住那双手。甚至赵半窗连那双手也没仔细看，他的目光正沿着白皙的手臂往上爬。他很想看清楚什么样的人才会有这么一双手。然而，那双手臂像是一条迢远的道路，始终没有尽头。在老伙计赵爷赵爷的轻声召唤中，赵半窗再次遗憾地醒了过来。赵半窗的心中微微有些不快。

赵半窗终于见到了翡翠镯子的主人，一个叫红烛的女人，他的不快很快就烟消云散了。红烛畏缩在高高的柜台下，她的样子很像一只抱紧了身子的刺猬。赵半窗的步子很轻，并没有惊着红烛。红烛依然埋着头在啜泣。赵半窗不得不轻轻咳嗽了一声。红烛的身子不自觉地抖动了一下，啜泣声止住了，头随之仰了起来。那是一张憔悴的脸，脸上满是斑斑泪痕，可泪痕毕竟遮掩不住她的俏丽。她的目光是暗淡的，却有一丝乞求的光落在赵半窗的脸上。赵半窗说，你是想看镯子么。红烛点了点头，眼睛里乞求的光芒更炽烈了。赵半窗见不得这种乞求的模样，尤其是一个女人几乎半跪在地上的乞求。赵半窗将镯子摊在手掌心里，示意红烛拿过去。红烛却一动不动，眼睛痴痴地盯住那镯子。那对镯子就像两瓣绿莹莹的月亮，在赵半窗的掌心辉映出无限的光芒。

后来，红烛的手终于抖抖颤颤地伸过来，捧起了那对翡翠镯子。赵半窗也终于寻着机会一睹曾戴着镯子的那双手。那双手彻底被日常的生活给毁坏了，掌心老茧密布，没有一丝白嫩的颜色。这双手同赵半窗梦里的那双手有着太遥远的距离。赵半窗的心里有几分沮丧。赵半窗似乎忽视了掌心之上的手臂。当红烛撩起袖子将那对翡翠镯子套在手腕上的时候，赵半窗的心情才有了好转。红烛的手臂的确像赵半窗梦中的手臂一样白嫩，像柔荑一样柔若无骨。赵半窗很想握一下那双手臂，可终究没动，甚至他的目光也没有长时间停顿在那里。赵半窗问，你是专门来看镯子的么。红烛使劲地低了低头，然后捧着那对翡翠镯子再次嘤嘤地哭了。赵半窗说，别哭哦，镯子好好地在这里，戴上让我瞧瞧么。戴上让赵爷瞧瞧哦。老伙计也在一旁帮着腔。红烛含泪把镯子套在了手腕上，那双手似乎更柔媚了。赵半窗的心也像套了镯子一样柔若无骨了。赵半窗说，镯子对你那么重要，你拿回去得了。赵爷，镯子可是死当的呀。老伙计又插话了。不就八十块银圆么，有什么大不了的事。赵半窗乜斜了老伙计一眼，老伙计立刻敛声息气了。不，不要，我能看一眼就满足了。红烛慌忙从手臂上摘下镯子，双手捧还了赵半窗。还了镯子又添了句话，谢谢赵爷。赵半窗说，不谢不谢，看一眼又掉不了什么，想什么时候看就什么时候看。

那个叫红烛的女人走了，赵半窗看着她抬脚跨出门槛，然后迈着细碎的步子一步一步走出当铺巷，消失在巷口的朦胧处。此后红烛再也没有来过当铺巷，似乎永远消失了。赵半窗让老伙计将躺椅搬到了柜台内，除了吃饭睡觉，赵半窗从不离开柜台半步。赵半窗似乎在渴望着什么。然而，赵半窗越是渴望，那个叫红烛的女人越是不见影踪。赵半窗只能在心底一次次回忆那张憔悴而又不失俏丽的脸，回忆那翡翠镯子套住的双臂，回忆红烛抬腿跨过门槛时的姿态。赵半窗还从来没有如此渴望过一个女人。

赵半窗被渴望燃烧的时候，红烛正在另外一个院子替人浣洗衣纱，努力地挣着那几个锈迹斑斑的铜子。而丘八呢，因为当了翡翠镯子，手头突然阔绰了起来，在赌坊吆喝的声音也特别亢奋。然而，十赌九诈，丘八总也无法戳破其中的机关，八十枚银圆很快就像流水一样，自然而然流向了别人的怀抱。丘八始终在上游，而别人总是在下游，水总是不可遏止地往下游流去。当最后一枚银圆押上去化作一串吆喝的时候，丘八不得不离开了心爱的赌桌，猴到了一个灯光照射不到的角落。丘八的脸是死灰的，心也是死灰的。他就想那样在角落里突然结束了自己。如果丘八真的结束了自己，也许后面的事情就不可能再发生了。问题是丘八根本不想结束自己，丘八要扳本，丘八要把自己输出去的钱全赢回来。丘八的希望是在下半夜的寂静中浮出水面的，他终于说服了一个熟识的赌徒，借到了二十九块银圆。丘八正好二十九岁，二十九块银圆恰巧是他的幸运数。事实上二十九并没有成为丘八的幸运数，相反却是他另一重劫运的开始。眨眼之间，那二十九块银圆又成了别人的囊中之物。在丘八苦苦哀求下，又一个赌徒借给了丘八二十九块银圆。可惜的是这一个二十九也没能给丘八带来好运。借了赌，赌光了再借，丘八终于跳入了赌徒们精心设置的陷阱里。又一个夜晚过后，连丘八自己都记不清借了多少次银圆，只知道那些铿亮的银圆就像蝴蝶一样忽闪忽闪飞走了。走出赌坊的丘八一脸死灰，他已经欠下赌徒们八百多块银圆了。

丘八漫无目的地行走在州城的街市上。八百多块银圆就像八百多块石头一样压在他的胸口上，丘八连呼吸都觉着困难。丘家的院落早已抵了赌债，只剩下两间破旧的草房，根本值不了几块银圆。除了女人红烛，丘八什么也没有了。想到红烛，丘八的眼睛亮了亮，马上又暗淡了下来。丘八彻底绝望了，天要灭丘八么，丘八哪能活。丘八的确是没有活路了，他寻了根草绳系在横梁上，横梁很矮，丘八捡了几块石头垫着脚板，头往上一挺草绳就套住颈脖。可惜草绳已腐旧，根本承受不了丘八的重量。草绳断了，丘八“咚”的一声掉到了地上。那几个逼债的赌徒气势汹汹地冲进草房时，丘八正歪头耷脑瘫坐在泥地上。其中一个长了一脸横肉像屠夫一样的赌徒跳过去扣住了丘八的衣领，将他从地上拎了起来，指着他的鼻子说，你死了还不如死只狗，死只狗爷们还有肉吃，不还银圆，想死有那么容易么。那爷们话音未落，一掌早扇在了丘八的脸上，丘八的半张脸立刻肿胀了起来，气鼓鼓地像个地瓜。

红烛在赌徒们等待的耐心熬到极点时回到了草房。红烛替人搓洗了一整天的衣物，已是满身疲惫。红烛的疲惫并没有消减她的美丽，相反软绵绵的姿态惹来了更多狼性的目光。红烛乜斜了一眼那些男人，就再也不作声了。红烛明白，肯定是她那个不争气的男人又欠赌债了。红烛懒得去理会他们。红烛的漠然似乎激起了赌徒们的愤怒，那个像屠夫一样的爷们又拎起了蹲在地上的丘八，说，你去同你娘们说。丘八几乎是跪着爬到了红烛的跟前，他搂住了红烛的双脚，未说话倒先有了哭声。丘八说，红烛，你救救我，替我还了这笔赌债吧。红烛的身子僵硬在那里，她的双脚被箍住，怎么也挣脱不了。红烛的内心像有一把火在炙烤着。我哪有钱替你还债，你去卖房呀，要不连我也一块儿卖了。红烛的声音尖锐成了愤然的呐喊。嘿嘿，你还真说对了，爷们就看中了你这张脸。那个屠夫踅了过来，嘴上嘿嘿笑着，突然探手在红烛脸上拧了一把。红烛的脸上立刻现出了两团红印。红烛“呸”的一声，一口唾沫全唾在了屠夫的脸上。红烛说，你做梦去吧，就算我变了鬼，也要噬死你。屠夫却不恼，用手抹了一把脸，弯腰揪住丘八，像钵儿一样的拳头一拳一拳落在丘八的胸口上。丘八先是哭爹喊娘地叫唤，后来变成杀猪似地嚎叫，再后来矮了声息，有一声没一声地吐着几个字，红烛，救救我吧，救救我吧，红烛。丘八的声音足够凄惨了，然而红烛却没有理会丘八，甚至看都没看他一眼。红烛的目光罩在那几个凶神恶煞的赌徒身上。红烛说，你们爱怎么捣弄就怎么捣弄，千万别手软，死了就干净了。听红烛这么说，那几个赌徒相互对视了一眼，竟然住了手。其中一个瘦猴模样的赌徒用手掌拍了拍丘八的脸颊，说，听听你娘们说的什么话，她恨不得你死了哇，你还把她当宝贝藏着掖着。丘八突然从地上弹了起来，从灶台上抢了那把薄铁皮的刀，一蹦一跳就到了红烛的跟前。丘八将刀卡在红烛的脖子上，他的眼睛里逼出一道血红的光。丘八说，你不替我还了赌债，我一刀了结了你。红烛却是一点也不惧，仿佛搁在她脖子上的不是刀，而是一根项链。红烛的话也很从容，她说，有种的你就砍呀，你拿刀逼着自己的女人，你真像一个男人了。丘八似乎被红烛的话噎着了，只说了一个字，你。丘八真就闭上了眼睛，将刀举过了头顶。丘八的刀来不及落下来，就被那个屠夫击落了，刀掉在地上“当啷”一声响。屠夫又一掌扫在了丘八脸上，说，你真想砍死她，叫我们人财两空呀。后来屠夫一把箍住了红烛的手，死拉硬扯着往外拽。红烛低头一口咬在那只拉扯她的手上，那只手立刻现了一排牙印，牙印里很快涌出了血。屠夫扬起了那只带血的手，却久久没有落下去。屠夫说，我还真舍不得扇你呢。屠夫再去拉扯红烛的时候，红烛的手里多了一把刀，那把丘八扔在地上的刀。红烛把刀横在自个的颈脖上。红烛说，你们做梦去吧，我就是把自个卖给千千万万的男人也不卖给你们这群畜生。屠夫的手终于重重地落在了红烛的脸上，红烛的脸歪扭了，五个血红的指印烙在了那里。屠夫说，你去卖呀，看你能值几块银圆。别给脸不要脸，我看哪个狗胆包天敢要你。去呀，你去呀。红烛真就昂首挺胸地出了门。

九曲巷的阳光是灿烂的，那种灿烂的阳光将红烛笼了一身。阳光里的红烛有过短暂的迷惑，但她很快就清醒了。红烛抬头望了望天空，天空一片纯净的蔚蓝。透过那片蔚蓝，红烛看到了翡翠镯子绿莹莹的光芒，看到了赵半窗慈善的眼睛，甚至她还看到了赵半窗眼睛里朦朦胧胧的渴望。红烛终于明白自己要往哪里去了。

那些日子，赵半窗要么睡在躺椅上，要么端坐在八仙桌边。老伙计觉着赵半窗似乎变了，但就是说不上哪里变了。赵半窗的心是深沉的，似乎没有人能够从他的外表上看出什么，连老伙计也猜不透他的所思所想。自从红烛看过翡翠镯子以后，赵半窗一直将镯子带在身边，放在贴身的衣袋里，有时候他会情不自禁地将手潜藏在衣服里，细细抚摸那光洁的镯子。那时刻赵半窗的表情是阳光的，也是温馨的，好像他抚摸的不是镯子，而是一个如镯子一样光洁的女人。然而，内心的愉悦只有赵半窗自己知道，也只有他自己才明了他自己在守望着什么。那时刻，赵半窗也是有梦的，他的梦渐渐明晰了起来，有好几次他居然梦见自己将翡翠镯子套在了女人的手腕上。那时刻，女人的脸也不再是斑斑泪痕，而是像睡梦中的赵半窗一样一脸阳光。

赵半窗醒来的时候真就见着了那个叫红烛的女人。红烛裹着一身阳光冲进了当铺，她的脸颊红彤彤的，比那憔悴的神情不知娇艳了多少倍。紧跟在红烛身后的是那几个男人，那个屠夫大大咧咧地走在前面，跟在后面的是红烛的男人丘八。红烛又见着了那双温顺的眼睛，却又不敢正视它，她的眼睛很快涌出了泪水。红烛嘤嘤地哭了。老伙计瞥了赵半窗一眼，却不见赵半窗有什么动作。他依旧坐在那张太师椅上，左手端了茶杯，右手揭了茶杯盖子，轻轻地啜着茶，似乎铁栅栏外的一切同他毫无关系。可赵半窗心里明白，女人肯定是受了委屈的，似乎这委屈同他也扯不上关系，唯有可能的是这几个男人又来敲竹杠了。赵半窗不得不把对女人的同情藏匿在心里了。那几个男人也不作声，当铺里只剩下红烛嘤嘤的哭声。那个屠夫突然干笑几声敲碎了沉默，屠夫说，看来这女人同赵爷早就有一腿了，丘八该改名叫王八了。屠夫边说话边扭着脖子，暧昧地扫了一眼赵半窗和身后的那些男人们。那几个赌徒哄堂笑开了。赵半窗依然没有动，任由赌徒们笑着，不过他的眉头却是拧了起来。笑声压住了红烛的哭泣，红烛像是突然疯了一般，猛地朝屠夫撞了过去，屠夫猝不及防被撞翻在地。屠夫恼羞成怒，爬起来扣住了红烛的颈脖，一只手早扇在了她的脸上，有血从红烛的嘴角像蚯蚓一样扭曲着往下流。屠夫说，你个婊子，你不是说要将自己当给赵爷吗？你去说呀，看赵爷要不要你个烂货。屠夫将红烛扔在了地上，嘴巴粗粗咧咧地骂。瞧到女人滴血的脸，赵半窗再不能不理会了，看来红烛完全是寻求赵半窗庇护来的。赵半窗的心里有了莫名的怒火，脸上却是不氤不氲。赵半窗拿眼盯着屠夫说，这当人的话恐怕不该是你说的吧，怎么着也该问问女人愿不愿当，真要当了也该由着她男人来说，你是她什么人！？屠夫被话噎着了，着实恼怒，不由得又捉紧了拳头。屠夫说，还要看你赵爷有没有胆子敢当。赵半窗脸上依旧不卑不亢，话却是十分地硬朗，本当铺从来不当人，可也有破例的时候。你敢！？屠夫扬起了拳头。赵半窗却没有再接屠夫的话，只一扭身，一道亮光便擦着屠夫的耳边飞了过去，亮光钉在了门柱上，原来是一把闪着寒光的小刀子，半个刀身已没入门柱里面了。屠夫只觉察耳边闪过一丝冷风，并没有发现射过去的刀子，再要动粗时却被旁边的几个赌徒拉住了。其中一个给屠夫丢了一个眼色，屠夫的眼光落在刀子上，不再言声了。

八百多块银圆是老伙计用一个托盘端出来的，托盘上蒙了一层红纸，有那么一点喜庆的味道。毕竟是八百多块银圆呵，老伙计端着托盘的手微微颤抖着，他怎么也想不明白赵爷为什么花这么多银圆死当了这么一个女人，而且是赵爷坚持要死当的，凭赵爷的身份娶十个女人也用不了这许多的银圆。那几个赌徒凭空得了八百多块银圆，又慑于赵半窗的那把刀子，一个个闷声不响地走了。只有丘八捏着那一页典当红烛的薄纸孤立在泥地上，痴痴呆呆地像个木偶。赵半窗忍不住叹了口气，心里止不住有几分酸楚。他弯腰将昏迷在地的红烛扶了起来，用一块纱巾擦去了她嘴角的血痕。红烛幽幽地醒了。赵半窗从衣袋里掏出了翡翠镯子，将它放在女人的手心。红烛愕然地看着赵半窗，赵半窗似乎没有注意到女人的神色，别了脸朝女人和丘八挥了挥手，说，回去吧，都回去吧，回去好好过你们的日子。赵半窗心中那份期盼已久的渴望不见了，他的声音里竟然有了那么一丝颓废和苍凉。红烛"扑通"一声跪下了，她的头重重磕在泥地上，又有血从她的前额涌出来，顺着她的脸颊往下流。红烛说，我不回去，你典当了我，我生是赵家的人死是赵家的鬼。赵爷，就让我服侍你一辈子吧。赵半窗却没有再说话，也没有回头，只朝身后挥了挥手，一个人径往里屋去了。

红烛怎么也不愿离开当铺了。不管丘八如何死拉硬拽，红烛始终跪在泥地上，一步也不愿挪动。丘八将手卡在红烛的脖子上，红烛却闭了眼，说，我死也要死在当铺里。丘八本来就没有了脸面，只有无可奈何地离开了。丘八一走，就再也没有回过当铺巷，似乎义宁州城的人也没再见过他。红烛最后由老伙计领着入了当铺的里院，在当铺里住了下来。

红烛就这么进入了当铺巷。巷子里的流言蜚语紧跟着沸沸扬扬了。然而，外在的热闹并没有影响到当铺里面的平静。院落里多了一个女人，老伙计并没有觉察有什么不同。赵半窗的脸是平静的，似乎什么也不曾发生。一张太师椅，一盏水烟筒，一杯碧螺春，赵半窗就那么端坐于柜台后，吸一口烟，品一杯茶，眯半会眼，日子就从缭绕的烟雾里弥漫的茶香中散去了，散佚得有几分平平淡淡。赵半窗当初的那份渴望和惊喜敛藏得无形无影了。偶尔他也会趁着晨曦或黄昏，在当铺巷走上一个来回。在当铺巷行走的赵半窗依然是一袭长衫，一页纸扇，满脸淡淡的笑容，不紧不慢的步子，镇定而又散淡，和蔼而又有种说不出的威严。

红烛在当铺里做的第一件事就是把翡翠镯子还给了赵半窗，赵半窗依然将镯子放在贴身的衣袋里，也不见多一句话。赵半窗无话，红烛也不会乱开口，赵半窗的和善让红烛产生了一种莫可名状的距离感。红烛似乎并不在意这些，她的生活里有了这份平静就够幸福的了，红烛不会也不敢有更多的奢望和幻想。红烛的心情是愉悦的，以至于她做着那些平凡而又琐碎的事情时脸上总浮着淡淡的笑容。红烛是充实而忙碌的，洗衣扫地、炒菜做饭、端茶送水，她片刻也没有停歇。甚至帮赵半窗的女人擦拭身子，端屎倒尿，也陪着女人说话解闷。那做佣人的老婆子乐得清闲，常常不知避到哪个角落去了。红烛做这一切都是自愿的，没有谁强迫她这么干。红烛偶尔也会走近赵半窗，替他端一盆洗脚水，拿一件换洗的衣服，沏一杯新买的碧螺春。在赵半窗跟前，红烛的步子拿捏得十分稳重，表情镇定，可止不住还是有些心慌，伸着的手免不了微微颤抖着。赵半窗却很自然，该伸手时依然伸手，一脸坐怀不乱的笃定。

红烛是脱胎换骨了，身子里的憔悴早已消散得无影无踪了。她一脸酡颜，常伴着浅浅的笑。红烛微笑的时候，赵半窗总是微闭了双目，可微闭了双目也抵挡不住笑容的侵入。每逢这时候，赵半窗的手就潜藏在衣底下握着那翡翠镯子，像老僧握了念珠一样地捻来捻去。赵半窗免不了会想到红烛的那双手，那双手的粗糙慢慢褪去了，又恢复了本来的细嫩。想着那白若柔荑的手臂，赵半窗将镯子握得更紧了，他的渴望像镯子一样潜藏在衣服底下。然而，红烛不只是脸色红润了，她的身子骨也有了明显变化，似乎就在一夜之间红烛的腹部隆了起来。红烛怀孕了，可她的脸上没有半点喜色。红烛的眉头紧锁了起来，可再怎么锁住双眉也锁不住肚子，肚子是一天比一天大了起来，藏也藏不了掖也掖不住。红烛央求老婆子偷偷弄了一剂堕胎药，想让鼓起来的肚子瘪下去。药正煎熬着，药香漫了整个院子。闻着药味，赵半窗的心就像水葫芦一样浮了起来，怎么也睡不安稳了。赵半窗不声不响地踅进了厨房，一双眼死死地盯住了正在煎药的老婆子，老婆子招架不住赵半窗的目光，嗫嚅着，红烛想把胎堕了。赵半窗什么也没说，只一脚踢飞了药罐，药汁洒了一地。

后来，赵半窗又背地里叮咛了老婆子许多事，还吩咐老婆子预备下红烛生儿育女的物什。半年后，红烛终于产下了一个白白胖胖的小子。有了孩子，红烛依然见不着笑容，心里好像有些灰暗。孩子满月，赵半窗吩咐老伙计订了几桌酒席，街坊邻居去了一大帮，喝酒谈笑，热热闹闹了一整天。赵半窗给孩子系了一把长命锁，锁是纯金的，黄澄澄的，很精巧。赵半窗还给孩子取了个名字，叫少溪，红烛偷偷瞄了一眼赵半窗，见他满脸喜色，便顺了嘴叫赵少溪。赵半窗听了红烛的叫唤，也没说什么，只还了她一眼，任由着她叫去。

那个挂着金锁的孩子到底姓丘还是姓赵呢，当铺巷的流言蜚语越发喧嚣了。可不管窗外怎么喧嚣，那些话永远也进入不了赵半窗的耳朵，赵半窗似乎也不在乎别人说什么。散淡的时候，赵半窗会抱着孩子在巷子里转悠，听着那些真真假假的溢美之词，赵半窗的脸上竟然浮现了少见的灿烂笑容。红烛的心也随之灿烂着。有时候，赵半窗也会把孩子抱了放在美人的枕边。美人蛮喜欢孩子的，将孩子逗弄得咯咯咯地笑着。孩子咿呀学语的时候，红烛手指美人，“妈妈、妈妈”地教导，孩子便鹦鹉学舌地叫出一连串奶声奶气的妈妈。美人听了竟然欢喜得哭了，眼泪流了一整脸。可惜的是美人也就欢喜地哭了一回，便再也听不到孩子的叫声了。美人死了，她将一根布条子系在床头的横梁上，就那么半倚半枕地将自己吊死了。女人似乎走得很愉悦，脸上见不着一丝痛苦的表情，相反赵半窗的脸却无比灰暗，阴沉得像要拧下水来。只有老伙计没闲着，上鸡鸣寺请了一班和尚，吹吹打打，喧喧嚷嚷地热闹了七天七夜。一个美人竟然受着赵半窗如此厚待，当铺巷的老婆子们为此眼妒了好多天。

看着赵半窗晦暗的神情，红烛的心情也好不到哪里去。美人没生孩子，红烛让少溪披麻戴孝，甚至还抱着孩子捧起了美人的灵位。丧事办妥了，喧嚷的当铺很快沉寂了下来。老婆子被辞退了，院落里的琐碎事儿都由红烛操持着。红烛越发殷勤了，一切都有条不紊。赵半窗似乎又回到了那种闲适的生活状态。一张太师椅，一盏水烟筒，一杯碧螺春，几乎又成了赵半窗白日里的全部内涵。这些都是红烛看得到的，看不到的是赵半窗潜藏在衣服底下的那只手，以及那对翡翠镯子。赵半窗有时会死死攥着那对镯子，生怕一松手镯子就会飞跑了。赵半窗的心思没有人会知道，日子依然在散淡中运转着。

红烛的心却有些不平静了。赵半窗仍然睡在美人睡过的那间房里，房间的一切陈设也没变。美人在世时是什么样子，现在依然是什么样子。赵半窗没去改变它，红烛也不敢私下动手。心里不平静的时候，红烛就会在黑暗里痴痴瞧着那扇镂花木门，想象着里面那个男人的睡姿，想象着那个男人的梦幻。甚至红烛还在门边静立过，隔着镂花的门板，男人的鼾声如水一样渗了出来。红烛用手碰了碰门板，门是闩死了的。红烛叹口气，默默回了自个儿的房间。红烛最终也没能走入那个房间。

生活的平静让人渐渐淡忘了许多似乎不应该淡忘的事。终有那么一天，丘八突然蹿入了当铺巷，他的到来并没有丝毫先兆。在突袭当铺巷之前，丘八伙同老虎岩的土匪先袭击了九曲巷的赌坊，就在那张长条形的赌桌上他们结果了屠夫和另外几个赌徒，丘八似乎不解恨，用鬼头刀将赌徒们的手指一根根砍了下来，而后他们背着从赌坊劫来的银圆蹿入了当铺巷。那会儿正是彩霞满天，落日的余晖将鱼鳞似的瓦脊染成一片金色。土匪们手提滴血的鬼头刀穿行在青石铺就的街道上。一阵鸡飞狗跳后，当铺巷就剩下一片死寂。丘八们就那样直冲冲地闯进了当铺，等清点账目的老伙计发觉时土匪们早已穿过铁栅栏冲向了里院。

就像平常的傍晚一样，那一刻赵半窗正端坐于桂花树下，一桌小菜，一壶老酒，有滋有味地消受着。红烛也立于一旁，斟酒夹菜，红袖添香，赵半窗的心情暗藏了许多惬意。丘八蹿进去的时候，首先看到的并不是偎着酒菜的两个人物，而是尖了屁股在院子一角玩石子的三岁孩儿赵少溪。丘八的心头冒火了，他径自捏了刀扑向孩子，孩子很快被他拎到了那桌酒菜前。丘八用刀指着红烛问，孩子叫什么。红烛的脸早已是一片苍白，慌乱间说，赵少溪，不不，是丘少溪。哈哈哈，赵少溪，果真是一个野种。丘八的声音突然变了调，怪叫了起来，他的刀也没闲着，只横里一抹，鲜红的血柱从孩子颈脖处喷涌而出。赵半窗的手摸向了腰间，那把小刀尚未出手，一个土匪的鬼头刀早落在了他的胸口上。红烛咆哮了一声，整个身子疯狂地投向了丘八。红烛尖锐地嘶叫着，丘八，你杀了你自己的儿子。红烛根本未能抵达丘八，掉在地上昏死了过去。丘八闻言一怔，用刀挑开了孩子的衣衫，孩子肚皮上赫然印着一块银圆大小的红色胎记。丘八的肚皮上也有着相同大小的一块红疤，丘八的父亲身上也有，那是丘八祖母偷情时给她的后代们留下的一块戳记。丘八从地上抱起了孩子的尸体，转身朝当铺口走去了，他一边走一边喃喃着，我杀了我的儿子，我杀了我的儿子。

红烛醒来的时候，当铺早已被土匪洗劫一空。她将身子一步一步挪近了赵半窗。赵半窗的脸也是一片苍白，没有丝毫血色。但他的表情是平静的，似乎没有经受任何痛苦。红烛挨近的时候赵半窗缓缓睁开了眼睛，他的眼睛里尚有一线暗淡的光，像微弱的火光一样摇摆着。赵半窗的嘴唇在轻轻地翕张，红烛将耳朵压在他的唇上，终于听到了赵半窗的声音。赵半窗说，画，画。他的手无力地指向了当铺的厅堂。红烛似乎明白了赵半窗的意思，她踉踉跄跄地跑向了前院。红烛很快摘来了那幅虎卧孤松的画，那画的背面却书了许多字，“百战百胜，不如一忍；万言万当，不如一默”。那是山谷道人的书法，笔势苍劲，肥中有骨，骨中有肉。赵半窗一字一顿地说，你把字当了，好好生活吧。红烛终于嘤嘤地哭出了声，她伏在赵半窗的耳边轻轻说着，我要为你生个儿子。赵半窗轻轻摇了摇头。红烛又说，你要好好活着呵，我一定要为你生个儿子。赵半窗惨白地笑了笑，终于合上了双眼。

酒干倘卖无

宝财是个爆嗓门，声音盖过唢呐的调调，还不圆润，粗糙得扎耳。他说话，就是放冲天炮，他若吼叫，就是炸雷。在村子里同人打过赌，他一声咆哮竟然将瓜棚上一只南瓜惊落了。他喊一声，隔座山，山背的人都听见了。谁家的孩子丢了魂，收魂时就让他去叫魂。他嚷嚷几声，魂跑得再远也乖乖回来了。村子里的人笑谑他不是雷公雷母的孙子，就是雷公雷母的大爷，不然谁有这嗓门。

他的女人韭花截然相反，嗓子眼被谁的手攥紧了，吐出的声音是一朵朵细碎的韭菜花。有时你不张着耳朵，根本听不见她对你说什么。她的嗓子可能在生下来时被胎盘憋坏了。也有可能小时候让她娘压迫得变了形，姑娘家就该细声细气说话。牛哞狗吠的，那不是姑娘的样。她很恼火宝财的爆嗓门，又无法可治。你就不好好说话，一张嘴咆天哮地，放冲天炮似的，总有一天会惹祸。她警告宝财。韭花的话都成了耳旁风，将宝财的嗓门刮得越来越高。能惹什么祸，村子天宽地阔的，他的声音掀不起波澜，很快让天地吸收了。况且村子里的人说话都一个样，有多少气力使多少气力，谁也不懂得收敛。就算嗓门粗点，碍着谁了。

幸好他们的女儿豆豆不像宝财，而是跟了韭花，嗓音嫩嫩细细的，透着甜。豆豆的长相更甜，大眼睛，圆脸蛋，脑瓜子很灵醒。夫妻俩总担心误了豆豆读书，就带着孩子一块儿进了县城，在一个刚开发的小区租了间车库住下了。车库的主人可能暂时没买车子，所以将车库出租换几包烟钱。车库不够宽敞，摆两张床，一大一小，大床头砌了卫生间，剩下的空间仅够摆张饭桌。豆豆上学后，韭花在一家小餐馆里洗碗切菜端盘子，宝财在就近的工地挑砖背石扛水泥。工头是个沉默寡言的半老头，一天下来就四句话，早上：上工啊，中午：吃饭吧，下午：开工啊，傍晚：收工吧。宝财的嗓门不管怎么爆烈，没了用武之地，只能哑巴一样憋着。干了没几天，他大概憋坏了，回到车库又粗声粗气，没话找话，声调一截比一截铿锵。墙壁抹过水泥，声音就在水泥表面上蹦下跳，满屋子乱窜。豆豆双手捂住耳朵，拧着眉头，大眼睛一眨不眨盯着他。你到外面耍疯去，疯死了没人管，别吵了孩子做作业。韭花推搡一把宝财，他假装趔趄几步，奔到了车库外。啊——嗬嗬——啊——嗬嗬——。宝财在车库外的空地上扯开嗓子号叫起来。有人从窗口探出了脑袋，一颗，两颗。有人朝车库小跑了过来。宝财赶紧闭了嘴，外面的世界立刻恢复了平静，他们什么也没看到。神经病。有人啪地关上了窗户。

宝财在工地上没扛过半个月就转了行。有天早上，他拉开车库的卷闸门，嗬嗬两声就出去了。这是他的习惯，无论在村子里还是进了县城，每天出门前都这么嗬嗬两声。中午宝财没回来，上灯时分，才见他丁隆哐当拉了架板车回来。吃过饭，宝财不肯消停，又亮开了嗓子。收破烂、旧书旧报纸旧塑料、废铜烂铁、旧彩电旧冰箱。车库里立刻爆满了声响，所有的物什都张开了嘴，同他一起喊叫着。喊过一遍，他咂巴几下嘴皮子，似在品尝叫喊的滋味。有可能滋味不对，他换过一种调子，喊开了。收破烂、旧书旧报纸旧塑料、废铜烂铁、旧彩电旧冰箱。卷闸门让叫喊声撞痛了，叽里呱啦扭动着身子，可是躲不开，声音掉过头碰到墙壁，又折回来顶在它的腰间。爸爸，你能不能小点声。豆豆将头埋进了被子里。韭花让声音炸晕了，鼓着眼，用指头戳着宝财的脑袋，你给我到厕所里喊去。宝财让韭花的指头戳懵了，好半天才醒过神来，灰溜溜钻进了卫生间。他会唱山歌，用山歌的调子高一声浅一声，有一声没一声，在卫生间折腾了大半夜。

第二天，宝财没去工地，而是拉着那架板车，收破烂去了。出了小区，就是热闹的街道，车在跑，人在走，一切都没了安分。卖水果的，推着三轮车，苹果、香蕉、青皮梨子啊。卖干果的，桂圆、荔枝、龙眼红枣，正宗的黄土花生啊。这些都是女人在叫卖，声音甜甜脆脆的，很悦耳。有个莽汉踩着三轮车，车上满载液化气罐，车屁股上左右各挂了一只。他的姿势就是站在三轮车上，昂着头，从街道中间冲撞而去。灌气哟。他吆喝一声，声音虎头虎脑的，不沾地，三轮车已经冲出去好长一截距离，背影都有些模糊了。到再远处，又吆喝一声，等声音飘过来，人和车都没了影子。宝财低着头，拖着板车，沿着街边慢慢往前走。他走一截停顿一会，走一截又停顿一会。几次抬起头，想将声音喊出来，可周围的目光都罩在他脸上，硬生生将声音堵了回去。晚上练习的叫喊不知躲到哪儿去了。他咳了咳嗓子，嗓子眼并不通畅，有东西哽着。咳嗽几次，才咳出一抹痰，吐在地上，是块浅白的斑。埋着头又走了一截路，绕过街角，忽然有人招呼，板车，板车。他扫视了一眼四周，他的前面是个挎着菜篮子的老婆婆，身后跟着一个夹着公文包的戴眼镜的中年男人，此外没见其他人，只有他拉着板车。板车，快点过来。那人有些不耐烦了。宝财想说自己不是搬运工，是收破烂的，不知怎么没说出口。而是赶紧拉了板车，咚咚咚跑了过去，是两袋抹墙的泥子粉，转过两条街，扛到三楼，那人给了他三个钢镚。接过钢镚时有枚钢镚从指缝间漏了出去，沿着楼梯兮兮商商往下滚，他追着钢镚三蹦两跳下了楼。他的嗓子眼热辣辣的，窝着一团火。

宝财走得漫无目的。左转右转，进入一条偏僻的街道，树影婆娑，只有疏疏朗朗的几个人。收破烂哦。他瞅着人稀的空隙扯开了嗓子，声音突然爆开了，而且很有重量。它砸在水泥地板上，形成一只巨大的铁球，轰轰隆隆沿着街道滚轧着。宝财让自己喊出的动响吓了一跳，慌忙低下了头。他用眼睛的余光窥视四周，他的担心是多余的，根本没人在意他的叫喊。别人都在走他们自己的路，谁也没有慢下半拍。有个孩子在不远处朝他张望着，宝财以为孩子在盯着他，犹豫了半晌，才瞧见孩子的目光跑向了半空。他的旁边是棵树，两只鸽子栖在树上咕咕叫着。鸽子的叫声很悠闲，它们是对夫妻，在说着亲昵的话。收破烂、旧书旧报纸旧塑料、废铜烂铁、啤酒瓶、旧彩电旧冰箱。也许是受了鸽子的鼓舞，宝财重新吆喝起来。他将步子放得更慢了，如果有人叫他，能够及时停下来。可走了很远一截路，又快到一处街角了，就是没人招呼他。这是个无人的角落，他干脆将板车放下地，屁股搁在板车的扶手上。他抬头望了望街角的建筑，有好多扇窗子，没一扇是开着的。收破烂哎。收废品哎。收破铜烂铁，旧彩电旧冰箱哦。他放肆地嚷嚷起来。一只卷毛的小狗听到喊声跑了过来，绕着他的板车转了一圈，踮起爪子想爬到板车上，它的腿太短，终究没能爬上去。它不甘心，摇着尾巴围着宝财的脚转了一圈，想让他帮它。去。他用脚将它挑了起来。狗落在地上，冲着他汪汪几声，抬起一条腿，朝他的裤管上射了几滴尿，这才跑开了。

狗的插曲过后，街角恢复了平静。这里很少有人来往，也不见车辆。宝财闷坐了片刻，一个上午就快囫囵过去了。他的板车空空的，只有一只在街边捡到的踩扁了的易拉罐，再有就是口袋里多了三枚钢镚。他改行收破烂不是心血来潮，而是谋划了很久的事情。他曾听说过，有人在县城收破烂都赚到一幢楼房了。他嗓门大，吆喝不费力，又不懒惰，怎么也不会输于别人。可现在转了半天，颗粒无收。他有些懊恼，总不能拉着空板车回去吧。他瞅了瞅街道，快近中午了，有人在匆匆忙忙走动。阳光将他的影子压缩成一块薄薄的煎饼，摊贴在地上。他挽起板车，开始转过街角。收破烂啊。收旧书旧报纸旧塑料废铜烂铁旧彩电旧冰箱啊。他用山歌的调子喊了起来。喊了没几声，头顶上有扇窗子突然“啪”地打开了，窗子里是一张女人的脸。你个叫花子，你叫魂啊。女人的脸都扭曲了，眼睛鼻子挤到了一块儿。宝财的肚子里本来就裹了火，让她这一骂火苗子都快冒出来了。他本想回骂她几句，可对方是个女人，在村子里他就回避女人，从来不与她们发生冲突。莫明其妙挨了骂，低着头走开又觉得太委屈自己。有破烂卖啵。他假装没听见女人的咒骂，接着他的吆喝。卖你娘的破烂。头顶上的咒骂是个尖锐的声音，直刺入宝财的耳朵。从窗子飘出团阴影，落在地上，是只旧裤头，灰不溜湫的，不蓝不白。收废纸板废报纸废塑料哦——。宝财有了些恶作剧式的开心，声音也拉长了。他的得意没维持多久，就有东西从头顶上砸了下来。他偏过头，东西擦着他的肩头坠在地上，是只褪色的尖头皮鞋，鞋头咧开了一张嘴。他赶紧拉起板车抱头鼠窜了。收你娘个尸，有种你别跑，看我不砸死你个乡巴佬。那女人还在愤愤地骂。

第一天的挫折并没让宝财气馁，每天上午照旧拉着板车，沿着街道边吆喝边慢慢转悠。他慢慢转悠出了经验，什么时候该上哪儿去，哪个地方会有收获，有了时间表。早上并不急着出门，等上班的人都离开了小区，他才拉着板车慢慢悠悠往旧城那边走。旧城里有很多曲曲折折的巷子，巷子里的日子过得精明，能换一分钱的东西都不会随便丢掉。宝财在巷子口喊一声，十条八条的巷子都听见了，那些藏了破烂的人家就会守着他。在巷子里钻进穿出，不到中午板车就堆成了座山，矿泉水瓶、空油桶、啤酒瓶、穿底的塑料盆，什么破烂都有。他几乎每天哼着山歌回到车库吃午饭，饭后还能睡个安静的午觉。半下午，他再出发，沿着店铺密集的街道走，一天生意做下来，店铺都要处理那些拆除的包装纸箱。转到傍晚，他又满载而归，废纸板码起来超过了他的高度。有时中途还得跑一趟废品收购站。他的口袋渐渐鼓了起来，拿出去的是一把块票和毛票，到收购站转一次就变成整钞了。

有了钞票，日子跟着有滋有味了。傍晚收工时，宝财会上卤菜店买几两猪头肉，或者鸭掌鸡爪子什么的，回到车库喝上几盅。酒是从村子里带出来的火烧酒，有股火辣辣的醇香，挺带劲。几盅下肚，浑身都舒坦了。山歌脱口而出，“一想娇莲爱表哥，初一见面丢眼波，一杯茶来起了意，一脸和气笑呵呵，我想娇莲她想我。”宝财让韭花陪着喝，韭花又是白眼珠向着他，你就耍酒疯吧，有酒喝还灌不满你的嘴，非得吵死人。“远看娇莲一朵花，近看娇莲一脸麻，眼睛又是萝卜花，宁打单身不要她。”宝财不理睬韭花的白眼珠，边唱边喝着酒，甚至拧了一把韭花的脸蛋。后来的一天，宝财碰见了同村的柱子，柱子靠了在县城的一个亲戚帮忙，安排做了清洁工。其实就是个扫垃圾的。柱子比宝财小五岁，个头比垃圾箱高不了多少。柱子是个闷葫芦，自己不会唱却喜欢山歌得要命，打小就追着宝财的屁股跑。宝财连拉带拽将柱子弄回了车库，一壶酒两只酒杯几碟小菜，一杯酒一首山歌，喝到尽兴处柱子手舞足蹈也跟着吼了起来。闹到下半夜，两个人都趴到了桌子上，才安静。

宝财的心情无比阳光起来。有个雨天，他从只蛇皮袋里倒出大堆的易拉罐，一只一只串起来，做了串风铃。风铃银光闪亮的，就挂在车库门口，碰一下就咕咕嘎嘎响。这是豆豆要的。他偶然听到豆豆说过风铃，当时他并不明白豆豆说的是什么，后来在巷子里收破烂时才从一个一脸芝麻的女人嘴里知道。风铃的声音不像他想象的动听，可终归有了风铃。

再出门时，那种粗野的叫喊让风铃声软化了不少。有次从街角经过，宝财想那只尖头皮鞋砸在头上，算得了什么。它伤不了半根汗毛，只能给他挠痒痒。又是上午。他忍不住吼叫了一声，收破烂啊。他没将板车停下来，吼过一声，赶紧拉着板车溜了。他想象得到，那个女人从窗口伸出脑袋，可窗台下空无一人，她的尖头皮鞋找不到了砸的对象。她站在窗口，气急败坏，骂声震天，可不知骂了谁。她的脸色青了又白了，白了又青了。这样想着，他的肚子咕噜两声，笑了。这种叫喊成了他的一个游戏，只要上午得了闲，必定绕道那个街角长啸两声，不管能不能听到女人的咒骂，他都心满意足离开了。

可这种游戏没能让他快乐多长时间，就没法玩下去了。某一天，宝财从废品收购站返回时拐道到街角去，走了没多远，就瞅见街角有两个人影走来走去，边走边朝他来的方向张望。靠近了，才发现是两个穿了制服的人，有可能是街角一带的保安，守在那。其中的一个握着根短棍，边冷眼打量宝财边用棍子敲打他自己的掌心。他们像在等待他，又不像在等待他。他们挂着半脸的嘲弄，又浮着半脸的狐疑。他吃不准他们守在街角的意图，只有埋着头一声不吭走开了。如果他吼出声，说不定他们就收拾他了。换一天，再拐进那条街道，宝财老远又见着了两个保安，中间还夹着个女人。他们在守着他。宝财心虚了，没敢再靠上去，慌慌张张拉了板车往回走。那个女人仍旧发现了他，不停地朝他奔逃的方向做着手势。女人奔跑了起来，边跑边朝宝财嚷嚷，拉板车的，你有本事调戏老娘就别跑。两个保安在女人背后不紧不慢跟着。可不能让他们抓住了。宝财努力迈开脚步，狂奔起来。跑过两条街，追赶的人都不见踪影了，他才收住脚步，将板车的扶手搁在水泥地上，靠着板车休息了一会。等气喘匀了，才挽起板车，慢腾腾回了车库。他暗自庆幸，幸好板车是空的，才轻易逃脱了。如果落在他们手里，不知他们会怎样对待他。

接下来好长一段时间，他宁愿走远路绕过街角，轻易不敢从那里经过了。

自己的嗓门真就那么让人恐惧。宝财猜想。他拉下卷闸门，将自己关在车库内，试着喊了半声。卷闸门是铝合金的，哗啦回应了两声。车库没有窗子，声音憋在屋内出不去，屋子里有嗡嗡的回声在流动。声音并没有想象的粗犷，也许他们太过夸张了。爸爸的声音很噪耳？他想从豆豆嘴里得到答案。豆豆将书包扔在床铺上，回过头向他眨巴了几下眼睛。这会儿不噪耳。豆豆朝他做了个鬼脸。他让她逗乐了，傻呵呵地笑了几声。改天爸爸一定给你做个钢管的风铃。宝财许诺豆豆。你还嫌吵得不够乱啊？韭花却不答应。她将吊着的那串易拉罐拽下来扔在地上，嘎嘎踩上几脚，易拉罐全扁了。房东传了话，你要是再不安静点，车库就不出租了。韭花说，到时住大街上去啊。不租就不租，我就不信住大街上了，这满街的房子哪儿不住人。宝财嘟噜说，连狗也有个窝呢。

韭花的话让宝财多少有些担心。车库离学校近，豆豆上学方便，如果挪远了，豆豆怎样上学呢。韭花离做事的餐馆也很近，早出晚归，省掉了好多冤枉路。只有他是自由的，板车架着两只轮子，脚长在他自己身上，想上哪就上哪，哪儿有破烂就往哪儿跑。他不能将豆豆和韭花放在板车上，她们不是破烂。万一车库不给租了，事情还真有些麻烦。他的嗓门不由自主低了三分，再出门时多了个心眼，暗暗留意哪儿有住房出租。偶尔听到的几处，距离都很远，最近的一处都得绕过好几条街。毗邻的一个小区有套毛坯房出租，可租金吓人，一个月三百五。韭花肯定不答应，她一个月才挣六百元，三百五十元得洗大半个月盘子。车库虽小，租金不过一百五十元，到哪寻找这么便宜的房子。

宝财有些沮丧，接连几天都没精打采的，低着头出门又埋着头回来。他才掂量到韭花那几句话的重量，那就是几块石头，压得他喘不过气。车库因此安静了一段时间。这是暂时的，如果长期这样憋着，那还不闷死。房子的事得时刻注意着。他决意到附近的小区搜索一番，也许能找到中意的住处呢。他利用收破烂的空档，由近及远，一圈一圈搜索。前前后后搜寻了半个多星期，才找到两间水泥砖砌的房子，也是刚刚腾空的。房子不算太远，不过偏僻得很，在一个新开发的小区背后，是个死角，再往前走就让山崖堵住了。房子很简陋，没粉刷，屋顶压着水泥瓦。在这儿嗓门再粗鲁，对别人影响不大，房租也便宜，才一百二十元。宝财按捺不住内心的激动，嗷嗷了两声。韭花看过房子，也没什么话说，只有豆豆噘起了嘴巴，满脸的不乐意。有些委屈她了，不忍心又没别的办法。

宝财将房子定下了，算计着日子搬过去。可他绝没想到那个咒骂他的女人会在附近。她好像有意来捉弄他。等他收拾干净房子，返回车库的途中，迎面撞上了她。她横在一家夜宵店的门口，右手握着锅铲，左手提着小铁锅。她的眼睛有光，她的身体很阔，将他的去路封死了。他向她讪笑着，想从她身旁的空隙逃出去。乡巴佬，你还想跑，你就没将老娘吵死。女人左手的铁锅朝他的脑袋砸了下来，他闪过身子，铁锅擦着他的身体砸在了板车上。他丢下板车，拔了腿就逃。逃出不过两三步远，从店里跳出两个男人，其中的一个使了个绊子，宝财就跌翻在地上。他想爬起来，却挣脱不掉，他的身体让人死死摁住了。有两颗牙齿顶住了水泥地，有一颗似乎陷入了地下半截。死巴佬，你跑到哪儿去。那个女人追过来，在他的屁股上踢了一脚。她穿的是尖头皮鞋，宝财的屁股像被锉子锉了一刀，凹下去个坑，并未出血。鞋拿走了，屁股迅速弹起来。又一脚，又是个深坑。哎哟，宝财忍不住哆嗦了两声。这脚踩在屁股上，用的是鞋掌，鞋掌转了半个圈，再往肉里死命一冲。你喊呀喊呀，怎么不喊了？你惹恼了老娘，就打瘸你的腿。女人在他的大腿上敲了一锅铲，才恋恋不舍将鞋挪开。

宝财趴在水泥地上没敢动弹，如果他爬起来，他们会不会再次将他打倒在地。那些捉住他的手掌踩压他的脚掌虽然拿走了，他们的力量并没有消失，它们仍旧压迫着他的身体，不让他做无谓的反抗。他的屁股上像剜去了大团的肉，凉森森的，暂时感觉不到痛楚。他的脸同水泥地面粘在了一块，他想将脸抬起来，试着抬了几次，像有把刀子在割着脸皮，火辣辣地痛。他爽性在水泥地上躺一会儿。有人从他的身边经过，丢给他一个莫明其妙的眼神，走开了。一个红嘴唇的女人甚至没给他任何眼色，按照原有的节奏不慌不忙走过去了。有条邋里邋遢的狗，对着他的脸部嗅了嗅，用舌头舔了舔他的脸，没舔到什么，失望地离去了。

宝财从地上爬起来时正是半下午。他的膝盖有些痛，让水泥地擦破了。摸一把脸，手指上有了一抹鲜艳。他瞅了瞅夜宵店，没见到那个女人，只有阳光打在玻璃门上的反光刺入了他的眼睛。他扶起板车，瘸着腿，一扭一拐离开了。他沿着街边慢慢行走，脑子一片空白，不知要上哪儿去。后来是一串喑哑的铃声唤醒了他。柱子拉着垃圾车，摇着铃铛，迎面向他走了过来。收垃圾啦。柱子喊。他想掉过身躲过去已经来不及了，柱子发现了他。宝财哥。他在叫。他只有停下脚步，等柱子走过来。你这是怎么了？谁欺负你了？柱子很是吃惊。没什么，我自己摔跤了。宝财回避说。柱子不再说话，将铃铛挂在垃圾车上，让宝财跟着他走。宝财不知他要干什么，没有跟上他的脚步。宝财哥，来吧，我带你去个地方。柱子朝他使劲招着手。

宝财跟在柱子的垃圾车后走过几条街，出了街道，进入一片树林子。林子很明亮。树是白杨，参天的高直。穿过树林就是河流，他们到达的地点在河的上游，往下河流穿城而过。宝财哥，过来吧。柱子扔了垃圾车，往水边走。宝财静在原地，不知他要干什么。我常来这儿的。柱子回过头向着他笑，又指着水边的一块石头说，喏，那就是我的凳子。石头只有两只碗口宽，坐个人不成问题。宝财哥，洗把脸吧，瞧你脸上脏的。柱子掬起一捧水，抹在自个脸上。宝财摸摸脸，脸紧绷绷的，蒙了层尘垢。血结了痂，摸着有些硌手。俯在水上，水里的脸似乎胖了，左脸颧骨那红紫一块，手指碰着生疼。只能拿水轻轻浇，好不容易才将脸洗净了。宝财哥，我唱支山歌给你听吧，唱得不好你可不能笑话我。柱子说。宝财侧过脸，狐疑地盯着柱子。柱子滑过一抹笑，将脸转向了水面。“远看娇莲一朵花，近看娇莲一脸麻，眼睛又是萝卜花，宁打单身不要她。”柱子走腔走调的，唱得脸红脖子粗。这歌是宝财无数次唱过的，每次唱柱子都笑得合不拢嘴。这一回轮到宝财笑话了。柱子却不管他的笑话，开了唱就收不住嘴，一首接着一首，没完没了。宝财唱过的歌，他全部都会唱。也许是受了柱子的感染，宝财不知不觉撩开嗓子吼了起来，将柱子的声音盖掉了。柱子不甘被覆盖，抻着脖子，山歌变成了声嘶力竭的喊叫。唱到后来，两个人眼泪都涌出来了。宝财哥，下次你摔跤了就到这儿唱山歌吧。柱子说，你就唱给我听。

离开河边，宝财的脚步忽然轻松了，好像下午不曾遭遇那个咒骂他的女人，她的尖头皮鞋也没踢过他的屁股。他的屁股好端端的，没有任何痛感。回到车库时，他摇头晃脑的，还在低声哼唱山歌。韭花见了他咦了一声，你的脸怎么了？宝财这才记起自己的脸受了伤，用手捂住不可能，只好说摔跤了。你就不小心。韭花嗔怪他。说过，也就没话了，磕磕碰碰难免的。在决定搬不搬家时，宝财犹豫再三，最后还是搬进了水泥房。他别无选择，交了定金，舍去不要没法向韭花解释。也没别的地方可去，车库的主人通知他们要收回车库，他要买车了。搬走后，宝财回去看过一次，车库不见车子，倒是有一对母女住着。

搬进水泥房后，日子又恢复了平静。刚开始，豆豆嘟着嘴，但韭花给了她单独的一个房间，宝财的山歌吵不着她了。宝财也兑现了他的许诺，不知从哪捡到几根别人丢弃的风铃钢管，有银白的，也有红红绿绿的，串在一块，做成了风铃。风铃挂在豆豆的门口，进出碰着了，会发出悦耳的金属音。听到风铃的乐音，豆豆进出的脚步就轻盈了。宝财遇到过女人几次，第一次女人靠在夜宵店的玻璃门边，同旁边店铺的人说着话，偶尔回头就撞见宝财了。她挺着身子，瞪眼向他的方向迈了一步。他以为她要找他的麻烦，心猛然揪紧了。女人却没再往前走，而是退一步回了原地。第二次他同她狭路相逢，他将板车靠到一边，她扬着头擦着他的身体走过去了。第三次女人仍站在夜宵店门口，对他的经过视而不见，脸上不见任何表情。他同她已相安无事，但他经过夜宵店时，仍旧不敢贸然张嘴。

过了这一关，宝财的心就放松了大半。他走在他自己固定的路线上，上午去巷子里转悠，下午沿着街道慢行。他控制过自己的嗓门，尽可能压低些，再低些，用上山歌的调子。可稍不留神，他的嗓门就扯开了，叫人捏着嗓子说话终归不自在。他的嗓子眼埋伏着一条狗，冷不丁蹿出来，噬人一口。他关不牢它。有天上午，在巷子口，宝财见一圈人在说着什么，就冲他们的后背放了两声冲天炮。那一圈都是半老的女人，其中有个年纪偏大的女人抱着孩子，手一抖，怀里的孩子让宝财的叫喊惊落了。是个小男孩，竟然跌得闭过了气，没哭没闹。抱他的是他的奶奶，搂着孩子号啕了起来。清醒的人赶紧扶起女人，抱了孩子往医院跑。宝财闯下这样的祸事，呆成了一截木头，一动不动立在巷子口。很快他就让人捉住了，一个同他个子差不多高的男人扇了他两个巴掌，扭住他的一条胳膊，一个女人跳过来对着他又抓又挠，在他脸上破了几道血口子，后来扣住他的衣领，两个人一推一拽，将他扭到了医院。医院检查结果孩子没什么事，稳妥起见住院观察两天。孩子的奶奶听说住院就慌神了，这怎么好，这怎么好，在走廊里走了两个来回，一头撞在了宝财的肚子上，如果不是墙壁挡着，宝财就沿着楼梯跌出去了。幸好孩子一切正常，两天后顺利出了院。

可这声叫喊将宝财大半年收破烂的收入吞没了。你一个大男人连自己一张破嘴都管不住，我说你会惹祸的，你真就惹祸了，你叫我和豆豆怎么活呀。韭花先是责怪宝财，之后一把眼泪一把鼻涕哭开了。豆豆不知发生了什么事，一个劲地瞪着宝财，后来抱着韭花的脑袋，哄着韭花，韭花才止住了哭泣。屋子里待不下去，宝财只好回到大街上，漫无目的地瞎走。他不知要去哪儿，也不想去哪儿。走得腿都麻木了，才发觉进了树林子，到了河边，柱子坐过的石头就在他的脚下。柱子就坐在石头上向着他微笑，宝财哥，你啸两声就没事了。宝财乖顺地张开了嘴，可是没有声音。他又一次张大嘴，啊啊啊几声，从喉管里挤出来的，声音怎么也不亮堂。村子里的哑巴就是这样啊啊叫的，他的声音比哑巴高不了多少。他很郁闷，这种声音能将一个孩子惊跌到地上。他怀疑他们是不是在讹诈他，瞅当时的情形他们又不像是讹诈他。如果讹诈，得找个有钱的主啊，一个收破烂的能有多少钱。而且谁愿意将自家的孩子往地上掼呢。他捏捏喉管，想将喉管扩张些，给声音一个宽敞的通道。他再次张开了嘴巴，仍旧是“啊”的一声，声音迅速往低走，很快滑没了。他不知道自己怎么了，那种波澜壮阔的声音说没就没了，消失得这么怪异。他的嗓子眼让东西堵实了，什么也穿不过。他的嗓子好像不是他自己的，而是长在别人的手掌上，别人攥紧手掌就将他的声音攥没了。他想找回来都找不见了。

日子突然混沌无比。宝财不想收破烂了，不收破烂又能做什么呢，回工地挑砖扛水泥，那不是他愿意干的事。他想不到别的法子挣钱。他拉着板车在街边转了两天，收获减了一大半。他要去巷子里，可不知有什么在巷子里守着他，不敢走进去。也许他会惊吓另一个孩子，也许是个胆小的老人。一个星期后，宝财硬着头皮进入了巷子里，继续他的破烂营生。他闷着头，一声不吭，逐条巷子走过去。后来的一天，柱子找到他，一句话没说就将铃铛给了他。宝财不明白柱子什么意思，没接铃铛。我不干了。柱子说，给你当个吆喝吧。宝财本想问柱子为什么不干了，最终还是没开口。只拉了柱子到水泥房子，让韭花炒了两个菜，灌了一壶酒。谁也没说话，一壶酒就见了底。

拿着铃铛上街的第一天，街边的店铺以为宝财是收垃圾的，铃声响过，一只鼓鼓囊囊的塑料袋"咕嘟"一声飞进了板车里。塑料袋里不知装了什么，渗出来的污水湿了好大一片。收工时他将铃铛连同收来的废品一块儿卖掉了。一段时间后，那些流动的小贩，卖西瓜的，卖干果的，都不喊叫了。他们的手里多了只电喇叭，电喇叭里早录入了声音，卖草莓呢，又甜又嫩的草莓呢。宝财受了他的感染买了只电喇叭，录了韭花的声音，韭花是细嗓子，将声音放高嗓子就破了。换了豆豆的声音，又是非常的稚嫩。有一天，他去废品收购站时，屋子里正在放一首歌，酒干倘卖无，酒干倘卖无，反反复复就是这一句。你听不厌啊？宝财问收购废品的女老板。酒干倘卖无。女人跟着唱了一句，说，酒干倘卖无就是有酒瓶子卖吗，你懂么？后来宝财就让女老板将歌录进了电喇叭。如果你在我们县城偶尔遇到这样一个汉子，他拉着板车，举着电喇叭，电喇叭里唱着一首歌，酒干倘卖无。他就是宝财。如果你愿意叫他一声，宝财，他就会扬起手中的电喇叭向你招呼，酒干倘卖无，酒干倘卖无。如果你听得仔细，就会发现那是苏芮的歌声。

花 黄 时

花子的生活都是捡来的。十几年前的某个秋天，他在田野上拢稻草，在一堆稻草里拢出床爆了花的小棉被，小棉被里包裹着个粉嫩的小女孩。花子拆开小棉被时小女孩睡得正酣。他将她抱回自家的草屋，当孙女养着，给她买衣服，供她上学。他将小女孩取名谷子，谷子很聪明，很会念书。花子逢人就说他捡到了个女文曲星。

谷子去省城上大学的那年，花子患了场重病，谷子说什么也不愿上大学，说她走了就没人侍候花子，没人疼花子。谷子是花子用竹棍赶进省城的。花子躺了三个月，在阎王爷跟前捡回条命，可他的一条腿瘸了。花子干不了重活，就拄着拐棍，夹了只蛇皮袋，到县城来捡生活。他听说，在县城捡破烂的都买了楼房，花子不买楼房，只想捡到谷子念大学的钱。

花子先在老巷子里租了间旧屋子，起早摸黑捡破烂，塑料瓶、易拉罐、烟盒、废纸板、破铜烂铁，只要能换钱的，见什么捡什么。他给自己定了标准，将谷子的学费生活费均摊到每一天，不完成任务不回屋子。有一天，花子在幢烂尾楼里捡到个女人，蓬头垢面的，几乎没了人样。女人发着烧，咿咿呀呀说胡话，听不懂说些什么。花子花三块钱请了辆脚踏车，将女人拉回了租住的屋子。花子用捡破烂的钱给女人买了药，汤汤水水七八天，女人才醒过来。女人却不愿走了，追着花子的屁股转，他上哪她就跟到哪。花子没奈何，只得将女人收下了，取名花婆婆。其实女人并不见得老迈，看上去比花子小十多岁。

花子常到城边的河湾里捡破烂。河水将上游人们丢弃的破烂冲下来，河湾里塞满了乱七八糟的漂浮物，树枝、塑料瓶、死猪死狗，什么都有。花子将这些东西一股脑儿捞上来，能换钱的装进蛇皮袋，不能换钱的就堆在岸边。那些死猪死狗，花子挖个坑，将它们掩埋了。河湾里有片土地，种过玉米、红薯，后来没人理会了。玉米没人收获，都成了老鼠的食粮。红薯也没人挖，都腐烂在泥地里。花子将这片土地捡着了。可土地不像破烂，没法装进蛇皮袋，他将它一锄一锄翻转过来，春天种上茄子辣椒，秋天就是大蒜包菜，一年四季，土地不再闲着，花红叶绿，瓜果满园。花子不担心原来种玉米的人，如果他想索还土地就还给他。有了菜地，花子用不着拿捡破烂的钱买菜，给谷子寄的钱就能多一些。一个女孩子，口袋没钱就没有胆子，说什么也不能让她寒碜。

河湾里除了破烂和菜地，还有别的风景。大片的楠竹，林中空旷、安静，曲径通幽，是个散步的好地方。竹林的后面是樟树林，樟树林的背后是枫树林。加上这一弯碧水，不知吸引了多少人驻足。常有红男绿女钻进林子里，只见着他们进去，离开时花子一次也没看见他们。有人握了钓竿，蹲在河湾里，这一蹲就是一天。最后不会空着手离开，或几尾鲫鱼，或一条红鲤，河流总不会怠慢他们。

花子的破烂有时来不及脱手，就堆在旧屋子里，时间长了，周围的住户对花子有了怨言，看待花子也没有了好脸色。房东迫于压力，将屋子收了回去。花子干脆不租房了，捡了些旧木板，东拼西凑，在河湾的高处钉了间木头房子，用草苫了。花子在河湾里住了下来，这样不招人白眼，还省了房租。早晚对着这一河的风景，听着满河的水声，花婆婆也有了心情，同花子有说有笑，一张脸蛋比南瓜花开得还热烈。

捡破烂虽然艰辛，但花子捡得从容。吃过早饭，他同花婆婆从河湾出发，一个往东，一个往西，中午约定在废品收购站碰面。下午一个往南，一个往北，再在废品收购站碰面，卖了破烂后一同返回河湾。花子不是个贪心的人，不指望一天两天就捡到座金山。他也不担心没破烂捡拾，这座小城每天都有那么多东西让人丢弃，捡破烂的不只他一人。花子遇见过许多陌生的脸，他们有的埋着头，生怕让人瞧破了脸，有的却横眉冷对，好像他是他们的杀父仇人。他们怪罪花子抢了他们的营生。花子却不以为然，这随处可见的破烂并不是一个人两个人能捡尽的。花子想不明白，这城里人怎么舍得，什么东西都往外丢。半新的衣服、鞋袜、帽子、手套、手提袋。有些小物件，女孩子的手链、精巧的布娃娃、发卡、手机上的吊饰。这些东西进了蛇皮袋，花子舍不得卖，都藏了起来。有一对发卡，蝴蝶样的，七彩的翅膀，非常漂亮。花子用布包裹了，让花婆婆收着，将来给谷子，谷子从来没戴过这么漂亮的发卡呢。花子还捡过枚金戒指，是在街边的桂花树下。他想过寻找失主，可满大街的人上哪找去，就算你有一万枚金戒指也会让人抢了去。花子没将戒指给花婆婆，而是将它藏在自己贴身的衣袋里，将来给谷子当陪嫁呢。除了小玩意，还有大件，颜色鲜艳的沙发、半新不旧的床垫、床头柜、小方桌，都搬进木头房子派上了用场。

另一件让花子上心的事就是侍弄菜地。菜地不宽，也有七八分地，种出的菜吃不完就能拿到菜市场换钱。蔬菜的品种繁多，春天下种的有辣椒、茄子、豆角、苦瓜、黄瓜、丝瓜、南瓜、冬瓜，到了秋天，菜地就是另一副面孔，大蒜、小葱、菠菜、芹菜、萝卜、上海青、包心白、大头菜。每一样菜的面积并不宽，播种的地方也有讲究。南瓜的藤叶茂盛，只能种在菜地的边缘，让它压住菜地边缘的野草藤蔓。冬瓜的瓜架也是搭在野草的头顶上，丝瓜的藤蔓爬了竹子一身。韭菜不显眼，随便找个角落，一禾刀就是一大把。除了这些惯常的蔬菜，菜地里还有不少稀客，紫红色叶片的紫苏、溜青的茴香、藿香、薄荷、几株野艾。有一角还长着一簇洋芋，一簇姜笋，几株生姜又在另一角。

花子的菜地成了河湾里一道独特的风景。只要进了河湾的人，都免不了在菜地边停留片刻。冬瓜是毛茸茸的狗崽，丝瓜是身材细瘦的骨感美人，南瓜是大腹便便的男人，腆着啤酒肚。辣椒一半红一半绿，茄子满身的紫，西红柿红了半边天。除了观看满园的蔬菜，他们还饶有兴致追着花子的脚步，瞅他瘸着腿施肥、捉虫、锄地，直到花子收了工，才恋恋不舍走开。有人不打算空手而归，问花子买些蔬菜，一根丝瓜、两扎豆角、几只茄子、一把空心菜。到后来，花子的菜不必挑到菜市场，在河湾里就能卖个干净。

这进入河湾的大多都是经常往来的人，一来二去，同花子就熟识了。偶尔会有一两张陌生的面孔，来过一次，过个三四个月甚至半年，再来一次。这种人花子记不住，也没必要记住。那天见到的一对男女，可能就是这样的人物，他们来过几次或是第一次来，花子不知道，对他们的脸没任何印象。男人偏瘦，是个中年人，四十岁的样子，一脸白净，戴副眼镜，白衬衫，挺括的西裤，头发油抹水亮，脚上的皮鞋照得见人影。女人不胖不瘦，留着一头黑色的卷发，一身洁白，袅袅立立。女人也架了副眼镜，脸上比男人多了几份和善。花子不觉多看了女人几眼。他们在一丛南瓜藤叶边收住脚步，女人蹲下身去摘一朵南瓜花，那是朵雄花，不结南瓜的。这南瓜花很好吃的。这是男人在说话，声音有些阴。女人听男人说到吃，抬头看了男人一眼，伸出去的手又缩了回去，并且将身子站直了。之后他们偎在一块，朝花子张望，一边小声说着什么。男人叫女人叶子，花子瞅瞅叶子，这叶子可不是南瓜叶，她没有南瓜叶的肥大，也不是丝瓜叶，她没有丝瓜叶的粗粝，倒有些像苦瓜叶，细嫩，有几分袅娜。女人叫男人风子。疯子？花子疑心自己听错了，竟然有人叫这名字，不禁哑然失笑。

这般洁净的两个人就守在花子的菜地边。花子正在给菜地施肥，屎臭尿臊的，别的人都捂着鼻子绕开了。花子的肥料来得轻便，在菜地的角落挖个坑，树几块木板，就成了简易的厕所。靠了这间厕所，花子有了用不完的肥料，菜地因此生机盎然。那对男女一步也没走开，决意等到花子的表演结束。花子有些不自在，腿脚跟着不自然，只能拖着粪桶走。花子巴不得他们早一分钟离开，左等右等，他们根本没有离开的动静。花子只有加快自己的速度，草草浇了些地，扔了粪桶，手也没洗，就朝木头房子退。走了没三步远，那对男女突然奔下菜地，将他的去路挡住了。花子懵懵懂懂看着他们，不知道拦着他想干什么。扭头瞄一眼木头房子，不见花婆婆的影子，她肯定在忙着整理那些捡回来的破烂。

老伯，这菜是种着卖的？问话的是叫叶子的女人，她的嘴角有颗小黑痣，说话时它跟着忽闪忽闪。她的声音软得让人没法拒绝回答。

嗯，也卖。花子说。

叶子的嘴微微张着，小黑痣悬在半空，像是听不懂花子的话。花子只得补充说，都是种给自己吃的，吃不完的才卖。男人拧拧眉头，脸上滑过一丝不悦，想说话又没说出来，转过脸朝竹林张望。刚巧有几个人从林子里钻出来，往花子的菜地走了过来。

那能不能卖些菜给我们？叶子问得轻声细语。

可以呀。花子揪紧的胸口放松了，他们不过是买菜的。花子扫了圈菜地，辣椒、茄子刚施过肥，空心菜也刚割了一茬，只有丝瓜、苦瓜吊满了瓜架。苦瓜还是丝瓜？花子边问，边向瓜架走。老伯，别着急呀。叶子将他拦住了。花子收住脚步，一头雾水瞧着女人。老伯，你能不能将我们一家人吃的蔬菜承包了？我们一家就三口人。叶子解释说，我们不会亏待你的，一年给你三千元。三千元不是个小数目，花子没计算过一年剩余的菜到底能卖多少钱，能不能供应一家人的蔬菜是个未知数。另外有个心病，这地毕竟是捡来的，能种多久他做不了主。犹豫时，男人和女人都盯着花子的脸，以为嫌钱少了。给你五千吧。这菜不能施化肥，也不能打农药。男人的口气很粗，好像花子已经答应了。摘苦瓜啊。摘丝瓜嘀。从竹林钻出来的几个人嚷嚷着，朝瓜架跑了过去。这菜我买下了，不卖了。男人冲那拨人叫喊，一边挥着手驱逐他们。那几个人以为男人开玩笑，雀跃着奔到瓜架下，很快就有几只苦瓜、丝瓜落入他们的掌中。男人的脸挂不住了，瞬间转了青，眼看就是狂风暴雨。花子赶忙圆场，说，对不起，菜不能卖了，我要留着自己吃呢。那些人才将瓜果放在地上，带着惋惜的表情离开了。

花子替男人解了围，女人才舒了口气，看待花子的眼神里有了些许的感激。走吧，风子。女人挽住男人的胳膊。就这么说定了。男人不管花子答应不答应，掷下一句话。那菜，怎么办呢？花子稀里糊涂将事情接着了。到时我来摘菜。女人回过头冲花子笑了笑，嘴角的黑痣就像花瓣上的一只瓢虫振翅欲飞。

花子以为做了个梦，男人和女人走了，梦就醒了。叫风子的男人却不食言，第二天就让叶子送来五千元，摘走了半篮菜。有了五千元的稳定收入，花子不必着急捡破烂，遇上风雨天，也不用顶风逆雨奔波。菜地却不能怠慢，该施肥时施肥，该除草时除草。生了虫的，得捉虫，用手一只一只掐。害了病的，得动手术，折除一些枝丫，或者连根拔掉，以免传染。这一侍弄，菜地格外鲜活，绿的葱茏，红的辉煌。

叶子是个不多话的女人。每次摘菜时总是绕着菜地走上一圈，好像躺在她脚下的不是菜地，而是鲜花盛开的花园。见了花子和花婆婆，微微一笑，招呼过了，就不会再有话。花婆婆给她沏了茶，每次都接过了，却一滴茶水也未入口。摘菜时也是轻轻巧巧的，蹑手蹑脚，生怕不小心弄断了枝丫。有时接连几天每天都会跑到菜地来，有时两三天不见人影。她摘的菜数量并不多，几根豆角、两只西红柿、一把空心菜，就是一天的蔬菜了。仅有一次，她想要冬瓜，可又搬不动，吃得也有限，最后是花子替她送过去的。叶子住在一幢高楼里，那是小城少见的几幢高楼，都耸到半天了。花子将冬瓜扛到楼梯口，叶子没让他再往上送。叶子坐的是电梯，门一关半天才打开，叶子和冬瓜都不见了。这楼房烧钱，比别的地方贵上好几倍。叶子住在十七层，花子抬头数了好几遍，数得头都晕了，结果还是没弄清楚她家的具体位置。

这来来去去，花子慢慢摸准了叶子一家对蔬菜的喜好。辣椒摘得少，偶尔会摘上几只红辣椒，多数时候不会碰。苦瓜从不摘，可能受不了它的苦味。偏爱西红柿，只要菜地里有，每次都会摘上两三只。花子暗地里计算过一次，就她摘走的那些菜，耗不了五千元的一半。花子内心渐渐有了不安，感觉自己占了叶子好大的便宜。他只有将功夫下在菜地里，变着法子种些新鲜的蔬菜，比如鲜嫩的萝卜芽，收了野地菜籽种了半畦地菜。可叶子摘走的仍旧是那些，扯了萝卜芽就不会再要青菜，有了地菜就不拔大蒜了。花子有次问叶子，想吃什么菜，叶子的回答很简单，你种什么我吃什么。叶子这么说，他没法再琢磨了，只有多种些品种，花样多了，她的选择也就多了。

花子曾拿谷子同叶子比较，可比过来比过去，发觉自己还是喜欢谷子多一些。端午节时，叶子送了盒粽子给花子，花花绿绿的盒子，藏了四颗粽子。他摆弄了半天，才将盒子拆开，却一颗粽子也没吃，让花婆婆藏着给谷子。粽子不中留，过些天再看，都霉烂了，只得扔到河里喂了鱼，留给谷子的只剩空盒子。中秋节时，叶子又给他带来一盒月饼，是只铁盒子，也是四块月饼。花子和花婆婆合伙吃了一块，剩下的三块留到最后，也不得不丢弃了。

晚秋时，叶子第一次开了口，让花子种一畦香菜。菜种是叶子带来的，花子翻了一畦地，将香菜播种了。种香菜的泥土是仔细揉捏过的，没一星半点的粗粝。下种前撒了肥料，将土地翻来覆去倒腾了三四次。管理时，他又给香菜开了小灶，隔三岔五浇水施肥。这香菜似乎知晓他的心情，一个劲地往上蹿，不出半个月，泥土上就耸了厚厚一层翠绿。有几次叶子走到地边察看香菜的长势，都带着笑脸离开了。可香菜真正泼辣起来时，叶子不见了踪影，半个多月都没到河湾来。花子猜测，叶子一家可能外出了，要不然不会隔这么久。过几天，花子在菜地里精挑细拣摘了些菜，拉着花婆婆给叶子送去。他们在小区的门口让保安挡住了。我找叶子。花子说。什么叶子枝丫的，这儿没这个人。保安的脸黑得像锅底。她住在十七楼。花子说。十七楼的人多着呢。保安依旧没有好声气。花子将风子和叶子的穿着长相描述得给保安听，口干舌燥说了老半天，保安将花子和花婆婆从头到脚打量了好几遍，才问，你说的是风老板？花子赶忙接过话头说，就是。那你将菜放这儿吧，我转交给他。保安从花子手中接过菜篮子，放在值班室的地板上。花子还想说话，保安转过身，再也不理会他了。之后，花子捡破烂时几次去找叶子，都让保安挡在了小区门口。

转眼春天到了，那畦香菜沐了雨露疯长，都没过花子的膝头了。他始终没动那畦香菜，花婆婆受了花子的叮嘱，从来没碰过香菜一指头。香菜还在往上蹿，散了枝，又散了叶，开了一身白色的碎花，最后结了一树的香菜籽。香菜籽很快饱满了，泛黄了，可依然不见叶子的身影。花子猜想，叶子他们可能不再来河湾摘菜了，毕竟得不偿失，浪费了好多冤枉钱。花子有些怅然，那一畦香菜籽收获了，让花婆婆晒干，装了几塑料瓶。花子拿定主意，秋天时再种上一畦香菜，如果叶子来了，那畦香菜就是叶子的，她不来，就拿去卖了，将钱给她留着。

花子又回到了以前的轨道，少了叶子的五千元收入，得多些时间捡破烂。不过菜地也不会空着，该种什么仍然种什么，吃不完的菜仍旧拿去卖。一茬新菜冒出头时，也是叶子约定的一年期限快到头了。花子还存了一丝侥幸，希望叶子会突然到来。左盼望，右盼望，跑进河湾的却是个疯疯癫癫的姑娘，一脑头发乱蓬蓬的，像个鸡窝。年纪不大，不过二十来岁，说起话来就像湍急了的河水，咕咕噜噜的，见了花子就问是不是花子爷爷，问得他满脸愕然。姑娘的名字叫水草，难怪头发梳得怪样，原本就是簇水草嘛。水草给花子带来了五千元钱，还给了页菜单，记录着半纸的菜名。你发财了，这是风哥给的。水草说。花子才明白，水草是那个叫风子的男人派来的。叶子呢？花子问水草。什么叶子？老树叶还是烂树叶？茶树叶还是枫树叶？水草噘着嘴，咕咕嘟嘟反问了一大串。我是问风子的老婆，叶子。花子皱起了眉头，一字一顿地说。风哥的女人不叫叶子，叫西子。水草拿捏着花子的腔调，一字一顿回答他。胡说。花子忍不住上了火。咯咯，那叫叶子的女人让风哥踢了。水草的脑袋晃得像只吊瓜。踢了？花子不解。花子爷爷，就是离婚了，让风哥哥丢弃了。水草说。那你是风子什么人？花子问。我是他请的保姆。水草说。

花子怎么也想不到叶子会让人踢了，八成风子是个疯子。这城里的人真不可思议，什么都会往外丢，好端端的一个女人，眨眼就当垃圾给扔了。花婆婆听说也是沉默了好半天，末了就是抹眼泪，一双眼圈都抹红了。丢弃的破烂有人捡，这丢弃的人会落到谁的手里呢。花子叹口气，心里头不是滋味，很少喝酒的他，让花婆婆拿出仅存的半瓶酒，喝了个酩酊大醉，花婆婆费了吃奶的劲，连背带拱才将花子弄上床。

水草送过来的菜单都是些常见的菜，只有一样难侍候，就是韭黄。花子跑到城郊的菜地里见证了一回韭黄，回到河湾照葫芦画瓢，种了一畦韭黄。这摘菜的事有水草忙活着，那个叫西子的女人一次也没来过河湾。水草的性格恰好同叶子相反，一张嘴整天咕噜个不休，只要有她在，河湾里就没有安静的时候。花子试着问过水草，叶子为什么离婚。水草说，她是让风哥踢了。花子压着性子又问，疯子为什么踢了她。水草的回答更是噎死人。水草说，踢就踢了呗，哪有那么多为什么，踢了又不是找不到男人，再找过一个呗。三条腿的青蛙没有，四条腿的癞蛤蟆满街都是。瞅着没心没肺的水草，花子再也没有说下去的兴致，拖着腿走开了。

水草并不在意花子的反感，照旧有说有笑，口无遮拦。花婆婆让她逗得都合不拢嘴了，花子也由着她，花婆婆难得见笑脸。花子想，如果谷子在，花婆婆会不会这样开心。水草除了陪着花婆婆说说笑笑，时不时会给花婆婆带些零食，都是花子没吃过的。有香辣鱼片、蛋黄派、巧克力，更多的都是叫不上名字的玩意儿。花子劝水草别糟蹋钱，水草却一嘟嘴，都是西子的，不吃白不吃。毕竟是主人家的东西，自己吃也就罢了，还拿来给别人吃。花子总觉得不合适，让花婆婆别再接收水草的东西，水草死活不依，还撒娇，奶奶奶奶叫个不停。我要是不吃不拿，最终也会让他们扔了。水草的理由很充足。水草说得并不假，这城里人就是糟践人，糟践东西。花子曾在垃圾箱里捡到过腊肉，用河水洗净了，放在锅里蒸熟，吃起来照样香喷喷的。好好的一块腊肉当垃圾给扔了，好端端的一个女人也当破烂给扔了。

有一次，花子问水草，知不知道叶子现在哪儿。我见都没见过她，鬼知道在哪。水草的话顶死人，可她就是这个脾性。花子问不到叶子的任何线索，只有自己去寻找。他在叶子住过的那幢高楼附近转悠过好多次，只见着水草进出，偶尔也能碰到风子和一个头发半黄半红的女人，走出高楼钻进小车一溜烟走了。就是一次也没碰到过叶子。以后花子捡破烂时多留了个心眼，有几次在菜市场附近见过几个女人，从背影看有几分像叶子，追过去却发现不是。最终是在一条巷子的深处遇到叶子的，她还是原来那模样，一身的白，静悄悄的，像一树洁白的萝卜花。她脸上的水色却不见得好，有些干涩，见不到光泽。见了花子并不意外，浅浅笑过侧身进了一扇门，也没邀请花子进屋坐坐。花子也没打算进屋，空着手，一身邋遢，不好意思进去。过两天，花子摘了些菜，都是叶子之前惯常摘的菜，用塑料袋装了，送到巷子里。叶子开门时很沉静，见不着惊喜也见不着热情。屋子里有些暗，又有些空荡。花子将菜交到叶子手上，叶子终于说了句话，喝口水吧？花子说，我不干呢，不喝。叶子没再多话，花子夹着蛇皮袋转身出了巷子。

接下来的日子，花子隔个两三天就给叶子送一次菜，有时叶子不在屋子里，就将菜放在窗台上。叶子推辞过，别送了，留着卖钱吧。花子说，能卖几个钱，只要你不嫌弃。有几次叶子端了水给花子喝，花子从来没接过她的杯子。叶子的杯子是那么洁净，他要是接过杯子，怕是会留下几根腌臜的手指印。秋天时，花子将收获的香菜籽撒播了，种了一畦香菜，长到半尺高，给叶子拔了一小捆。叶子收到香菜，眼圈突然红了，就差没掉出泪来。花子莫明其妙想，如果有个叶子一样的女儿该多好啊，加上谷子，就是儿孙满堂了。他张了几次嘴，都将话咽了回去。他说不出口，也不敢说出口。回转身，顺着来时的路出了巷子。

谷子理解花子的辛苦，接连几个假期都没回来，在省城找了家教，或是去餐馆洗碗端菜。谷子大半的支出仍旧靠花子捡破烂。日子就这么一天天过去。另年秋天，水草过了风子的话，让花子种些油菜，西子喜欢吃油菜薹。花子依言播了一块油菜苗，分栽了，油菜比香菜来得快，转眼根壮叶肥了。再往上冲，油菜薹就老了，没法做菜了。事情又重复了种香菜的老路，水草始终没来摘油菜薹。花子想，不来了正好，清静。花婆婆倒是念叨了些日子，这水草怎么不来了呢。有可能那个叫西子的女人让风子给踢了。花子猜想。

另年春天，正是草长莺飞热闹的时候，河湾里来了几个干部模样的人。他们在河湾里到处走动，在林子里钻进钻出。有个干部告诉花子，这河湾规划成森林公园了，让他将草棚拆了，菜地也不能耕种了。花子听了半晌没有说话，干部又告知了最后搬走的期限。默然两天后，花子吩咐花婆婆收拾东西，能换钱的都卖掉，零散的都捆绑起来。花子决定不再捡破烂了，谷子只剩下最后一个学期，手头上的钱足够谷子花销了。离开县城的前一天，花子摘了两塑料袋菜、几根晚熟的莴笋、一把参菜、几球刚熟的蒜头。香菜冲薹了，就摘了一扎薹尖，香气倒比任何时候都浓郁。油菜花正金黄，花子摘了几枝握在手上，拉着花婆婆去了一趟叶子所在的巷子，那束油菜花有些亮堂，巷子里跟着光亮了不少。从巷子里进出的人朝油菜花盯了好几眼，又朝花子盯了好几眼。叶子的屋门紧闭着，屋子里没人。花子在巷子里守了大半天，没等到叶子出现，只好将油菜花和装蔬菜的袋子一并放在叶子的窗台上。接连好多天，叶子的屋门一直没人打开，那束油菜花枯萎得没半点花样了，蔬菜也彻底蔫了。一个清晨，清扫巷子的环卫女工发现了它们，将它们收拾起来扔进了垃圾车，小车转大车，最后那束油菜花连同两袋蔬菜埋葬在垃圾填埋场。这个结果是花子不知道的，他和花婆婆已经回到了他原来居住的村子。

红指甲

这是高中同学央未生单独道给我听的故事，在虚构枯竭的时候，我将这个拿来道给你听。

大概有几年时间，央未生隐遁了，在赣西北的这座小城里谁也找不见他的身影。聚会了很多次，才发现少了一个人，央未生呢，问谁，谁也说不上他去哪里了。他会说冷笑话，话不多，可少了他聊天时就缺失了一些味道。这帮鸟蛋混在一堆，少不得海喝胡吹，十个倒有八个会讲黄段子，一个有一个的风格，一个比一个雷人。讲冷笑话的就央未生一个，他不在，就像做菜少了味精，怎么吃怎么不对味。有人拨打了他的手机号，是机械的提示音，对不起，你拨打的号码是空号，请核对后再拨。手机号不对，在座的几个人相互求证一遍，都是同一个号码。这小子，换了号码也不告诉我们一声。有人就有了怨声。也有人暗自嘀咕，他是不是出了什么不测的事，或者离开小城了。几个人都在回忆最后一次见到他在什么时候，搜肠刮肚地回想，可谁也想不真切了，说得牛头对不上马嘴。有些朦胧记忆的就一次，中秋夜相约去赏月，带了酒和月饼，央未生喝醉了，让人架下山来。可是，乖乖，那已经是几年以前的事情了。

央未生醉酒，那是罕见的奇观了。他从来不喝酒，无论怎样的环境，多好的酒，都经得起诱惑，也顶得住压力。不喝就不喝，谁也奈何不了他。中秋夜的酒是他主动喝的，拿了酒瓶，嘴对瓶直接往肚子里灌，灌了多少，都不记得了。那样的喝法，只有一个有心事的人才喝得出那种气势，何况平常他滴酒不沾。若要问什么心事，除了失恋别的伤心事还没出生呢。有了情事八卦，众人的耳朵都尖了，可听来听去听不出个所以然，说的人只不过猜测，对于央未生的事情知道得甚少。倒是有个女生犹犹豫豫站出来说，我知道。众人心痒难挠，就鼓掌怂恿她说，可她知道得也有限。同央未生好过的女孩叫叶乃倩，是个幼儿教师，他们从什么时候开始好，好了多久，不知道，崩了都好几个世纪了。为什么崩了，也不知道，反正已经崩了，无可挽回地崩了。叶乃倩早成了别人盘中的鱼，别人床上的女人，别人孩子他娘。

央未生的事鲜为人知，倒不是因为我们不关心他。他在人民医院的传染科上班，人民医院在小城靠北的山脚下，传染科爬到了山腰上，还围了铁栅栏。对于“传染”二字，我们都是满怀敬畏，像鼠疫、天花、霍乱、艾滋病，让人很是犯怵，所以轻易不敢招惹他。

央未生的故事就是从醉酒之后开始的。这些年，其实他哪儿也没去，一刻也没离开小城。他说他在画画，画什么画，工笔画，说得暧昧些就是美人画。魏晋的仕女、唐代的贵妃、传说的仙女、敦煌的飞天。修颈、削肩、柳腰，洛水女神、杨贵妃、赵飞燕、月中嫦娥，哪一个不是美人坯子。白描、勾线、着色、开脸、兰花指。他画的就是这个，为什么画这个，不为什么，就是想画，不画手痒痒心也痒痒。但他画的又不是这些，而是古代名妓，你知道多少，苏小小、李师师、陈圆圆、柳如是，绝色容颜，琴棋书画，吹拉弹唱，无所不知，无所不晓。你问他为什么画这个，不为什么，就是想画，不画吃不下饭，不画睡不着觉。从内心说，你根本不在意他画美人画的原因，你急于想知道的就是他在哪儿画，画得怎样了。如果入了你的眼，你还想索一幅画，不管魏晋的美人还是唐朝的美人，画在画上都一样赏心悦目。

西摆街313号，就是央未生的画室。你要是去过那儿，就会知道那是非常安静的一角。这小城让一条河流锯成了两半，一半北城区，一半南城区，后来又长出了东城区、工业园区、良塘新区。北城区是老城，形状像只蝌蚪，头在东边尾巴在西边，西摆街就是长溜的尾巴，央未生的画室就在尾巴尖上。他领我去过一次，那是个封闭的院子，临街的围墙比两个人还高，墙中间长了一棵法国梧桐，遮天盖地的，将院子都掩没了。从一扇小门进入，院内却是别有洞天，宽敞的院子，古朴的建筑，临河的一面伸出了吊脚楼，有半间房子架在水上。这的确是个理想的画室，街头的热闹让围墙挡住了，对岸的喧嚣怎么也涉不过宽阔的水面。绿水盈盈，风清气爽。央未生就租用了临河的两间房，一间做卧房，另一间当画室。房东姓夏，是个老太婆，头发银白，有一个儿子已经去了美国多年，儿子本想接她出国，可她执拗，说什么也不愿远走异邦。夏老太婆平常也不同人多接触，一个人守着这空寂的院落，养几盆花草，养了一只白猫，还养了几只鸽子。我进院子时鸽子丝毫不认生，扑棱棱落到了我的肩头上。夏老太婆静眉静眼，应该不会随便让一个陌生人搅了她的宁静。我问央未生用了什么法子，他只回答了两个字，你猜。

大概你也不会相信央未生当真在画画。但他自己坚持说在涂鸦，他的休息时间不多，周三下午，周六上午，周日下午，加起来一天半，全部用在绘画上了。你想他拿出作品，那是妄想了，就是纸砚笔墨你也见不着。你觉得他在说谎，几年时间还画不出一幅画，就是生个孩子也会打酱油了。其实你应该相信他，让一个从来没拿过画笔的人画画，难度可想而知。就算画出来了，那也是真正的涂鸦之作，不敢拿出来见人。他说他用铅笔在白描，描了擦，擦了描，总没有一幅白描让自己满意的，就别说着色了。你能够想象，他临着窗，宣纸铺在桌子上，一笔一画勾画着。鸟儿肚，美人手。他画几笔，直起身端详几眼，眉头拧紧了。又俯身将线条拭了去。窗外流水，屋檐流风，他的日子就虚耗在这反复中。

你瞧他日子过得神仙，不问世事，不管苍狗流云。如果不是另一件事搅乱了，闹不准他仍在西摆街的画室画着古代的名妓们。画一套古代名妓全图，这是他逝去的梦想。你现在若问他还画不画，还画个傻蛋，画在纸上的，又当不得真。事情发生的时候，央未生正在白描苏小小，苏小小长得怎样没见过，只能依照买来的画册照葫芦画瓢。他并不完全在画瓢，而是想将苏小小画成飞天的模样，轻盈，飘逸。这是周日的下午，直到一河晚霞，意兴阑珊，他才收了笔，连苏小小的一只衣袖都没勾画出来。同夏老太婆一块儿吃过晚饭，照例在院子里踱几个圈，当是散步。他在夏老太婆处搭膳，所以少操了许多柴米油盐的淡心。散步没两圈，夏老太婆却将他唤住了，交给他一只小纸盒，装手机的盒子那么大。说是快递公司送过来的，见他在画画，没敢打扰他，就替他收下了。纸盒很轻，几乎没有重量。他想象不出有谁会寄东西给他，可盒子上的收件人赫然就是央未生。再看寄件人，却是空白的，寄件的地址也是空白的。他的好奇心让一只陌生的纸盒子吊了起来，不管谁寄的，一定先打开瞧瞧。打开之前，他有了很多猜想，这么轻飘飘的身份，不可能会是炸弹，即使打开也不应该有性命之忧。也有可能是一枚钻戒，十克拉的，光芒四射。或者是一盒颜料，他需要的。他还幻想，打开盒子的刹那间，苏小小水袖长舒，衣袂飘飘，如飞天一样活灵活现。

你也猜猜，盒子里究竟装的是什么。央未生从盒子里拿出来的是只小布袋，白色的，丝绸的，手机套式的袋子。袋子口有根活动的绳子，收紧了，就将袋子口扎上了。如果指望苏小小从这么窄小的袋子里飞出来，那真就患了幻想症。捏捏袋子角，像是装有什么。央未生松了绳子，将袋子里的东西抖落在宣纸上，是一簇炫目的猩红。细细辨认，竟然是一簇红指甲，不多不少，正好十枚。再往细里辨认，从大拇指到食指无名指，一双红酥手，十枚红指甲，一枚都不缺。

这个谜底逃出了央未生的想象。他将红指甲放在苏小小的指尖，指甲短了些，只有半厘米的长度。它不像苏小小的指头纤细，也不可能是苏小小的指甲。它是谁的指甲，让人感觉很诡谲。他迷茫了，困惑了，不知谁同他开了这个玩笑。他也没法弄明白这个玩笑什么意思，也许只有开玩笑的人自己知道。让央未生找他问一问就清朗了。可央未生并不知道他是谁，他在哪里。他想从纸盒子上找到蛛丝马迹，捧起纸盒子又怏怏放下，纸盒子上什么破绽也没有，有可能快递单都是快递公司的人代写的。他将红指甲托在掌心，像托着一簇烫手的红炭。它们身上有什么秘密，或者在提醒他什么，甚至别的更深一些的意图。他弄不懂这个玩笑，玩笑也就失去了价值。他将红指甲装进丝绸袋子，放入纸盒，随手将纸盒扔在了床头柜上。

央未生一门心思投入了他的美人画。他猜想，有可能别人将红指甲寄错了，收件人不该是他。如果寄件人发现了错误，说不定会有人来将红指甲要回去。他等着就是。可左等右等，就是不见有人出现。他将红指甲从袋子里倒出来，放在掌心察看，那些红指甲好像有着某种特异功能，让他眼花缭乱，不敢正视。它们鲜艳、妖魅，向他抛着媚眼，像一群血红的小妖在掌心动荡不安。他吐口气，将它们关进了袋子。我很怀疑他是伪装的镇定，那样的红指甲该是女人才有的，有可能有个女人在暗恋他，故意用这种方式来吸引他的关注。或者他早知道了那是谁的红指甲，不便说出来。但反过来想，如果红指甲是某个男人的，那就有些可怕了。那会是怎样的男人呢，你想想看。

不管红指甲是个玩笑还是个错误，他都懒得理会它们。他将内心的全部力量都集中在美人画上。他牺牲了所有休息时间，除了吃饭、睡觉，其余时间都固定在画室。他的专注到了狂热、偏执、盲目的程度，可就是没有人叫醒他。他对绘画根本没有天赋，加上无人指点，所以进展非常缓慢。他勾画了大半年时间，连一张让自己满意的白描像也没有，苏小小仍旧活在他的想象中，一步也走不出来。央未生说这些时脸上抹不去暗淡，还在为他的失败感到羞愧。我问过他有没有想过那是个女人的红指甲。我想那些干什么。他答话时将目光转向了别人。我判断，他对我撒了谎。你就没想过叶乃倩？我决定不饶过他，直接捅了他的伤疤。央未生的眼神迷离了，有颜色在他的瞳孔中央变幻，一会儿绿，一会儿红。不，没有。他最后很干脆地回答了我。

你是聪明的，央未生的这种神情说明了什么问题。我敢断定，他同叶乃倩的确有过那么一回事。有可能红指甲就是她寄给他的，否则谁知道他隐身在这么个世外桃源。绝对不可能。他立马否决了我的猜想，谁寄的我都相信，但绝不会是她。我问他为什么。叶乃倩的手指很粗硕，指甲不可能那么纤细，而且她有一块指甲让刀子割裂过，指甲一分两瓣。所以她留不了长指甲，至少不会有十枚长指甲。我同央未生争论的目的就是为了证实他同叶乃倩的关系，他不知不觉钻入了我的圈套，但我没揭穿他。他对她的观察挺细心的，小到一块指甲都如此清晰。我没见过叶乃倩，也没见过她的手指和手指甲，央未生说什么我就只能相信什么。

后来的一天，央未生拉我去看过一幅巨幅照片，是在一家婚纱影楼的展示橱窗。照片上的女孩一身洁白，手捧鲜花，嘴唇鲜红，一脸幸福的笑容。喏，这就是叶乃倩。央未生说。是个美人坯子。我的赞美很虚假，又不能不敷衍一句。所有经过婚纱影楼化妆后的女孩子都变成了同一个模样，一样的脸蛋，一样的笑容，谁同谁都没了差别。只有一个地方不同，那就是眼睛，瞳孔的内部，任何化妆都改变不了，也掩饰不了。叶乃倩的目光很空洞，瞳孔中央藏了很深的欲望。这幅照片就挂在百合新娘的橱窗里，你有空也去看看，我绝对没说瞎话。

央未生的做法并没有消除我的怀疑，叶乃倩戴着手套，她的指头全让洁白包裹了。我看不见她的手，正如我也看不到她的内心。其实她的手指甲完不完整同我有什么关系呢？什么关系也没有。我将这些道给你听，你我都一样，都在拿央未生的故事消遣，打发无聊的时光。再加上些八卦，人的本性本来就喜欢八卦，甚至隐藏着某种窥私的阴暗。

但你我的喧嚷丝毫影响不了央未生的宁静。他的美人画慢慢看到了希望。他消耗了大半年时间，终于勾画了一幅苏小小的白描像。虽然有很多遗憾的地方，但毕竟是他亲手勾画出来的。他又花了将近一个月的时间对它修改，到最后仍然有些地方不满意，他已经无法将它勾画得更完美了。他尝试着给她着色，可着色是个漫长的过程。他调和出来的颜色要么色泽不对，要么就是深浅不适，浓了或者淡了。他软着性子反反复复调试，慢慢接近他需要的颜色了。这些颜色都是些调皮的家伙，在调色盘中是一副嘴脸，涂在宣纸上却成了另一副嘴脸。它们有时一脸阴暗，转眼又是一脸阳光，变幻极为迅速，让你无法捉摸。等到将你捉弄得精疲力竭，它们才同情你，怜悯你，对你俯首称臣。所以，你不能指望他第一次就画出多么伟大的作品。也许将来有一天央未生会成为一个工笔画家，他的代表作就是以古代名妓为主题的美人画。

央未生有可能也对自己的美人画充满了期待。如果不因为红指甲，他还会无休无止画下去。我追问过那幅苏小小的画作，央未生摇了摇头，说，没了。我想拿到他画美人画的证据，他躲在这么一个幽静的角落，画画只是他的借口，我怀疑他不是一个人，有可能在同某个不能见光的女人偷情。但他告诉了我毁画的过程，他将它点燃了，从窗口扔出去，画纸没飘到水面上就焚为了灰烬。那些灰烬最后都漂落在水上流走了。

你相不相信他将画毁了，反正打死我也不相信。如果换了你，你会不会毁灭它呢，估计你也不会。如果是我，我就不会。

我估摸，那个寄红指甲的人一定在等着观看央未生的笑话。他或她，闪在某个角落，目不转睛盯着西摆街 313 号。可院子依旧是个安安静静的院子，鸽子在飞进飞出，夏老太婆偶尔出门一次也是为了购买生活必需品。央未生下了班就待在画室闭门不出。他或她就失望了，不过半年，央未生第二次收到了快递公司送来的快件。同第一次一模一样的纸盒子，拆开纸盒见到的又是一模一样的丝绸袋，从袋子里倒出来的东西仍旧是一簇醒目的猩红。只不过这一次的红指甲比上一次的长那么一点点，一样的纤细，一样的小巧。从它们的模样看，这二十枚红指甲来源于同一双红酥手。第一次收到红指甲，央未生理解成了一个玩笑，或者是错误。相同的玩笑开第二次就有些不正常了，至少是故意的，说得严重就是个阴谋。央未生耸耸肩膀说，他脑子都想残了，就是没琢磨透这是个怎样的阴谋。可能这一辈子都是个不解的谜。二十枚红指甲，每一枚都是干净的，又是血红的，像二十枚诱人的欲望。托在掌心，就像一簇血红的火焰，灼得掌心生痛。

你知道了这些，也许能帮他思考一下，出个主意，假如收到红指甲的人是你，你会怎么想，又会怎么做。如果你不受它们的干扰，坚持安静做某一件事情，那你就修炼成仙了。央未生不过三十来年的修为，离仙境还很遥远。他只要闭上眼睛，那些红指甲就在他的眼皮上跳跃，像一群顽皮的小妖。睁开眼睛，它们更不放弃他，他勾画线条，它们就簇拥在铅笔尖，他给画着色，它们就在宣纸上奔来跑去，整张纸都染上了满目的血红。他想一定得找到那个寄件人，向他或她问个明白，为什么寄红指甲给他。他扔下画笔，将美人画丢到了一边。寄件人到底是谁，也许你会觉得央未生内心清醒得很，只不过不愿意说出来罢了。央未生却发誓，排除了叶乃倩之后，再也想不到第二个人了。他只有拿着纸盒去找快递公司，也许他们能给他一些线索。他要找的快递公司在北城区的北门，一间废旧的仓库内，到处堆满了各式各样的纸箱子，仓库前有一辆辎重车正在卸货。接待他的是个年轻人，拿着大把的提货单，在货堆里翻找着。他搬着一只纸箱过来时刚好遇上了央未生。提货单呢？他朝央未生努了努嘴。央未生向他说明了来意，他让他在旁边等着。打发走几个提货的客人后，年轻人才将他领进一间从仓库内间隔出来的办公室，丢给他一堆账簿，让他自己慢慢查找。账簿上挤满了名字，都只有简单记录，就是收件人的姓名、收件地址、联系电话、货物件数。央未生不敢相信，这世界怎么了，这么多东西寄过来搬过去。他查找了好半天，才找到自己的二次收件记录，都只有一行字：收件人央未生，地址西摆街 313 号，货物件数一件，最后是夏老太婆的签名。还有别的记录吗？央未生傻眼了，问发货的年轻人。全在这儿了，年轻人回答他。你上这儿来查查找找，还不如直接打个电话给寄件人。年轻人提醒他。央未生张了张嘴，发现自己没法同他解释清楚。如果他知道寄件人是谁，还上这儿来，神经啊。

央未生有了浅浅的愤怒。他已经没法回到美人画上去了。他的内心像燃了一簇火，那些红指甲烈焰腾腾，就差没将他焚为灰烬。但他拿那个寄件人毫无办法，他捉不到他或她，就连快递公司都隐瞒了他或她的踪迹。央未生若是想找到那个寄件人，只有发挥他自己的想象，从浩荡的人群中揪出几个怀疑对象，逐个去求证。这就不可避免牵连到了叶乃倩身上。我问过央未生到底找过叶乃倩没有，他嘴上叼着古巴雪茄，沉默不语。抽古巴雪茄的在小城找不到第二个人，据说一支烟都值好几百。在我穷追猛打之下，他终于承认了，他不只怀疑过叶乃倩，还跟踪过她。他远远地跟着，跟了好几次，都无法证实寄件人就是她。她已经不是幼儿教师，而是成了全职太太，还是一个一岁多女孩的母亲。她嫁给了本城一位地产商，地产商离异了，房室正空着。地产商开发的楼盘占去了南城区的一大半，家大业大。叶乃倩出门都有专车、司机、保姆陪同，央未生压根找不到单独同她说话的机会。就这么远远跟着也险些出了事，瞅着他鬼头鬼脑的，让治安联防队当作有企图的人盘问了一回。

央未生说到叶乃倩时始终锁着眉头，似乎很不情愿谈起她。这我也能理解，毕竟央未生不是原来的央未生，不再是传染科的医生，而是民营企业家、政协委员，他的地位和所取得的成功都让他有所顾忌，生怕有什么事情会落人笑柄。在跟踪未果之后，央未生坚决将叶乃倩从他的怀疑对象中删除了，她连十个完整的手指甲都没有，绝对不是她。他重新拟定了一个怀疑名单，所有的同学，从初中开始到高中到大学，认为有可能的都在名单之内。这份名单实在太长了，每个人都值得怀疑，每个人都没有确凿的证据。他不可能找到他们每一个人，只得寻找各种理由替他们开脱，到最后，名单上一个名字也没能留下。他将怀疑的目光转向了他的同事。他惊讶地发现，传染科竟然藏了那么多女人，从80后到70后再到60后，每个年龄段的都有，加起来有二十多人。环肥燕瘦，软语吴声，玉兰纯白，这些原来都忽视了，现在突然专注，他的风景也随之绚烂了。可央未生无心欣赏风景，她们都是他的怀疑对象，也许那个寄件人就隐身在她们中间。对她们每一个，要说了解，他都了解，平常工作中都有接触，接触的都是表面的，要说了解多少，几乎什么也说不上。每一个人都是具体的，可每一张脸都是模糊的，她们是怎样的人，怎样生活着，他什么也不知道。他离她们很远，很远是一种感觉，实际的距离谁也算不出来。将怀疑落实到某一个人的身上，他很茫然，不知谁是他青睐的对象。

他的六神无主，漫无目标，都是寄件人嘲笑的内容。央未生无可奈何，只有将美人画暂时放下了。他努力搜寻那个寄件人。他锁住了传染科的一位护士，她是外省应聘过来的，80后，有着可人的脸蛋和诱人的身段，只是个头小巧了些。她追着他要他请客，还希望参观他的巢穴。正是她的这些异常举动让他注意了她，她的手指细长，指甲纤瘦，不过不是血红的，而是镀了莹白。他瞄上她好长一段时间，却没发现她有更进一步的异常。他试着靠近她，可她的反应不卑不亢，不热情也不冷淡。有一次，他同她一块儿当班时聊到了手指甲，她的表现很平淡，似乎对此并不感兴趣。他甚至暗示她，他喜欢红指甲。他的话不知是她没听入耳还是她迟钝，过些天，她的手指甲仍旧闪着莹白。如果她有所表示，他有可能会将红指甲的事告诉她。但最后他只有收回了失望的目光，将注意力转向了其他人。

传染科的同事让央未生筛选了一遍，几个可疑对象都让他逐一排除了。也许他不应该怀疑同事，医院有规定，无论医生还是护士都不能留长指甲，更不能涂指甲。下一步，他该怀疑谁呢。他想到了他医治过的病人，对于他们，更没有很深的印象。除了必要的治疗时间，他同他们很少接触，毕竟在传染科，多少存了一份戒心。他们的影像是模糊的，不会有具体的模样。她们留不留长指甲，谁染了红指甲，就是对着病历，他也回忆不了这些细节。这时候，他在内心已经认定寄件人是个女的，年纪轻轻的女人。她用红指甲在暗中挑逗他，诱惑他，让他骚动不已。红指甲是妖野的，是欲望的。它代表了什么，他不知道，就像她一样是个谜。二十枚红指甲就是二十个小妖，在他的内心跳着舞，狂欢着。他逮不着她，也就找不到答案。他怀疑自己的判断，也许从开始就弄错了，红指甲不是寄给他的，他是个错误的收件人。她这样做的阴谋是什么，是炫耀她的指甲，还是她在暗恋着他。他的脸色越来越阴沉，眼睛里的光芒越来越锋锐。我恨不得强奸了她。央未生回忆寻找的过程时依旧难掩内心的愤怒。

央医生，别太熬夜了。夏老太婆安慰过他。

她以为他仍在画他的美人画。她一贯都很安静，从不随便打搅他。你可以想象央未生当时憔悴的程度，有可能惨不忍睹了。他当初选择这儿做画室，一半因为环境的清静，一半因为夏老太婆内敛的性格，不喜欢多管闲事也不唠叨。央未生猜测，也许有人出于相同的原因，在他之前租住过她的房子。没有，从来没有。夏老太婆当即就否定了他的猜测。

你猜猜看，接下来央未生该做什么，上哪里去找到那个寄件人。这个人是一定存在的，有可能就生活在小城中，或者在央未生的身边，也有可能在别的地方，在他的世界之外。可他就是找不到她，她是个没有谜底的谜语。他试图想让自己沉静下来，回到美人画上。他不去思想她，不去猜测她，也不去怀疑她。让红指甲见鬼去吧，他说得恶狠狠的。他一个人躲在画室，对着宣纸，对着画册，对着窗外流水屋檐流风，勾画，着色。给美人开脸。可他的手在颤抖，不受他的控制，不听命于他。颜色也来捣蛋，明摆着需要黄色，偏就成了红色。粉红的地方描成了朱红。圆脸成了方脸，高挺的鼻梁成了塌鼻子。一切都变了样，美人不是美人，而是丑八怪。满世界都找不到画纸上那般奇丑的女人。

央未生的内心有一种不明之物在乱冲乱撞。他没法平静自己了。西摆街 313 号成了他的旅馆，只有在极端疲劳时他才回去睡一觉。他闲暇的时候就在大街小巷游荡。他说起这段散漫的经历时语气是新奇的，激荡的，也是令人窒息的。这外面的世界同西摆街的院子完全不一样。他走进了一个红指甲一般的世界。到处都是红色，高跟鞋是红色的，裙子是红色的，头发是红色的。灯是红色的，广告牌是红色的。云是红色的，花是红色的，女人的内衣也是红色的。眼睛是红色的，猴子的屁股也是红色的。女人的嘴唇是红色的，女人的脚趾甲是红色的，她们说话的声音也是红色的。红色无处不在，红色无孔不入。流动的是红色，静止的也是红色。在街边站立的是红色，在舞台上跳动的也是红色。躁动的红色，欲望的红色。像血液一样滚烫的红色，像冰一样彻骨的红色。红色可以钻进你的耳朵，红色可以漂染你的目光，红色可以穿越你的思想。他跌入了一个红色的陷阱。有无数双手在向他挥动。她们都有着长长的红指甲，波澜壮阔的红色海洋。那么多的女人，她们的指甲都是血红的。他发现了一个制造红指甲的地方。一双交叉的手在玻璃橱窗里向他揭穿了这个秘密。他又发现了另一个同样的地方。再一个，后来无数个。红指甲就是从那里流出来的，源源不断，滔滔不绝。那个寄件人就是其中一员，二十枚红指甲只不过是其中可以忽略不计的红色。

说到这儿的时候，我隐约觉得央未生要离开西摆街 313 号了。我的感觉不会出错。央未生说他在第三次收到纸盒子时告别了西摆街。那是同前两次一个模样的纸盒子，又是十枚同样的红指甲，长度比第二次收到的稍长一些。可不管它们怎样，他已经放弃寻找寄件人。这寻找本身就是荒谬的，他很后悔之前的找寻，那么执着想去揭开一个谜底，压根就是犯傻。夏老太婆对他的离开也没有激动的表现，只告诉他一件事情，她有个女儿，像他一般大，几年前不知遭遇了什么变故，从央未生居住的房间跳了河。夏老太婆说这些时语调是诚恳的，是真挚的，好像对他有些愧疚，本应该早些让他知道。听了这个故事后，央未生也没有过多反应，只是回头望了一眼自己的画室，好像夏老太婆的女儿就在画室的窗口微笑，向他招手。他在画室里勾画、着色，夏老太婆的女儿就在窗外陪着他。对此，他毫无所知，也毫无感觉。他也并没有因此而停留，而是快速走出了院子，走出了梧桐树的绿荫，绿荫之外正是一个明媚的上午。他在阳光下深吸了一口气，然后回头望了两眼院落，夏老太婆倚靠在门框边，满头银发飘动，朝着他走出的方向。这是个孤独的老太婆。有一只鸽子划了一道弧线，栖在了梧桐树上。他想他不会再回到这个院落了。

央未生后来的事情想必同学们都知道了，有可能你也听说了。他向医院辞了职，去了南方。摸爬滚打几年后又从南方回来了。现在他是小城的一位地产商，在东城区、良塘新区都有他开发的楼盘。他的产业盖过了叶乃倩的男人。环绕央未生的，同所有商界大腕一样都是香车美女、灯红酒绿的生活。他的女人是小城电视台的一位主播，普通话标准，人更是标准的美女。我问过央未生那些美人画藏哪儿了。他回答我的仍是那句话，烧毁了，一张也没留下。你还想见叶乃倩吗？我又问他。我见她干什么。他反问我。我这么问他其实是想告诉他一个秘密。我曾近距离接触过叶乃倩一次，特别留意了她的双手，她的十枚指甲，不仅红得鲜艳，而且每一枚都完美无缺，并没有央未生所说的分裂。我猜想她有可能做过指甲修复，我进一步猜想那些红指甲说不定就是她寄给央未生的。我甚至猜想，如果真是她寄的，她想拿那些红指甲向央未生透露什么信息呢。我只是猜想，最终答案是不是这样谁也不知道。但我终究没将我的猜想告诉央未生。

那些红指甲呢？哪儿去了？也许你会关心这个问题。我也问过央未生，但他没有回答我。我问话时他正好背对着我凝神望着窗外，指头上夹着古巴雪茄，窗外是他刚刚开发的楼盘，正像红指甲一样迅速生长。

榴莲的寓言

后来，小女孩的母亲说：“他就不该到巷子里来卖榴莲。”

刚开始的那天，小女孩的母亲，和她坐在轮椅上的女儿，以及隔壁那个有些娘娘腔的警察分明都看见了，有个男人推着三轮车进入了巷子。男人的个子很瘦小，弓着腰时同三轮车差不多高，推车的样子似乎很吃力。三轮车斗里装的东西并不多，就几颗长相奇特的果实，模样极像某种大型食草动物撑饱的胃，外表密布三角形的锐刺。那会儿榴莲进入小城的水果市场没几天，多少人都不知它是什么怪东西。

警察有可能刚下晚班，打个呵欠，转回了屋内，留下小女孩和她的母亲看着推三轮车的男人一步步走近。她们很快就闻到了一股特别的气味，像是奇臭，又像是异香。母女的反应也截然不同，母亲干呕了一声，慌忙捂住嘴巴跑进了屋内，而坐在轮椅上的小女孩却吭吸了几下鼻子，似乎要把那特殊的气味吸进肚子里。

从小女孩跟前经过时，推三轮车的男人微微笑了笑，像是表达一种友好的信息。小女孩瞥见他的车斗里有只金属托盘，托盘里摆着几只快餐盒，每个盒子里都装着一块白色的东西，用保鲜膜包裹着。

小女孩舔了舔嘴唇，响应了男人一个微笑，但男人忽略了她舔嘴唇的动作，就那样弯着腰将三轮车推走了。

男人走过去并不远，三五米的距离，又停住脚步，扭头望了小女孩一眼，后者依旧眼巴巴瞧着他。男人放下三轮车，从托盘里端起一只没有保鲜膜的快餐盒，来到了小女孩跟前。

“尝尝，很美味的。”男人递给小女孩一根牙签，快餐盒里有许多被切成小块的白色的果肉。

“妈妈说不能吃陌生人的东西。”小女孩摇了摇头，没有接牙签。

“叔叔是陌生人吗？”男人温和着嗓音说，“叔叔每天从巷子里经过，每次都看见你坐在这儿，像朵花儿似的笑着呢。”

轮椅吱扭了一声，小女孩的脸镀上了苹果似的红晕。

“来吧，尝尝，一种很奇异的水果。”男人引诱着说，“吃过了叔叔告诉你水果的名字。”

小女孩伸出手，快要接触到了那牙签，但立刻像被什么东西蜇了一下似的缩了回去。

“叔叔啊，我还是不能吃您的水果。”

“就一点点，妈妈出来你就吃完了。”男人怂恿说。

“叔叔可不能教豚豚撒谎。”

男人的脸刹那着了赤，像长出了一层红痂。

恰巧这当儿，小女孩的母亲从里屋回来了，见了端着快餐盒的男人便又捂住嘴，脸上生出了愠色，挥着那只空闲的手说：“走开！没人买你的臭东西，你还嫌臭不死人啦！”

“不是臭，是榴莲的香。”

男人端着快餐盒讪讪离开了，再待下去只会讨人嫌。

“豚豚，你没吃吧？鬼知道那东西干不干净，是不是脏东西！”女孩的母亲丝毫不避讳，粗着嗓门追问小女孩。

“妈妈，您凭什么说叔叔的东西是脏的！？”

“你到底吃没吃？”

男人听到小女孩替他辩护，回头张望了一眼，但没有人理睬他。他就像来时那样推着三轮车走了，没能留下半个榴莲，只把榴莲的气味留在了并不怎么宽敞的巷子里。

第二天上午，坐在轮椅上的小女孩老早又看见男人推着三轮车从西头进入了巷子。如果从进来的方向判断，他是个一根筋的男人，且笨，且傻，情愿多费力气。巷子西低东高，一路的上坡，而且西头有一段是台阶，要把负重的三轮车推上台阶可不是件容易的事。男人偏偏就这么干了，从第一次在巷子里出现开始，每次都来自那个方向。他推着三轮车，在巷子里收过废品，也卖过枇杷、橘子、火龙果，给巷子里的人家送过煤气。这一段时间，不知为何卖起了那散发着臭味的怪东西。

巷子里的路面是青石板铺就的，高高低低，并不平坦，三轮车就像个小丑那样蹦蹦跳跳，叮叮哐哐，仿佛在招惹人们的目光。巷子里过往的人少，奔活路的也都出工了，三轮车的响声就从巷头一直传到了巷尾，中间还蹿进了小女孩的耳朵。小女孩端正地坐在轮椅上，像朵向日葵那样注视着巷子的西头。

男人一路叮叮哐哐，在距离小女孩的不远处停住了，呼哧呼哧喘着气。三轮车的龙头上挂着一只电喇叭，但它的声音是寂灭的。

小女孩始终在向着男人微笑，笑过后将一根指头塞进了嘴巴，有滋有味地嚼咬着，那塞进嘴的似乎不是手指头，而是根火腿肠，或者烤牛肉串。

男人注意到了小女孩的笑，还注意到了她身边不存在别的人，她的母亲——那个胖脸的中年妇女也不见了踪影。他俯下身，从车斗里端起一只像前一天的那种快餐盒，朝小女孩做了个吃东西的手势。小女孩摇摇头拒绝了。男人无奈地笑了一下，拿手指了指小女孩，又竖起大拇指夸奖她，然后将快餐盒放回了三轮车。同小女孩演过这幕哑剧之后，男人喘匀了气，又推动三轮车往巷子东头走过去，将榴莲的怪味叮哐叮哐丢了一巷。

“啊呀！妈呀！榴莲，我的最爱！”

就在三轮车快要走出巷子时，突然从巷子的某处飞出几声夸张的叫喊，男人回头张望时，只见一个穿着牛仔短裙短袄的染着一头红发的女孩，像条摘去链子的狼狗那样张牙舞爪冲到了巷子中央。紧跟在红头发女孩身后的，是个穿白色连衣裙的瘦高个女孩，噘着嘴，一脸的不高兴。

“什么呀？臭烘烘的！”

“你不懂！这是榴莲，我可喜欢吃了，在广州一天不吃榴莲就像失了魂，浑身没劲，见到靓仔都提不起兴趣。”红头发的女孩嘴上支应着女伴，另一边打着手势让男人将三轮车倒回来。

男人看见了潜在的生意推着三轮车叮哐叮哐折了回来。

“快！给我称一只，不要快餐盒里的，我要一整只！我都快记不起榴莲的味道了，再不吃就没命了！”红头发的女孩快活地嗷嗷说。

男人依言挑选了一只硕大的榴莲，过了秤，要拿塑料袋装着。

“撬开它！我现在就要吃，一次要吃个饱！将这半个月的损失捞回来！”红头发的女孩嚷嚷。

男人撬开榴莲，给犯了饥饿症似的女孩一大块，又用刀挑起另一块要给穿白色连衣裙的女孩，后者倒退了几步，双手捂住了鼻脸。这间隙，红头发的女孩早已囫囵吞枣，将那大块果肉吞进了肚腹，嚣叫着让男人再撬给她一块。于是第二块鲜美的果肉又在大快朵颐中被啃食干净。红头发的女孩这才长舒了一口气，露出一脸的惬意：“过瘾！痛快！”

“臭！”穿洁白连衣裙的女孩拿手扇着鼻子说。

“香！”红头发的女孩立马还击。

“奇臭！”

“异香！”

“奇臭无比！”

“异香扑鼻！”

两个女孩一个做着鬼脸，一个嗔怒，像两只争宠的母鸡，叽叽咯咯好一阵子，最后抱腰搂脖子的，带着剩下的果肉缩回了屋子。男人收拾了狼藉的车斗，该扔的扔进了垃圾箱，该摆齐整的摆齐整，收拾妥当了，再往前走时习惯性地朝后望了一眼。这一眼偏就望见了那个坐在轮椅上的小女孩，正痴痴地朝这边张望，小嘴巴还惊愕地张开着，想必刚才那一幕全被她收进了眼底。

男人的这一眼叫轮椅上的小女孩很是慌乱，几乎在同一瞬间别过了脸，转向了相反的方向。男人犹豫了一下，从金属托盘中端起一只快餐盒，朝小女孩走了过去。

“哎！小公主！你在想啥呢？”

小女孩肯定听见了男人走近的脚步声，但就是不愿意转过身子。

男人只得端着快餐盒闯进了她的视野。小女孩并没有惊慌失措，而是甜甜地向他笑了一下。

“这真的是香味吗？”小女孩忽闪着眼睛问。

“你尝尝就知道了。”

男人用牙签挑起一小块果肉，用鼓励的眼神期待小女孩接过去。小女孩抿了一下嘴，仍旧不为所动。

“来吧。”

小女孩摇摇头，她的一只手紧张地抓住轮椅的扶手，另一只手被她藏到了背后。

“张开嘴，咬一口，吞下去，好味道！”

小女孩终于忍不住，咬住了伸到嘴边的一块果肉，小心地将它吞进了嘴。在男人的一再怂恿下，小女孩很快将快餐盒中的果肉消灭干净了，之后拿手背抹了一下嘴，羞怯地笑了一下。她的笑容就像一抹光，照亮了男人的眼睛。

“再见吧，小公主。”男人端着空了的快餐盒离开了小女孩，“明天，在这儿同叔叔说再见！”

第三天，男人推着三轮车从巷子里经过时，碰巧小女孩的母亲站在轮椅边，有些警惕地盯了一眼三轮车。男人没有暂停脚步，擦身而过时给了小女孩一个意味深长的眼神。小女孩端坐在轮椅上，报以一个会心的微笑。

卖榴莲的男人似乎同小女孩的母亲玩起了捉迷藏。后来的一天，他又给小女孩品尝了一小块榴莲，但这一举动被小女孩的邻居——那个警察的母亲发现了：“豚豚，香吗？”

“香呢，奶奶。”

“那奶奶也买一块尝尝。”

警察的母亲慈眉善目，一头齐耳短发多半银白了，耳朵上结着银耳环，银耳环的光芒像果肉一般柔软。

男人很快端来了一只快餐盒，里面装着不大不小的一块果肉。

“哟，真香呢。”警察的母亲尝试了一小块问，“多少钱一盒？”

“二十块。”

“这么贵！？”警察的母亲僵住了，那表情像要把刚吞进肚的东西吐出来。

“别小看这一块，营养顶得上一只鸡呢。”男人渲染说，“榴莲炖鸡可是大补，广东的婆婆最喜欢拿榴莲炖鸡给儿媳妇吃。”

“真的吗？那我要买一只。”警察的母亲将信将疑。

“奶奶，那个姐姐又要来了吗？”坐在轮椅上的小女孩问。

“是呀，豚豚真聪明。”警察的母亲在得到肯定答复后买下了整只榴莲，从小女孩的问话中不难猜到，那个姐姐有可能就是警察的女朋友。

过一个晚上，被小女孩称之为姐姐的那个女孩果真来了，榴莲炖鸡的香气氤氲了整条巷子。

“妈妈，榴莲很好吃的噢，买一只吧。”小女孩央求说。

“你是不是尝过了？”小女孩的母亲盯着小女孩。

小女孩在母亲的逼视下勾下了脑袋，不敢看她母亲。

“你这孩子，真不听话！”

小女孩的母亲责备了这么一句，扔下她去忙活别的事情。

就在警察的母亲用榴莲炖鸡的第二天，卖榴莲的男人老远就发现小女孩的母亲立在家门口，似乎在等待他的到来。男人想起那些天给小女孩吃的榴莲肉，内心有些发虚，就努力把目光投向别的方向。可是偏偏就逃不脱，警察的母亲可能闻到了榴莲的气味，突然从屋子里钻出来，同小女孩的母亲一块儿并肩站着。

“来来来，我再买一只榴莲。”警察的母亲朝推三轮车的男人招手，又扭头劝说小女孩的母亲，“这东西就像吃芫荽，刚开始觉得有股味道，吃着吃着就香了，你也买一只吧，给孩子炖只鸡补补，味道好得很呢。”

小女孩的母亲勉强笑了一下，脸上的表情好像被调皮的孩子拿棍子划破的水面，很不情愿皱起了几道波纹。

男人硬着头皮推着三轮车走了过去。警察的母亲果然挑选了一只大个的榴莲，小女孩的母亲只是买了快餐盒里的一块果肉，付钱时还狠狠地瞪了男人一眼。男人仿佛被掴了一耳光，结着厚厚一脸红痂，像被狗追着似的逃出了巷子，榴莲的香气叮哐叮哐泼洒得四处都是。

之后的一天，卖榴莲的男人又同小女孩的母亲猝不及防相见了。卖榴莲的男人端着切碎的几小块果肉，用牙签挑着，一小块一小块喂给坐在轮椅上的小女孩。还剩一两块果肉吧，小女孩的母亲突然从屋里冒出来，卖榴莲的男人就僵硬在那里，一张脸像用石膏铸的，似乎还没来得及雕刻出五官。小女孩的母亲也愣怔了一下，不过很快就打破了僵局，她的胖脸上生出了笑容，顺带发出了邀请：

“进屋里坐坐，喝杯水吧。”

男人犹豫了一下，看看小女孩，又扭头看了看三轮车。

“叔叔，进去喝杯水吧，我替您看着三轮车。”小女孩也热情地邀请。

卖榴莲的男人最终抗不过母女俩的热情，像个第一次外出做客的孩子，带着些许腼腆进了屋。

后来的许多次，卖榴莲的男人都接受了邀请，一次次进屋喝水，有时会主动走进屋去讨杯水喝。小女孩的母亲在家时就由她接待，小女孩的母亲不在家时小女孩会摇动轮椅，坚持要倒水给他喝。

“你的孩子多大？”有一天小女孩听见她母亲在询问卖榴莲的男人。

“快十岁了。”卖榴莲的男人回答。

“噢，你们真幸福。”小女孩的母亲声音里满是羡慕。

卖榴莲的男人没有立刻接话，而是叹了口气，才说：“他像豚豚，在轮椅上坐了好几年。”

屋子里“啊”的一声沉默了。

“他哪儿出了问题？”小女孩的母亲小心翼翼地问。

“软骨病。”

接着是小女孩的母亲带着绝望的哀叹：“同豚豚一样的毛病。”

当这些话从屋子里漏出来时，小女孩用双手捂住了自己的脑袋，试图阻挡它们进去，可惜这些话仍旧一字不差钻进了她的耳朵。

后来又一次，小女孩听见她母亲询问男人：“那弟妹呢？”

“她走了……”

小女孩的母亲又重重地“哦”了一声，屋子里沉静了下来。

“孩子她爸呢？”男人问。

“去广东打工了。”

男人走时，小女孩发现她母亲对着他的背影叹惜着摇晃脑袋，似乎那男人做了什么错事。

小女孩不解地问：“妈妈，您叹什么气呀？”

“小孩子家，你不懂的。”

但小女孩好像听明白了一些，“她走了”，不管去了什么地方，肯定不在家。那，那个男孩呢——一个哥哥或者弟弟，由谁陪着他？

有一天，卖榴莲的男人比往常晚了两三个小时来到巷子，不过照例给小女孩准备了几小块榴莲。小女孩细细品味着这些鲜美的果肉，半中间，还是忍不住说出了她对那个哥哥或弟弟的担心。

“叔叔，你家有个弟弟吗？”

“是呀，不是弟弟，是个哥哥呢。”男人有些惊疑地看了小女孩一眼，不知她为何会如此问。

“他同谁一块儿玩呢？”小女孩眨巴着眼睛问。

男人蹲下身来，伸手整理了一下小女孩的衣领，又扭头看了一眼身后，似乎他说的那个哥哥就站在身后某个地方。可身后就是空寂的巷子，除了不远处的一株月季花，再也没有什么抢眼的了。

“他同蝴蝶玩，同蜻蜓玩，有时也同飞过的鸽子玩。”

“真的吗？”小女孩的眼睛里有光。

“当然是真的，那些蝴蝶围绕着哥哥跳舞，蜻蜓点水，鸽子呢，在他头顶上咕咕唱着歌，它们的眼睛是红色的，羽毛比云朵还洁白。”

小女孩溜一眼巷子，巷中间是宽窄不一的青石板，巷两边的砖墙被风侵雨蚀，墙面早已坑坑洼洼，临街的木门染上了腐朽的黑色，斑驳的地方有着可疑的污迹。天空被低矮的屋檐遮挡了，仅剩不规则的几小块，那些小块多半空白，偶尔才见云朵，却不会有鸽子飞过。

小女孩就在内心叹口气，把渴望压抑到某个角落里。

卖榴莲的男人进屋喝过无数次水后，有一天小女孩的母亲突然说：“你把孩子带过来玩儿，让他单独一个人也不放心。”

“他已经习惯了。”卖榴莲的男人推脱说。

“就这么习惯了？日子还长着呢。”小女孩的母亲不无忧虑。

这些话都是小女孩偷偷听到的，他们在屋子里说话，她不能插嘴，有些话还得假装没听见。她母亲发出邀请时，她多么希望那个叫叔叔的男人答应，偏偏却不如她的愿。

之后的一天，小女孩趁母亲不在时央求说："叔叔，带哥哥来玩吧。"

男人装模作样盯了几眼小女孩，又拿手摩挲了一下她的脑袋，一句话也不说就走开了。小女孩的内心有些忐忑，不知男人是答应了，还是在生她的气，毕竟他拒绝过她母亲。晚上，小女孩将经过告诉她母亲，不想却挨了训斥："小孩子家别多事。"被训斥后小女孩就被抱下轮椅，躺到那张垫着旧毯子的钢丝床上，很快又灭了灯，扔下她一个人睁着眼在黑暗里。

过了这一晚，当阳光洒在青石板上的时候，坐在轮椅上的小女孩终于有了新发现，那辆越来越靠近的三轮车上似乎多了什么，待到了眼前才确认有个男孩坐在车斗里，偕同他的一张轮椅。

“嘿，小公主，哥哥来了。”

推三轮车的男人先将轮椅从车斗里搬下来，放在小女孩的不远处，再将男孩抱到轮椅上。之后就扔下他们，飞快地进了屋，八成急着去向小女孩的母亲报告。

之前小女孩设想过这哥哥的许多模样，可现在他侧身对着她，只能看见半张长条形的有些苍白的脸，他的双手放在他的腿上，像两只小动物那样扭抱成一团。小女孩转动轮椅，试着靠近另一张轮椅。男孩察觉了她的动作，双手紧张地扣住了轮椅的扶手，看样子像是要避开去。小女孩的努力最终有了回报，两张轮椅紧紧靠在了一起。

“哥哥，你家里有好多蝴蝶吗？”小女孩忽闪着眼睛问。

男孩用他的大眼睛又瞥了她一眼，反问道："我爸爸告诉你的？"

“叔叔说好多好多蝴蝶，比我说的好多还要多。”小女孩张开双手，好像要把那些蝴蝶全都拢到胸口。

“是的，好多蝴蝶，黄色的，白色的，长斑点的，翅膀上长有好看花纹的，到处都有，墙壁上、灯泡上、床头、爸爸的三轮车上。”

“它们从哪儿来的呢？”

“从窗子外飞进来的。”

“哦！天，什么时候我要去看看它们。”小女孩的好奇心被点燃了，憧憬着说，“你同蜻蜓一块儿玩？”

“又是我爸爸告诉你的？”男孩的声音有些异样，就好像坐在三轮车上经受颠簸抖动。

“是真的吗？”小女孩盯着男孩的脸，期待他肯定的回答。

“是有好多蜻蜓，它们有着透明的翅膀，”男孩回答说，“它们像蝴蝶一样从窗子里飞进来，飞到它们想去的任何地方。”

“它们想去哪儿呢？”

“水塘里、树林里、那些有花有草的地方，”男孩介绍蜻蜓渴望光临的地方，“它们有翅膀蓝颜色的，个头瘦小很多的。”

“那不是蜻蜓，是纺织娘，我妈妈说的。”

“纺织娘？”

“就是纺织娘。”

“那我说错了，它们是纺织娘。”男孩有些羞赧地拿手挠了挠自己的脑袋，他剪了一头短发，头发比米粒还短。

“还有鸽子呢？鸽子什么时候来？”

“它们想来的时候就来了。”

“也从窗子里飞进屋吗？”

“不！它们就在天上飞来飞去，一会儿飞过了，一会儿又飞过了，好像总也飞不完。”

“没有一只飞进屋？”

“它们有时会落在窗台上。它们的眼睛是红色的。”

“它们会唱歌吗？”

“当然会。还有老鼠……”

“啊！？老鼠？我最怕老鼠了！”小女孩的脸蛋上有了不安。

“是白老鼠，一点也不可怕……”

当男人同小女孩的母亲一起从屋里出来时，小女孩同新来的客人已经说了好多话，从男孩的嘴边听到了许多她想知道的事情。两个孩子见到长辈的表情各不相同，男孩不安地瞧了他父亲一眼，想说什么又没说，而小女孩呢，对她母亲甜甜地笑了一下。小女孩的母亲端来了果盘，果盘里有花生瓜子，也有糖果。卖榴莲的男人根本没注意儿子的神情，送给孩子们一只快餐盒后就迅速离开了。后来，小女孩的母亲也有事出门了，就留下两个孩子待在一块儿。

有一会儿，两个孩子相处还是很融洽的，小女孩请哥哥吃了糖果，还给他剥了花生，男孩回请小女孩吃了他父亲给的果肉。但后来，在快餐盒里的榴莲快要消灭干净的时候，小女孩突然问："你妈妈呢？"

男孩怔怔地瞧着小女孩，不知该如何回答。

"她喜欢蝴蝶和蜻蜓吗？"小女孩又问了一句。

"我妈妈早就死了。"

"你爸爸告诉你的？"

"嗯。"

"你就这么相信你爸爸吗！？"

男孩不吃榴莲了，将快餐盒放在膝头上，然后呆呆地盯着巷子，巷子空空荡荡的，他的双眼也空空荡荡的。

"你爸爸呢？"过了好长一会儿，男孩才收回目光问，"是不是也死了？"

小女孩惊愕地张大了嘴巴，似乎不敢相信钻进她耳朵的话语。但很快眼泪就滚出了她的眼眶，整个人跌进了满腹的委屈中。男孩有些茫然地看着小女孩，不明白她为何会哭泣，更不知晓自己说了错话。小女孩在哭泣的时候不见男孩道歉，也不见他的安慰，慢慢就止住了哭泣，抬起头，扬起眉，一脸愤怒向着男孩，随之而来的是一声恶毒的诅咒："你爸爸才死了！"

小女孩驱动轮椅，一步一步倒回了屋子，屋檐下就剩男孩，盯着那只甲壳虫在几朵月季花上欢乐了大半天。从此往后，男孩再也没来过巷子。

男孩拜访巷子后的第二天，卖榴莲的男人照例用快餐盒装了果肉要送给小女孩，但被委婉地拒绝了。小女孩说：“谢谢叔叔，我不想吃。”

“想吃的时候告诉叔叔。”男人也没勉强。

又一天，小女孩又拒绝了他的榴莲：“叔叔，让我妈妈买吧，她买了我再吃。”

可是第三天，当男人端着装有果肉的快餐盒站到小女孩跟前时，小女孩问了一句让他摸不着头脑的话：“叔叔，你们大人说谎欺骗孩子是不是很快乐？说谎会不会让您的榴莲卖得更好一些？”

男人的脸腾地红了，有些结巴地说：“小公主……怎么这么说！？”

“我不是小公主！您别再叫我小公主！”小女孩冷笑了一声，没给男人留半点情面。

经过这一幕后，男人暗自琢磨，小女孩为何突然就变脸了，但没有找到可靠的答案。以后每次从小女孩跟前经过时，他都用微笑同她打招呼，小女孩正襟危坐，只象征性地点了点头，算是回应了他。男人不好意思再送榴莲给小女孩，她肯定会拒绝他。

不久之后，男人送给了小女孩另一件礼物，是一只用纱网蒙住口子的玻璃瓶，瓶里有两只黑斑纹的蝴蝶。这份特殊的礼物引起了小女孩的兴趣，犹豫再三之后，她还是欣喜地接受了，而且很快同男人冰释了前嫌。不过，当男人送给她装有果肉的快餐盒时，小女孩仍旧不愿意接受，但男人找到了一个借口：“你妈妈买的，已经付过钱了。”

小女孩只是看了男人一眼，接过快餐盒，将它暂时放在双腿上。

之前的秩序恢复了，卖榴莲的男人每次推着三轮车从巷子里经过，都要送给小女孩几小块果肉。如果不是后来发生了一件意外的事情，这种秩序说不定会维持到小女孩长大。

有一天，卖榴莲的男人端着快餐盒走过去时，小女孩并没有像往常那样微笑着欢迎他，而是局促不安地坐在那里，还时不时回头朝屋子里张望。屋里有说话声：“……谁知道他狗日的会跑路，他这一跑把我的工钱全跑没了！”是个懊丧的粗嗓门。“你就知道灌猫尿，什么事上过心！？”这是小女孩母亲的声音。

还要细听时，忽然有脚步声从屋子里直冲冲出来了，男人将快餐盒塞到小女孩手上正要离去，刚巧被屋子里出来的人看见了——是个黑炭头似的男人，粗胳膊粗腿，往小女孩的轮椅后一站，模样有些凶神恶煞——朝卖榴莲的男人狠狠瞪了一眼，脸色很不友好。

卖榴莲的男人勉强露了一下笑脸，就离开了小女孩，推动三轮车朝巷子东头走去。由于走得急，三轮车叮哐叮哐响个不停，那没来得及卖出去的几只榴莲在车斗里像皮球一样滚动着。在三轮车行走到最东端快要消失的时候，一个人影从巷子的北边突然蹿出来，拦腰抱住了卖榴莲的男人，卖榴莲的男人奋力挣扎着，可就是挣不脱那人的拥抱。两个人纠结了好一会儿，卖榴莲的男人好不容易才脱出来，连三轮车也不要了，往巷子口夺路而逃。那个蹿出来的人并不打算放过他，似乎从三轮车斗里抢过了撬榴莲用的刀子，三步两脚追上了逃跑者。

小女孩尖叫了一声，双手捂住了眼睛。她的母亲听到尖叫声从屋子里奔了出来，巷子的东端已经聚集了好大一堆人。

有人叫喊："赶快报警，有人被杀了！"

"快打120啊，先救人要紧！"

巷子里响起了踢踢踏踏的脚步声，那么多的人争先恐后奔向出事现场。小女孩的母亲不由自主跟过去，但立刻被站在轮椅后的男人叫住了："关你什么事！你去凑什么热闹！"

小女孩的母亲被迫收住了脚步，小女孩一脸惊恐，扭头看看身后的男人，又看看她母亲。她母亲的注意力仍在巷子东头，小女孩不得不拽了拽她母亲的衣角，她母亲才退回到女儿身边，推动轮椅，将女儿送回了屋。

等到小女孩的母亲返回来时，巷子东头的人群已经散去，现场只剩下几个意犹未尽的人还聚集在一块儿叽叽喳喳。小女孩的母亲有些忐忑地走过去，这一回再没有人反对她。

"来晚了，警察早走啦。"有人替小女孩的母亲惋惜。

地上有一摊血迹，不远处有一只旧皮鞋，像被谁踏了一脚，鞋面脏兮兮的，还瘪了。小女孩的母亲认出它是卖榴莲的男人曾经穿过的。她想找个人问问，可剩下的那几个人转眼都不见了人影，独留下她像个看守似的站在那摊血迹的旁边。

傍晚的时候，小女孩的母亲去邻居家溜达了一圈，想找警察打听消息，可警察没下班。

过了两天，警察才回到巷子里来，与他同时回来的还有小女孩见过的那个姐姐。小女孩的母亲先前还在屋子里忙活着，后来听到七嘴八舌的说话声，才听出是警察回来了。小女孩的母亲从屋里跑出来时，警察正被左邻右舍包围着，他的女朋友挽着他的胳膊依偎在他身边。

“……距离心脏偏了一厘米，不然就没命了。”警察张开拇指和食指，比画着一厘米的距离，他的脸很阳光，他的女朋友更是一脸妩媚。

小女孩的母亲松了一口气，谢天谢地，卖榴莲的男人至少没有生命危险。

“凶手抓到了吗？”有人问。

“当然抓到了，能跑到哪儿去！？”警察一脸凛然，这是一瞬间的事情，转而又嘲笑那个凶手，“那是个蠢家伙，在江边偷了艘小船，顺流而下，结果被岸边的树枝挂住了，抓到他时可能还在做梦呢。”

又说：“那是个倒霉蛋，脑子好像有问题，他老婆跟人跑了，他就成天喝酒，那一天好像还喝得不少。”

后来，警察还谈到了审讯凶手时的一些细节：

“‘你为什么要杀他？为着他死？’

‘不是。’

‘为着他伤？’

‘不是。’

‘那为着什么？’

‘不为着什么。’

‘总有原因的。’

‘我就是要捅他一刀。’

‘你为什么要捅他一刀？’

‘就这样。’

‘不会吧？’

‘不然要刀子干吗？要他干吗？他跑到我面前干吗？’”

“后来，那家伙又替自己开脱，说不是他要捅他一刀，而是那个卖榴莲的男人央求他杀了他。”

“‘你真就照他的话做了？’”

“‘他嘲笑我，说我是个酒鬼，他的脏话像子弹一样击中了我……我老婆刚刚背叛了我。’”

“‘你个倒霉的傻瓜！’”

“那家伙的脑子可能真有问题。”警察再三强调说，“说话颠三倒四的，听不出个头绪。”

小女孩的母亲也听糊涂了，不知警察那一长串话到底是个什么意思。那些包围着警察的人更是一脸迷糊，云里雾里。只有警察臂弯里的女朋友有几分得意，眼睛里掩饰不住对警察的崇拜。

“那家伙后来还交代，卖榴莲的男人倒下时对他说了一句没头没脑的话。”

“说的什么呢？”

“‘我的榴莲卖完了。’”

警察说声抱歉就被他母亲喊走了，那个被小女孩称之为姐姐的女孩也跟着走了，围观的人群陆续散去，巷子里又空空荡荡的了。小女孩的母亲转过身要回屋去，正好撞见了她女儿——好似一朵月季花一样端坐在轮椅上，她的笑容就像一团温软的光芒，足可以照亮整条巷子。

跋：未完的旅行

郑润良

应中国文史出版社全秋生之邀，主编了这套“锐势力”中国当代作家小说集 ，其中收录了六位青年作家近期创作的中短篇小说。随着数字化图书时代的横空出世，纸质图书的市场挑战和萎缩与日俱增，小说集的出版发行更是门可罗雀，全秋生于小说集编辑出版的执着与坚持令我感动。

就文学而言，借用陈思和先生的说法，这是一个无名的时代。或者说，这是一个总体性图景破碎的时代。我们无法像八十年代那样以一个个文学命名归纳和推进文学潮流。有心的读者也会注意到这套丛书的地域特色。这套书的作者中除了个别是北方作家，大多都是南方作家。评论家曾镇南先生认为这种偏向在当下文坛有其特殊意义，出版这样一套丛书，说明中国文坛并不只是几位主流评论家眼中的有限几位，说明眼下有这样一批实力作家正在成长。地域和文化资源的影响客观存在，也因此,我们的确应该对文化中心以外区域的作家的创作予以更多的关注，才能对当代文学的总体图景有更明晰的判断。

这套丛书共六部：陈集益的《吴村野人》、樊健军的《穿白衬衫的抹香鲸》、陈再见的《保护色》、陈然的《犹在镜中》、鬼金的《长在天上的树》、马拉的《生与十二月》。作者都是近年来活跃在主流刊物上的优秀代表，丛书中的作品在各大文学刊物发表后，有不少被各种选刊转载，入选多种选本：其中陈集益的作品曾入选中国作协“21世纪文学之星丛书”2010年卷，获浙江省青年文学之星等奖项；樊健军曾获江西省优秀长篇小说奖、第二届《飞天》十年文学奖、第二届林语堂文学奖（小说）、首届《星火》优秀小说奖，其短篇小说《穿白衬衫的抹香鲸》同莫言一起获得2017汪曾祺华语小说奖，可以说是当下小说创作中的一个典型事件；鬼金先后获得第九届《上海文学》奖、辽宁省文学奖、辽宁青年作家奖；马拉曾获《人民文学》长篇小说新人奖、广东省鲁迅文学艺术奖、《上海文学》短篇小说新人奖、广东省青年文学奖、孙中山文化艺术奖等奖项；陈再见的小说入选2015/2016年度《小说选刊》年度排行榜、2016年度《收获》年度排行榜，并斩获《小说选刊》年度新人奖、广东省短篇小说奖、深圳青年文学奖等；陈然的作品曾入选中国作协“21世纪文学之星丛书”2004年卷，获江西谷雨文学奖等奖项，被媒体称为“江西小说界的短篇王”。

六位作家的创作有一个共通点，就是能够将个体的深刻体验与作家对时代的深广观察有效融合，当然在个体风格上会有各种差异：比如陈集益、鬼金作品的现代主义色彩更显浓厚，他们的小说更像是作者的精神自传，故事里的每个人物都是作者的精神碎片；樊健军、陈然的作品，从现实主义出发，试图打通现实与隐喻的界限，勘探与透视时代精神状况，以复杂反抗简化，激活了丰富多义的阐释空间；陈再见与马拉的小说，则立足于南方改革开放最早的那片土地上，都市化的现代时髦与农村本土的落后愚昧在融合过程中的人性撕裂与伤痕，是他们致力思考与探索的汩汩源泉。他们对小说文本不断的思考与探索，对精神向度的孜孜以求，成就了一场文字的饕餮盛宴。这套丛书的出版发行能够表明，他们的写作正在迈向日益宽广而厚实的境地。

文学想象时代，与时代同行，这是永远无法终结的旅行。我们能够投身其中，一起见证、参与这个过程，幸莫大焉！

作者简介：郑润良，厦门大学文学博士后，《中篇小说选刊》特约评论员，《神剑》《贵州民族报》、博客中国专栏评论家，鲁迅文学院第二十六届文学评论高研班学员，中国文艺评论家协会会员。《中篇小说选刊》2014－2015年度优秀作品奖评委、汪曾祺文学奖评委；《青年文学》90后专栏主持、《名作欣赏》90后作家专栏主持、《贵州民族报》中国文坛精英盘点专栏主持、原乡书院90后作家专栏主持。曾获钟惦棐电影评论奖、《安徽文学》年度评论奖、《橄榄绿》年度作品奖等奖项。